En el corazón del volcán

HELEN RYTKÖNEN

En el corazón del volcán

Grijalbo

Papel certificado por el Forest Stewardship Council®

Primera edición: abril de 2025

© 2025, Helen Rytkönen
© 2025, Penguin Random House Grupo Editorial, S. A. U.,
Travessera de Gràcia, 47-49. 08021 Barcelona

Penguin Random House Grupo Editorial apoya la protección de la propiedad intelectual. La propiedad intelectual estimula la creatividad, defiende la diversidad en el ámbito de las ideas y el conocimiento, promueve la libre expresión y favorece una cultura viva. Gracias por comprar una edición autorizada de este libro y por respetar las leyes de propiedad intelectual al no reproducir ni distribuir ninguna parte de esta obra por ningún medio sin permiso. Al hacerlo está respaldando a los autores y permitiendo que PRHGE continúe publicando libros para todos los lectores. De conformidad con lo dispuesto en el artículo 67.3 del Real Decreto Ley 24/2021, de 2 de noviembre, PRHGE se reserva expresamente los derechos de reproducción y de uso de esta obra y de todos sus elementos mediante medios de lectura mecánica y otros medios adecuados a tal fin. Diríjase a CEDRO (Centro Español de Derechos Reprográficos, http://www.cedro.org) si necesita reproducir algún fragmento de esta obra.
En caso de necesidad, contacte con: seguridadproductos@penguinrandomhouse.com

Printed in Spain – Impreso en España

ISBN: 978-84-253-6988-9
Depósito legal: B-2.656-2025

Compuesto en M. I. Maquetación, S. L.
Impreso en Black Print CPI Ibérica
Sant Andreu de la Barca (Barcelona)

GR 6 9 8 8 9

*A esos padres como el mío que educan
a sus hijas para ser fuertes
y encontrar su lugar en el mundo.
Gracias, papá*

1

Nora

Siempre fui una persona que se movía por corazonadas. Cualquier sensación que me hiciese sentir unas incontrolables ganas de desafiar el *statu quo* —una intuición, una señal de mi cuerpo..., tal vez un escalofrío en el momento adecuado— había precedido a las grandes decisiones de mi vida. Incluso en estos momentos, cuando la experiencia me había dotado de unas dosis de pragmatismo que superaban hasta las de mi hermana Victoria, el tremor de un cambio próximo hacía que me invadiera una inquietud latente que esperaba, agazapada, a que me rindiese a ella.

Aquella mañana, mientras contemplaba el exuberante jardín del *lodge* desde mi terraza, volví a sentirla con fuerza acechando en el fondo de mi ser, como una fiera de dientes afilados sin ganas de ser domada.

«El tiempo en Bali se acaba, lo noto. Ya he terminado lo que vine a hacer. Pero no sé qué ocurrirá de ahora en adelante».

Eché un vistazo hacia el dormitorio intentando despegarme de la inquietante sensación. Aditya aún estaba en la cama, era temprano y sus clases no habían comenzado todavía. Admiré su larga silueta, que exhalaba una elegancia vibrante incluso cuando dormía. Sonreí con cierta tristeza. Lo echaría de menos, a pesar de que nunca nos habíamos prometido nada. Al principio, tan solo buscábamos consuelo el uno en el otro, pero acabamos compartiendo muchas otras cosas, entre ellas, algunas noches húmedas y placenteras.

El sol se colaba a través de las palmeras y los árboles augurando otro día de calor bochornoso. Me quité la camiseta que me había puesto para salir de la cama y me vestí en silencio. La esterilla me esperaba en su lugar de siempre, en el lado de la terraza que daba hacia el lejano volcán. De alguna forma, su imagen me recordaba a mi hogar, y esa vista me sumía en el estado perfecto para el yoga matinal.

Me deslicé de una postura a otra sintiendo cómo la energía y la positividad fluían por todo mi ser y me preparaban para afrontar un nuevo día, tal y como hacía cada mañana. El yoga ya era parte de mí, tan natural como el respirar.

Pero aquel cotidiano martes de septiembre tendría que haber adivinado que necesitaría una dosis extra de asanas para poder asimilar lo que pasaría en los siguientes días.

Ajena a ello, me duché y me arreglé con la intención de bajar a desayunar a la zona reservada para los trabajadores del *lodge*. Aditya se había levantado con el sonido del agua y había hecho un amago de acorralarme, pero lo esquivé con una sonrisa divertida. No podía entretenerme más, por mucho que me tentasen su cuerpo trabajado y su boca experta: era la gerente del *lodge*, y aquel día teníamos varias entradas.

En nuestro establecimiento, la temporada comenzaba justo al revés que en el resto de la isla. Cuando Bali se vaciaba del turismo masivo, el Sandalwood Lodge se preparaba para acoger al suyo, a otro tipo de viajero, de mayor estancia y menos orientado al ocio estándar. Se trataba de un huésped que valoraba la privacidad, el silencio y las cuidadosas experiencias que trabajábamos para que, una vez se fuera de Bali, lo hiciese con el corazón más ligero.

En el comedor ya aguardaban casi todos los empleados del turno de día, así que supuse que el de noche estaba preparándose para el cambio. No sumábamos muchos, porque el *lodge* tampoco era grande, pero los suficientes para formar una familia bien avenida. La plantilla la integraban en su mayoría balineses, aunque también sobresalían algunas cabezas rubias y pieles claras. Busqué con la mirada la figura menuda de Kirana, la dueña y mi jefa, y no la vi: probablemente ya habría pasado por allí y estaría meditando.

Kirana era el alma espiritual de nuestro hotel; yo, la que hacía que todo funcionase.

A veces, inmersa en problemáticas tan dispares como los retrasos de pedidos a proveedores de alimentos poco cumplidores o las bajas del personal de limpieza, me preguntaba cómo había llegado a aquel lugar y a ese puesto tan diferente de lo que había hecho durante toda mi vida. Siempre me respondía que las circunstancias se habían sucedido una tras otra sin interferir demasiado entre sí. Solo habían existido dos cismas, esos que determinaron mi camino vital pero, por lo demás, las cosas habían ido cayendo ante mí como las hojas en otoño, tapizando mi paso con suavidad.

Me serví un zumo de melón con menta y me lo tomé sin ganas; a esa hora tan temprana a mi cuerpo no le apetecía ingerir nada sólido. Saludé a los diferentes miembros del equipo y con el rabillo del ojo vi que Aditya pasaba por delante del comedor, ya vestido para la clase de yoga. Hoy solo tendría a dos personas, mañana seguro que su audiencia sería mayor.

Durante las siguientes horas solucioné varias contingencias. Luego dediqué un buen rato a revisar la planificación de actividades y la oferta del comedor. Dejé abierto el programa que compartía con recepción para comprobar, en tiempo real, las entradas y las salidas, y fui viendo como el *lodge* se vaciaba con parsimonia. Conocía bien la sensación de quienes se iban: una mezcla de congoja y esperanza. Eso si habían hecho bien los deberes.

Pedí que me trajesen un tentempié y eché un vistazo al listado de entradas. Había bastantes repetidores de larga estancia, pero también gente nueva a la que necesitábamos fidelizar para que volviesen a pasar allí parte de sus vacaciones o de su vida, como hacían algunos. Este había sido mi objetivo al aceptar el puesto y lo había cumplido con creces.

Di un bocado a la sabrosa rebanada de pan de espelta con aguacate y mango y maldije al percatarme de que el zumo de la fruta se me escurría por la barbilla hacia el teclado del ordenador. Fue entonces, mientras hacía malabarismos para no maltratar el vetusto aparato, cuando un nombre de la lista me llamó la atención: Juan Ayala. Segunda vez en el *lodge*.

Se quedaría tres semanas.

Abrí su ficha, no sé ni por qué. Quizá fuese porque me acordaba bien de él: un hombre mayor, bajito y orondo que no participó en ninguna de las actividades y que siempre estaba sumido en una tristeza tan densa que parecía formar una atmósfera propia en torno a él. Solo una noche lo vi merodear alrededor de nuestra velada de música balinesa y, a pesar de la penumbra en la que se camuflaba, creí percibir lágrimas en sus flácidas mejillas.

Consulté toda la información de la reserva. No había contratado la misma villa del año pasado, se había decantado por una más pequeña, y esta vez no había solicitado hacer todas las comidas en solitario. Interesante.

Mis ojos se detuvieron, curiosos, en sus datos personales.

«Vaya, es de Tenerife. No me había fijado en ese detalle el año anterior».

Cerré su ficha y me obligué a sumergirme en unos documentos que debía enviar a la administración local y cuyo plazo de entrega terminaba al día siguiente. Era la parte de mi trabajo que menos me gustaba, pero alguien tenía que hacerlo y no había demasiados voluntarios a mi alrededor.

Por la tarde, después de la breve reunión con los responsables de cada área, decidí dar una vuelta por los jardines. La humedad me envolvió con su abrazo amable y enseguida noté cómo una fina capa de sudor hacía lo mismo con mi cuerpo. Suspiré. Por muchos años que llevase en Bali, jamás me acostumbraría a ese bochorno.

Pese al calor, me encontré con bastantes huéspedes en mi camino. Las zonas de descanso, llenas de hamacas y sillas en torno a mesas redondas, acogían a algunos lectores que se refrescaban con bebidas coloridas. Los puestos de masajes, camuflados entre los arbustos y las palmeras, también estaban llenos. En las piscinas que a modo de estanques naturales salpicaban los jardines, se remojaban varias señoras de avanzada edad, y en las dos palapas principales las actividades dirigidas tenían más público que el día anterior.

«Estos son todos repetidores. Saben que, para mitigar el *jet lag*, es mejor coger el ritmo del *lodge* desde el principio».

Todo parecía estar bajo control y, tras consultar la hora, decidí dar por terminada mi jornada. Fui a mi apartamento para ducharme y cambiarme la blusa y la falda larga que utilizaba como uniforme por un vestido cómodo. Esa tarde había quedado para una cena temprana con mis amigos Nuria y Enoc, a la que seguro que se sumaría alguno de nuestros conocidos balineses. Me puse unos pendientes grandes y vistosos y bajé por el sendero que discurría a un lado del *lodge* y que lo comunicaba con la playa.

Nuria y Enoc regentaban uno de los centros de buceo más conocidos de la zona. Habían venido desde su Alicante natal hasta Bali como turistas mochileros y se habían enamorado de la energía de la isla hasta el punto de quedarse en ella permanentemente. Me habían acogido con calidez desde que pisé aquel pueblo de la costa norte de Bali, y no pasaba ni una semana sin que nos viésemos. Me sentía como en casa con ellos, era el superpoder de aquella pareja que ya peinaba canas y que disfrutaba de la vida de forma intensa, sobre todo después de que Nuria hubiera superado un cáncer cinco años atrás.

Nos reunimos en nuestro bar favorito, donde los platos multicolores competían en sabrosura con los variados zumos y cócteles. Siempre reservábamos la misma mesa, la que tanto nos gustaba porque daba a la playa y al cielo estrellado, ese que me recordaba a mi hermano Marcos y su fascinación por el firmamento balinés lleno de luz.

«Es como si tuviese que reprogramarme para entender que aquí las estrellas no son las de siempre», solía repetirme las veces que me visitaba.

La nostalgia me empapó los ojos, y Enoc, siempre tan perspicaz, se dio cuenta.

—¿En qué piensas, Nora? O mejor dicho, ¿en quién?

Apoyé la cara en mis manos e hice un gesto con los labios.

—Estaba recordando lo mucho que le gusta a mi hermano Marcos la astronomía y cómo se descoloca cuando viene a visitarme. No es nadie sin la estrella polar.

Nuria sonrió.

—Marcos es una persona muy especial. ¿Lo viste en el cumpleaños de tu abuela?

—Sí, aunque estuve algo dispersa... y él también. Quizá nadie se dio cuenta, pero yo sí. Marcos tenía un *burnout* de caballo, se lo diagnosticaron poco después. Ahora se encuentra mejor, pero me arrepiento de no haber hablado con él en ese momento. Habría podido ayudarlo.

Enoc dio un sorbo a su zumo verde y supe lo que me iba a decir antes de que las palabras saliesen de su boca.

—¿Y tú por qué crees que estabas dispersa?

—No sabría explicártelo con exactitud. Pero ya te conté que me siento inquieta, como si algo fuese a pasar, y tengo la sensación de que será gordo.

—Entonces seguro que ocurrirá, no lo dudes. Siempre has sido muy intuitiva, Nora, tienes una sensibilidad muy desarrollada para estas cosas —apostilló Nuria.

Me encogí de hombros.

—Bueno, no puedo hacer otra cosa sino esperar. Ahora mismo no hay nada en mi vida que me indique que hay un cambio a la vista. Es más bien algo interno, una sensación extraña.

—¿Y qué sientes al respecto? —inquirió Enoc con mirada sabia.

Me quedé callada sondeando con cuidado mis emociones.

—Si ocurriese, lo aceptaría. Quizá, en el fondo, sepa que necesito un cambio de etapa. Ya llevo diez años en Bali, mucho más de lo que pensaba quedarme cuando llegué.

Nuria fue a decir algo más, pero en ese momento aparecieron Bayu y Vira, monitores del club y asiduos del grupo, y aparcamos el tema.

Más tarde, de camino a mi apartamento, dejé que la idea se deslizase de nuevo en mi consciencia. La cálida noche olía a flores y a incienso, a brisa marina y a calma, y aspiré el aire húmedo para intentar ralentizar los latidos de mi corazón.

«No quiero estar inquieta. Me he pasado la mitad de mi vida nerviosa por lo que está por venir y dejando de vivir el presente; no deseo volver a eso. Si voy a experimentar un cambio relevante, que así sea, pero que no me haga perder la tranquilidad, que bastante me ha costado llegar al punto de equilibrio en el que me encuentro».

Iba tan sumida en mis pensamientos que no me di cuenta de que había un hombre apoyado en uno de los bancos que bordeaban la playa. No era demasiado alto, pero su postura denotaba aplomo y seguridad. Supongo que escucharía el sonido de mis sandalias, porque al pasar por su lado se volvió hacia mí y me dirigió la palabra.

—Señora directora —dijo en castellano.

Había algo en su cara que me intrigó. Además, era como si me hubiese estado esperando.

—Llámeme Nora, por favor. —Escarbé en mi memoria para averiguar quién era, y al momento un recuerdo se iluminó en mi cerebro—. Aquí no somos demasiado protocolarios, señor Ayala.

El hombre sonrió y, al hacerlo, sus ojos casi desaparecieron entre las pronunciadas arrugas.

—Lo mismo digo. Llámeme Juan, por favor.

Correspondí a su sonrisa. Había algo en ese hombre que hacía que me cayera bien. Quizá fuese que ya no arrastraba la tristeza que lo sepultaba el año anterior y, por eso, su gesto resultaba más auténtico.

—¿Está en plena operación *jet lag*, Juan?

—Sí, en esa misma. Por eso quise bajar a la playa, a ver si me canso con unos cuantos paseos y cojo mejor el sueño.

Miré el reloj. Ya eran las once y se lo dije.

—Si quiere, lo acompaño al *lodge*. Es una buena hora para que intente dormir.

El hombre asintió y desandamos el corto camino hasta el complejo. Apenas hablamos, tan solo los breves comentarios de Juan sobre el tiempo y las posibles lluvias. Me despedí de él en el vestíbulo.

—Nos vemos por la mañana, Juan. Procure descansar y verá cómo su biorritmo se irá acoplando al de la isla. Es parte de la magia de Bali.

Juan Ayala asintió y me miró, como esperando algo más. Seguí hablando con mi habitual fórmula de directora del *lodge*.

—Mañana podremos conversar un rato y ver lo que le apetece hacer en sus vacaciones. Ya sabe que para nosotros su bienestar integral es lo más importante. Trataremos de que su estancia en Bali le sirva para encontrar el equilibrio.

Una pequeña sonrisa nació en su redondeado rostro y me dio unas palmaditas en el antebrazo.

—Gracias. Ese es uno de mis propósitos. Y mañana le contaré cuál es otro de ellos, no menos relevante.

Le sonreí amable. Era habitual que los huéspedes me confiasen cosas, aunque no solía ocurrir tan pronto. Normalmente sucedía tras unos días de estancia. Juan Ayala enarcó sus frondosas cejas blancas y juraría que me había guiñado un ojo.

—Más bien, es una propuesta, señora directora. Una dirigida solo a usted. Pero, como dice, tenemos tiempo para hablar durante mis vacaciones. Buenas noches y que descanse.

Hizo una leve inclinación de cabeza y abandonó el vestíbulo por las puertas de cristal. Me dieron unas ganas incontrolables de reírme, era como si Gimli, de *El Señor de los Anillos*, me hubiese hecho una proposición para irme con él a vivir a Moria.

Cogí un vaso de agua con limón de la jarra que siempre teníamos disponible en la recepción y eché un vistazo hacia el sendero por el que se había ido Juan Ayala.

«Qué interesante. Por escucharle no pierdo nada».

Jamás habría pensado que sería él, un señor mayor con pinta de gnomo de jardín, el que me haría la propuesta que me cambiaría la vida más de lo que lo había hecho ninguna otra.

2

Nora

1991

—Ahora no puedo, Nora. Tengo que hacer la tortilla y las croquetas para que podamos ir esta tarde a bañarnos a Bajamar. Ve a jugar con tus hermanos, anda.

La niña resopló impaciente, y pensó que su madre no se enteraba de nada.

—Pero, mami, es que Marcos y Eli no quieren jugar conmigo, me han dicho que me buscara otra cosa que hacer. Y Victoria dice que iba a *poner* la quiniela con Jorge y que no me llevaba con ellos.

La madre depositó varias croquetas en el aceite chisporroteante y echó un vistazo a la niña de siete años. Mostraba una expresión contrariada que se mezclaba con cierta petulancia, y Maruca Méndez meneó mentalmente la cabeza.

—Qué quiniela van a hacer, si estamos en verano y no hay fútbol. Diles que te lleven con ellos o me enfado.

—Es que ya se fueron, mami, y yo estoy muuuy aburrida.

—Pues desabúrrete. Existen mil cosas con las que entretenerse, así que échale imaginación.

—Jo, mamá...

La madre se impacientó. Tenía la comida sin terminar, coladas por poner y ropa que planchar, y se encontraba sola porque su marido no llegaría hasta la noche. Y su propia madre, que normalmente cuidaba encantada de sus nietos, se había ido unos días al sur con las amigas.

—¡Nora! Si quieres ir a la playa esta tarde, pórtate bien y para de quejarte. Ve a buscar a Elisa y a Marcos y diles de mi parte que te dejen jugar, que, si no, los que no van a ir a la playa son ellos.

La niña pensó que eso no era un problema para sus hermanos. Si los castigaban en casa, ya buscarían la forma de liberarse e ingeniar alguna aventura con Alberto, su amigo del alma.

—No van a querer.

Bajó los hombros, derrotada, y salió de la cocina arrastrando los pies. Maruca Méndez sintió una breve punzada de arrepentimiento. No era la primera vez que se decía que debía hacerle más caso a Nora. Era la pequeña y, con tres hermanos más que llenaban la casa de trifulcas, muchas veces no le prestaba la atención suficiente.

«Cuando nos vayamos a veranear a Los Cristianos en agosto, buscaré tiempo para ella. Lo prometo».

Nora, ajena a las promesas internas de su madre, se encaramó a la ventana de la sala con los labios fruncidos. Estaba harta del verano, de no poder ver a sus amigas del colegio y de tener que estar rodeada de los antipáticos de sus hermanos. Ni con su mejor cara de niña buena la aceptaban en su juego y, si lo hacían, este nunca duraba mucho tiempo. Se aburrían y comenzaban otro, de esos donde la fuerza física era imperativa y donde ella tenía todas las de perder.

A Nora le gustaba jugar con muñecas, colorear y leer los pocos libros que había en casa. Eso no significaba que se quedase a la zaga en aquellos juegos donde había que emplear la imaginación y la inventiva; al contrario, era ella la que creaba las tramas más divertidas a las que los otros niños se enganchaban al momento. Pero esas veces eran las menos, y empezaba a hartarse de ser lo que los demás pretendían que fuese para encajar.

«No soporto a mis hermanos. Si no quieren estar conmigo, pues que no estén. Me voy».

Fue a su habitación y cogió el último libro que le había comprado su padre —*El club de los cinco*, que ya había leído tres veces—, una manta, una almohada y una pequeña linterna. Del cuarto de su hermana Elisa, sustrajo el walkman y un paquete de pipas que guardaba en un cajón de su escritorio y, en un despiste de su madre, se llevó un brik de zumo de la despensa.

«Y ahora, que me busquen».

Nora tenía un escondrijo que le encantaba y que no había compartido con nadie: un recoveco en el cobertizo del jardín formado por unas tablas que, en su momento, habían servido de baldas para poner las herramientas, y que, ahora, actuaban de refugio perfecto, ya que las ocultaba una pila de cajas de diferente índole. Si uno entraba en el cobertizo, no se daba cuenta de que existía ese espacio pequeño donde una niña podía esconderse sin ser vista.

Dispuso la manta y la almohada de tal forma que los rayos de sol que se colaban por las tablas del cobertizo no le llegasen a la cara y colocó el resto de las cosas al alcance de su mano. Suspiró, satisfecha, contemplando su pequeña guarida. Quedarse allí era sin duda mejor plan que aguantar las aguadillas de sus hermanos en las piscinas naturales de Bajamar.

Las horas fueron pasando mientras Nora devoraba el libro, escuchaba la cinta variada que Marcos había grabado de Los 40 Principales y comía pipas si le entraba hambre. Incluso se quedó un poco adormilada. Y fue tras ese sueñecito cuando se sintió algo incómoda y decidió asomar la cabeza de su escondite.

El volumen al que había escuchado el walkman y la siesta posterior la habían hecho ignorar el revuelo que se había armado en la casa cuando fueron a salir y se dieron cuenta de que Nora no estaba. Toda la familia entró en pánico al no encontrar a la menor de los Olivares. Sus hermanos recorrieron la calle arriba y abajo y preguntaron a los vecinos si la habían visto, a la vez que su madre se volvía loca en casa intentando localizarla en los escondites habituales de los niños. El padre llegó antes del trabajo, alertado por la llamada de su mujer, y se unió a la batida de búsqueda con el gesto alarmado. Aquello no era propio de Nora.

Fue él quien amplió el radio de acción al jardín, a pesar de que *a priori* no parecía haber lugares en él donde la pequeña podría haberse metido. No pensaron en el cobertizo porque estaba tan lleno de trastos que era imposible que hubiese entrado allí. Salieron dando voces y en ese momento la niña puso un pie fuera de la caseta, algo adormilada. Su madre, al encontrársela, se arrodilló ante ella y comenzó a sollozar de angustia.

—Por Dios, Nora, no sabes todo lo que se me ha pasado por la cabeza. ¡Pensé que te había perdido!

Su padre, pálido tras su frondoso bigote, la abrazó con fuerza y apenas la riñó. La niña no entendía nada, pero sintió, por primera vez en mucho tiempo, que se la tenía en cuenta. Incluso sus hermanos, de pie delante de la puerta de la terraza, lucían una expresión de miedo y culpa en el rostro.

Solo la abuela, que había vuelto del sur en tiempo récord tras la llamada de su hija, exhibía el ceño fruncido y la mano dispuesta a darle una nalgada. Pero su madre la apretó contra sí protectora, y se limitó a pedirle que, por favor, nunca más volviese a hacer algo así.

Esa tarde Nora aprendió que existían formas de volverse importante, y una de ellas era alterando la paz familiar. Lo de ser la niña buena estaba bien para mantener la calma, pero el poder de una travesura era mucho más grande y servía mejor a sus propósitos. De ahí que, en los años siguientes, las mayores trastadas estuviesen firmadas por ella.

Y también comprendió que esa era la única manera que había descubierto hasta el momento de no sentirse la última mona.

3
Nora

A pesar de su extraña promesa, Juan Ayala no se acercó a mí en los días posteriores. Parecía muy entretenido, al contrario que el año anterior.

Me fijé en que participaba en las excursiones que ofrecíamos a lugares como Ubud o Pura Tanah Lot, y que se unía a las clases de yoga, aunque siempre medio escondido, como intentando ocultar su poca destreza, que suplía con un rostro sereno y brillo en los ojos. Parecía que estuviese iluminado.

Definitivamente, el señor Ayala no era el mismo.

No le presté más atención, la gestión del *lodge* se llevaba gran parte de mi energía, y lo que quedaba para mí lo invertía en mi tranquilidad mental y en nutrir mi búsqueda de la belleza, que, en Bali, resultaba más bien fácil. La visión de la frondosa vegetación meciéndose con la brisa y agitando los pétalos de las fragantes flores me llenaba de armonía y me sacaba una sonrisa con facilidad.

No obstante, me acordé de él en mi día libre, mientras volvía al apartamento tras una sesión de buceo con Enoc. Le había contado mi conversación con Ayala y habíamos pasado un buen rato elucubrando sobre sus motivos ocultos.

«Quizá quiera tener un heredero y te ve buena moza para ello. O desea darle celos a alguien y te va a contratar de acompañante. Ah, no, ya lo tengo: cree que eres su hija perdida y te ofrecerá su fortuna», sugirió.

Me había reído con las chanzas de Enoc, pero también me di cuenta de que apenas sabía nada de ese hombre. Así que ya en casa, y tras una ducha, me tumbé en una de las hamacas y busqué en internet.

Al momento, cientos de imágenes y noticias se acumularon ante mis ojos.

«Vaya, vaya. Nuestro amigo es un pez gordo local», pensé.

Según Google, Juan Ayala era el patriarca de una de las grandes fortunas de Canarias. Empresario hotelero desde los años setenta, comenzó con la construcción y explotación de los típicos hoteles-colmena. En la actualidad, había diversificado su imperio con muchas sociedades que daban servicios a sus hoteles, además de contar con importantes inversiones en agricultura y en empresas de reciclaje.

«Tiene toda la pinta de ser el típico empresario bien relacionado que firma sus acuerdos en servilletas tras almuerzos regados con mucho vino y posteriores visitas a puticlubs. Vaya pájaro, nuestro amigo Juan. Aunque no se le puede negar el mérito de haber salido de la nada y haber creado todo este emporio. Un hombre hecho a sí mismo, como dirían en las películas americanas».

Ignoré las entradas que recogían aspectos de su vida como que había sido presidente de no sé cuántas asociaciones de empresarios de la zona sur e incluso rotario, y me detuve en una de las pocas revistas de cotilleo de la isla. Había un reportaje de Juan Ayala y su familia, y eso fue lo que me hizo entender más cosas.

El hombre resplandecía junto a una señora guapa que lo agarraba del brazo con cariño y que, según la publicación, era su mujer, Blanca Perdomo. Hablaba de que llevaban casados cincuenta años y que, gracias a ella, había logrado todo lo que tenía. El artículo citaba también a sus nietos, que ya se habían incorporado al negocio, aunque no mencionaba a sus hijos. Dejé de leer cuando el reportaje comenzó a desentrañar las trayectorias de los nietos, y levanté la vista, pensativa.

«Quizá sus viajes en soledad a Bali tengan que ver con la ausencia de su mujer».

La respuesta la obtuve la tarde siguiente. Había terminado mi jornada, pero me entretuve sentada a la sombra, demasiado acalorada para querer moverme. Ni siquiera la limonada agridulce que bebía a grandes sorbos era capaz de aplacar mi sofoco. Paladeé la bebida, consciente de que se calentaría con rapidez y dejé el vaso casi vacío a un lado, en el banco de madera a la sombra de un tupido frangipani.

—Señora directora —escuché decir a alguien, y me giré hacia la voz—. Espero no molestarla.

—Ya le he dicho que me llame Nora —repuse con una sonrisa.

Juan Ayala se sentó a mi lado de forma amable, sin invadir mi espacio, y apoyó sus rechonchas manos sobre las rodillas.

—Hace más calor que el año pasado —comentó, resoplando.

—En realidad, lo que está disparada es la humedad. Yo todavía no me acostumbro, y eso que llevo tiempo aquí.

—Es usted canaria, ¿verdad?

Me entró la risa y lo miré sin tapujos.

—Como si no lo supiese ya.

Juan Ayala me secundó con una carcajada seca, y sus frondosas cejas se movieron divertidas.

—Ya me imaginaba que no la iba a engañar. Lo confieso: me gusta saber cosas de la gente.

—¿Por lo de que la información es poder?

—Puede. Y por más motivos. A ver, dígame: ¿hace mucho que se fue de Tenerife?

—Llevo fuera catorce años.

Esperó a que añadiese algo más, pero me mantuve callada. Entonces se reclinó hacia delante, agarrándose al banco con las dos manos.

—¿Y no ha pensado en volver?

Me encogí de hombros. Aquella pregunta removía demasiadas cosas en mi interior, y no tenía ganas de compartirlas con alguien a quien no conocía.

—Entiendo.

Estuvo en silencio unos segundos y, cuando abrió la boca, noté que algo en él había cambiado. Como si se hubiese deslizado en su piel de comerciante, de negociador nato.

—Tengo una propuesta para usted, y en cierta forma guarda relación con mi pregunta.

Aquello me intrigó y me giré hacia él.

—Le escucho.

El hombre asintió, como si no le sorprendiese.

—Quiero desarrollar un proyecto en el sur de la isla, un concepto de alojamiento que no existe allí. Se trata de un pequeño hotel con cabañas en el municipio de Vilaflor, en medio del pinar y con vistas a la montaña de Guajara. Ahora mismo no está operativo, era una idea que iba a llevar a cabo mi mujer y…, bueno, después de que nos dejase, no he tenido ni las fuerzas ni las ganas de retomarlo.

Cogió aire para controlar su voz, pero no ocultó su tristeza. No hice ningún gesto, preferí darle un tiempo para que se recompusiera solo.

—Blanca deseaba crear un espacio tranquilo, de retiro y relajación, muy alejado del turismo de masas, y que actuase a modo de elemento sanador para quienes se alojasen en él. Nos hospedamos en un lugar parecido en Perú, y vino con esa idea en la cabeza. Ahora que ya no está, el proyecto se ha quedado parado, pero me he propuesto reactivarlo. En homenaje a ella, y porque no quiero que, cuando nos volvamos a ver, me tire de las orejas.

Se rio de nuevo dejando escapar un sonido seco, como el ladrido de un perro, y me miró directamente a los ojos.

—He visto lo que hace usted aquí. Me fijé el año pasado, a pesar de estar hundido y triste, y lo he vuelto a percibir este año. Nora, usted maneja esto con seguridad y destreza, y, a la vez, posee la sensibilidad necesaria para que los huéspedes experimenten… eso tan difícil de describir.

«La energía, la bondad, la belleza, la calma. Eso es lo que ocurre en este pequeño lugar del mundo».

—Vilaflor de Chasna no es Bali, pero tiene lo que alguien cansado e impregnado de la inmundicia que nos rodea necesita para… reconectar, o como sea que lo digan ahora. Y me gustaría que fuese usted la que le diese vida, la que hiciese de ese pedacito de isla un lugar especial y único.

Cogí aire y mi interior se sacudió por primera vez en mucho tiempo. Quizá se trataba de ese «te lo dije» de mi intuición, que aplaudía ante lo que estaba por llegar. Ayala no me dio tregua:

—No es un proyecto con el que busque hacerme millonario, quiero que lo sepa. No lo necesito; con lo que poseo, si mis nietos siguen teniendo cabeza, mi patrimonio dará de comer a un par de generaciones. Esto no va de dinero ni de rentabilidad, y eso es importante.

—Va de la promesa que le hizo a su mujer.

—Y de que ahora entiendo lo que ella deseaba hacer con la finca.

Juan Ayala se levantó mirando el reloj.

—Piénselo. Y tenga claro que no voy ofreciendo cosas así a cualquiera. Presumo de buen olfato para los negocios, pero también para las personas. Y usted, mi niña, es la persona que necesito. Que La Bianca necesita. No puede ser cualquiera.

—Lo pensaré.

—Perfecto. Me voy a que Aditya me obligue a hacerme un ocho. Menudo ser más sádico tiene como yogui.

Me reí, nerviosa, y el hombre me sonrió como despedida. Lo contemplé irse hacia la palapa mayor y el calor arreció de repente, como si se me hubiese incendiado el cuerpo.

Ahí estaba, eso que llevaba un tiempo acechando en mi interior, la sospecha de que se acababa una era y comenzaba otra.

Mi cabeza era un avispero y mi pecho un nido de pequeños pájaros cantores. Me levanté casi sin aire y comencé a caminar. Pasos rápidos y decididos, en búsqueda de lo que siempre me ayudaba a serenarme.

Me sumergí en el Pacífico con paso firme, buscando el alivio de sentir el frío en la cabeza, como si así se me refrescasen las ideas. Buceé hasta quedarme sin aire y luego permanecí un largo rato flotando en el mar, en aparente paz, dejando que el sol de la moribunda tarde tiñese de naranja mi cuerpo expectante.

Mi familia, los Olivares, éramos hijos del mar, isleños de costa, de veranos atlánticos e inviernos oceánicos. Cuando algo nos preocupaba, buscábamos la proximidad del mar como si hubiésemos salido de ese elemento, como animales a medio camino de mutar, anfibios humanos yonquis del salitre y de la maresía.

Solo más tarde, con un té de hierbas en la mano y hecha un ovillo en mi pequeño sofá de la terraza, me concedí pensar. Hasta entonces había estado en modo ahorro de energía, sintiendo a través de mi piel, bloqueando todo pensamiento intrusivo. Pero había llegado el momento, y no iba a evitarlo. No, porque era consciente de la importancia de lo sucedido.

Decidí ser honesta y admitir que lo que invadió mi cuerpo al escuchar la propuesta de Ayala fue una mezcla de ilusión y ganas aderezada con un puñado de nervios y unas chispas de felicidad. Sin embargo, no podía obviar que, por otro lado, no conocer bien a aquel hombre me había despertado cierta suspicacia que me generaba incertidumbre. Y luego estaba la resistencia a abandonar lo conocido, aquello que llevaba siendo mi realidad los últimos diez años.

Bali me había salvado la vida, me había dado la luz y la fuerza que necesitaba, e hizo que, por fin, me conociese a mí misma.

Llegué a la isla indonesia en pleno duelo de muerte y traición, sintiéndome insuficiente e ignorando si aquello era un fin o un principio. Elegí el lugar sin pensar demasiado, solo deseando meter la cabeza en un agujero y desaparecer del mapa un tiempo. Ahora, tantos años después, me había habituado a su ritmo, a las caras sonrientes y a mil cosas más que me hacían estar en equilibrio. Serena, por primera vez en mi vida.

Dejé la taza sobre la mesita y contemplé las hojas de las palmeras, que se mecían con suavidad.

Estudié Psicología, pero no ejercí demasiado tiempo. Solo en Tenerife, el año tras la muerte de mi padre, y luego durante mi estancia en Kenia, con las dificultades que conllevó la barrera lingüística.

«Mi gran trabajo como psicóloga ha sido conmigo misma. Y si acepto la propuesta de Ayala, no puedo dar pasos atrás».

A priori no tenía por qué ser así, me dije. Significaba volver a la isla, sí, pero esperaba que la sensación de ahogo se hubiera diluido con el tiempo, los kilómetros y la distancia. Y regresar a Tenerife también implicaba vivir más cerca de mi familia.

El corazón se me estrujó con dulzura al pensar en mi madre y en mi abuela, que estaban mayores y a las que echaba de menos. Quizá el haberlas visto recientemente me había removido más de lo que imaginaba.

«Me estoy engañando a mí misma. En la fiesta de cumpleaños de la abuela, ya sentí que la isla me llamaba. Por eso apenas disfruté de la reunión, estaba demasiado agitada por dentro tratando de desentrañar la sensación de inquietud».

Me asomé a la barandilla y me pregunté si echaría de menos mi vida tal y como era entonces. Las rutinas del *lodge*, mis amigos, el olor a incienso y a flores, la espiritualidad que me envolvía y que habitaba en mí...

Cerré los ojos e intenté concentrarme, dejar los pensamientos a un lado y solo existir, porque, a veces, el silencio es el que crea las mejores respuestas.

Y en mi pecho se dibujó un «sí» tan nítido y confiado que desterré de mi mente las objeciones y me abrí a la posibilidad de un nuevo cambio de vida. Sin miedos, con ganas de volar y de disfrutar lo inesperado. Y con la determinación de sofocar con mano dura los nervios que no me dejaban vivir el presente porque siempre acechaban, agoreros, lanzando señales de peligro sobre el futuro.

Pero primero necesitaba hablar con Ayala y hacerle unas cuantas preguntas. Y solo cuando las hubiese contestado todas, le daría mi respuesta a su oferta.

Ese «sí» reluciente que ya se estaba perfilando con brillo en el camino de mi vida.

4

Sergio

Emilia me esperaba en el restaurante con el teléfono en la mano, como siempre, y el ceño ligeramente fruncido. Su cabello rubio ceniza se alineaba con la mandíbula con delicadeza y solo cuando levantó la mirada, de un verde intenso como el de la abuela Blanca, la pose de formalidad se tambaleó para dar paso a una sonrisa feliz.

Así era mi hermana. Por mucho estrés y problemas que asediaran su ajetreada vida, era capaz de dejarlo todo de lado por uno de nosotros. De la familia. De esa que cada vez menguaba más.

Tragué saliva al recordar el olor a canela de mi abuela y el calor de su abrazo mullido. Después de dos años, seguían vivos en mi memoria sensorial. De inmediato, traté de espantar cualquier vestigio de añoranza, apelando a mis mecanismos mentales, que eran ya todos unos maestros en ello.

«Eso ocurre cuando tienes muchos muertos que añorar y pocos vivos que ocupen los lugares que ellos dejan».

—¿Hoy de qué vas vestido, de profesor de salsa de peli americana? —me soltó como saludo, mientras me repasaba de arriba abajo con una sonrisa burlona.

La besé con cariño y la apreté contra mí dejando escapar una risita.

—Es mi día libre y vengo de clase con Ariana, ¿qué pasa?

Emilia meneó la cabeza, resignada ante mi falta de formalidad, aunque, en el fondo, sabía que le hacía gracia.

—Menos mal que aquí nos conocen, que si no...

Me miré. Tampoco iba tan desastrado. Sí, vale, quizá un chándal con una camiseta de mangas recortadas no fuese el atuendo más adecuado para aquel restaurante, pero no era la primera vez que ocurría. Supongo que, en una mesa como la nuestra, la de los nietos y los sucesores del magnate Ayala, se permitía cualquier extravagancia. Incluso los neones de mis zapatillas de deporte.

Emilia y yo solíamos almorzar juntos mínimo una vez a la semana. Pero ese día hacía casi tres que no veíamos; ambos habíamos estado de viaje y, luego, ocupados con mil y una cosas.

Se suponía que para nosotros debería ser fácil vernos; a fin de cuentas, trabajábamos en el mismo negocio. O eso era lo que aparentábamos de cara a la galería.

La realidad resultaba bastante diferente.

Nos pedimos unos salmorejos y unas gambas a la plancha mientras ella me ponía al día de las circunstancias tan complejas que afectaban al personal de los hoteles. Nos costaba encontrar gente para trabajar, pero no éramos los únicos. Los precios altos de los alquileres hacían que fuese imposible vivir en el sur, y ya habíamos detectado situaciones tan desesperadas como trabajadores que dormían en sus coches en el exterior del hotel.

—Sé que el abuelo, junto con más empresarios, va a reunirse con el Cabildo y el Gobierno de Canarias para estudiar soluciones.

—Deberías asistir tú también. Necesitas que te empiecen a tener en cuenta en todos esos círculos.

—No te preocupes. Esta semana me reuní con Aline Almazán y vamos a formar parte de ese grupo de empresarios. No pueden obviar a la CEO de Almazán e Hijos, ni a mí si voy con el abuelo.

Mi mente voló hacia Juan Ayala, la roca de nuestra familia, que, en los últimos meses, se había convertido en una sombra de sí mismo.

—¿Y sabes si llegará a la reunión? Porque esta vez me da que sí está disfrutando de la estancia en Bali, y quizá no vuelva el día previsto.

Emilia peló la gamba con habilidad y alzó las cejas sorprendida.

—¿No leíste los mensajes de anoche?

La miré frunciendo el ceño.

—No.

Mi hermana resopló.

—¡Y yo que creía que el objetivo de nuestro almuerzo de hoy era comentar la jugada del abuelo!

Negué con la cabeza, sin saber de lo que hablaba.

—¿Qué jugada?

A Emilia le brillaron los ojos, deseosa de ver mi reacción.

—Anoche escribió en nuestro grupo. Está volando hacia aquí. Quiere reactivar el proyecto de la abuela y se trae a la directora de su hotel de Bali para que coja las riendas.

Aquello sonaba a una de las «ayaladas» por las que era famoso mi abuelo Juan. Acciones relámpago basadas en una intuición afilada y que, normalmente, llegaban a buen puerto. Sin embargo, esa vez algo me hizo sentirme contrariado, y Emilia lo notó.

—¿Qué? ¿No te hace gracia que rompan la tranquilidad de tu feudo montañés?

—No es eso, que también...

—No me seas cerradito, Sergio, que llevas bastante tiempo de ermitaño entre los pinos. Ese hotel era el gran sueño de la abuela, y no me parece mal que se haga realidad.

—Ya... —respondí, remolón. Sentía cierto recelo por el hecho de que se trajese a alguien de fuera—. A ver si va a aparecer con una iluminada de esas que no tienen ni idea de llevar un negocio.

—Qué poco confías en el abuelo, Serch. A él no se la cuela cualquiera. Si la ha elegido, es porque vale para ello.

—Quizá antes no, pero ahora está más vulnerable, Emi.

—Bueno, démosle un voto de confianza. Además, pronto veremos lo que ocurre. Si no me fallan los cálculos, llegará aquí mañana. Y empezará el baile.

Me encogí de hombros. En el fondo, no me hacía mucha gracia el proyecto póstumo de la abuela, pero me sentía en deuda con ella, se merecía el máximo apoyo. Había ejercido de madre conmigo durante casi toda mi vida, era lo mínimo que podía hacer.

Tuve que recordarme ese pensamiento varias veces a lo largo del día siguiente, cuando, tras reunirnos con el abuelo en la casa familiar, nos contó en mayor profundidad lo que tenía en mente. Mientras nos hacía partícipes de sus planes, no pude obviar el cambio que se había producido en él. Antes de irse a Bali ya había dado síntomas de encontrarse mejor, pero ahora podía incluso vislumbrar chispas de lo que había sido el abuelo anterior a la pérdida de su Blanca.

—A partir de ahora el proyecto va a coger fuerza —dijo mientras se frotaba las manos y Emi me miró reprimiendo una sonrisa—. Estoy deseando establecer los siguientes pasos con Nora, la que va a ser la directora, y empezar las obras enseguida para no demorarnos mucho en la apertura.

No le pregunté cómo había conseguido los permisos para mover una sola piedra en la finca, que era espacio natural protegido; de hecho, prefería no saberlo. Había cosas en los negocios del abuelo que venían de lejos, de las épocas en las que no todo se hacía por cauces legales.

El viejo clavó sus ojos en mí y dio unos toques con su dedo índice en el dorso de mi mano.

—Quiero que apoyes esto como si fuese un tema directo tuyo, Sergio. Vas a estar cerca de todo lo que ocurra, pero no es solo eso. Sabes que tu abuela quería hacer algo especial en ese hotelito y nosotros debemos procurar que sus sueños se cumplan. Yo volveré a Bali dentro de unos días y quizá amplíe mi viaje un tiempo más, así que no podré permanecer al pie del cañón. Confío en ustedes y en Nora para que La Bianca sea la mejor versión de sí misma.

Noté que Emi me echaba una mirada y supuse que ella también se estaría preguntando lo mismo. Me extrañaba que, si era un tema tan importante para él, no se quedase para controlarlo todo. Se me estaba escapando algo y no sabía el qué. Era consciente de que él me leía mejor que nadie, y por eso me resultaba tan raro que quisiera que me implicara en aquel proyecto menor, cuando yo ocupaba otro rol en el negocio familiar. Pero no dije nada al respecto y solo asentí apretándole la mano. Tras haberlo visto tan mal, no podía negarle aquello.

Después de nuestra reunión y de que el abuelo se retirase para descansar, salí al jardín, que se asomaba, rotundo, al océano. Necesitaba aire fresco para poner en orden mi interior.

Hacía ya tiempo que había conseguido ser dueño de mis emociones y vivir evitando cataclismos, en una agradable indiferencia sostenida que solo se había quebrado por una causa mayor. Por eso, no entendía qué había en todo aquello del hotel de Vilaflor que me incomodaba tanto. Debería haber estado enamorado del proyecto, ilusionado por una idea a la que tenía asociada tantos recuerdos bonitos, pero algo me lo impedía. Era como si notase un presagio en mis huesos, una premonición de que aquello no iba a ser como otros tantos planes en los que el abuelo me había involucrado. Ni siquiera se asemejaba por la forma en la que me lo había vendido: hasta ese entonces, siempre había tratado de camelarme para que dejase de lado lo que tuviese entre manos, como intentando que no se le viese el plumero; ahora, me lo había pedido de manera directa, sin miramientos. Casi como si fuese una orden.

Emilia me alcanzó en un extremo del jardín, donde una barandilla de cristal frenaba la caída al mar.

—Lo tiene claro, ¿eh?

—Es su nueva obsesión.

—No lo llamaría obsesión. Es como una especie de… misión secreta.

—Y ahora me ha golpeado de lleno. En toda la cara.

—No te quejes. Vives al lado, es lógico que puedas echar un vistazo con mayor facilidad que yo.

—Ya ves tú el criterio que puedo tener yo en un negocio de ese tipo.

Nos miramos y el entendimiento fluyó entre nosotros de forma natural. No, no era yo el mejor para dar valor y jalear terapias alternativas ni sanaciones.

—Te vendrá bien salir de tus frutas y verduras.

Nos reímos. A Emi siempre se le dio bien simplificar mi rol en el conglomerado de empresas.

—Por cierto, ¿qué tal tu viaje? Ayer no me contaste nada acerca de él.

Sonreí y la rodeé con mi brazo. La presencia de mi hermana siempre ejercía un efecto beneficioso en mí. Era como mi píldora de vitaminas, un chupito de energía pura. Le hice el resumen de mi escapada a un congreso de hortofruticultura al que había asistido con Jon Marichal, un amigo del gremio, y dejamos atrás el tema del hotelito y de la importancia que, quisiésemos o no, tendría en la familia.

Pero por mucho que lo intentase apartar de mi cabeza, la vida se encargaba de recordármelo de formas muy evidentes. No solo mi casa estaba en la misma finca del hotel, sino que al día siguiente empezó a haber movimiento. Gente en los alrededores arreglando la palapa y estudiando la pequeña piscina, tomando medidas y limpiando caminos. Me quedé en la terraza, desde donde tenía una vista privilegiada del hotel, y al cabo de un rato observé a mi abuelo bajarse de un todoterreno en compañía de una mujer.

Era alta y su cuerpo se movía al vaivén de sus caderas, con pisadas seguras y elegantes. Llevaba un vestido largo de colores, que se ceñía con suavidad al cuerpo evidenciando sus curvas, y sobre el cual se desparramaba una mata de pelo rubio salvaje; o al menos eso creí distinguir desde lejos. No escuché su tono de voz, pero sí algunas risas tintineantes aderezadas de gestos amplios con las manos, que hacían parecer al abuelo un escudero al estilo de Sancho Panza.

La sensación de curiosidad se vio apagada en un momento por la suspicacia.

«Por Dios, es una hierbas. Seguro que hasta lleva pulseras en los tobillos».

No sé por qué mi ser reaccionó con irritación ante aquella mujer. Sin razón alguna decidí que no me hacía nada de gracia tenerla cerca, y que le costaría mucho ganarse mi confianza.

Lleno de un resquemor que ni yo mismo reconocí, entré en casa y me dije que no iba a formar parte de su comité de bienvenida. Ya si eso, otro día. No le hacía falta más fanfarria que la que le estaba dando el abuelo.

Y fue así como me predispuse contra Nora Olivares de una manera estúpida y visceral, como si con eso me estuviese protegiendo de todo lo que sucedería. Iluso de mí, creí que sería suficiente.

5

Nora

El olor a pino es un aroma difícil de explicar por su sutileza. Quizá su misterio radique en que se compone de una amalgama de olores casi inexistentes que juntos se armonizan hasta crear algo único. O por lo menos así ocurría en aquella ladera de vertiente sur donde las agujas de los pinos canarios —altos, orgullosos y con una resistencia extrema a ataques externos— se agitaban para mezclar su fragancia con la sequedad cálida de la pinocha que tapizaba la tierra y la de las jaras, escobones y tuneras que nacían entre las antiguas coladas volcánicas.

Aspiré con ganas aquel aroma cuyo recuerdo tenía almacenado en algún lado de mi memoria olfativa, dejando que mi alma lo reconociese y lo abrazase.

«Huele a sol y a tranquilidad, como a una canción que te sabes desde hace tiempo y cuya letra recuerdas sin necesidad de consultar».

El camino que llevaba al pequeño hotel reptaba en zigzag por la ladera y al no haberse asfaltado ofrecía el encanto de una excursión en el campo. Las piedras y las piñas que aparecían en la calzada hacían bambolearse al

4 × 4 en el que Juan Ayala me entretenía contándome la historia de la finca.

—Estas tierras albergaban una antigua bodega que exportaba vinos a Europa en el siglo XVIII, en la época en la que el vino canario estaba de moda, sobre todo en Inglaterra. En la parte baja de la finca todavía hay vid que subsiste no sé ni cómo, y también allí se encuentran la edificaciones donde se ubicaban la bodega y los almacenes. Sin embargo, poco queda ya del esplendor que tuvo esto.

—Es una pena, porque estamos rodeados de bodegas que en la actualidad producen vino. ¿No ha pensado alguna vez en reactivar el negocio?

Ayala meneó la cabeza.

—Requeriría mucha inversión para el rédito que se podría obtener. La orografía es complicada para la producción, peor que en las explotaciones de los alrededores, y ya tengo bastante con todo lo que he de gestionar como para entretenerme con ideas románticas.

No insistí, pero guardé el dato de vides exuberantes en mi cabeza para terminar de analizarlo en otra ocasión.

—Bueno, creo entender que una de las razones por las que estoy aquí es bastante romántica —le dije con una media sonrisa, y Ayala se rio a lo David el Gnomo, enterrando sus ojillos entre arrugas.

—Cierto. No te lo voy a discutir.

En los últimos días habíamos pasado tiempo juntos y comenzábamos a entendernos. Incluso había comenzado a tutearme. Iba a indagar un poco más, pero en ese momento llegamos al final del sendero y La Bianca apareció ante mis ojos.

Era lo que había imaginado que sería y, a la vez, me sorprendió.

Se trataba de un caserón de estilo canario, no demasiado alto a pesar de albergar dos pisos, encalado en blanco y con las típicas piedras grises incrustadas en las esquinas. Disponía de varias ventanas grandes en la fachada, recubiertas de madera oscurecida y con macetas de geranios en flor, y una amplia entrada que se guarecía bajo un porche de madera.

Aparcamos el coche entre varios parterres de flores coloridas y a la sombra de un majestuoso pino que tenía a su gemelo al otro lado de la casa. La explanada continuaba a los costados, salpicada en sus bordes por almendros e higueras y ofreciendo una vista sobrecogedora de la costa sur, hacia Montaña Roja y El Médano.

Había gente trabajando en el exterior, podando árboles y barnizando el porche, por lo que deduje que Ayala ya había comenzado con la rehabilitación. No me dio tiempo a inspeccionar las tareas, porque el que era mi jefe había entrado en la casa y aguardaba en el pequeño *lobby* a que yo hiciera lo propio.

Quizá me había esperado encontrar la frialdad habitual de las casas canarias, pero el sur hacía su magia en aquel lugar y eso consiguió que me sintiera cómoda desde el primer momento. A pesar de que la decoración seguía los patrones de madera oscura y muebles recios, no había demasiados y la entrada resultaba sencillamente acogedora. Paseé por la estancia mientras absorbía lo que la casa me contaba, y luego seguí a Ayala hasta el gran salón comedor, que daba a la parte trasera y que no hacía justicia a las vistas que se podrían haber disfrutado sin tanto muro. Revisamos la cocina, pequeña pero funcional, los almacenes, las zonas comunes y, finalmente, las habitaciones. Solo había dos en la planta baja y tres en la superior. Eran muy espaciosas, quizá demasiado, y todas contaban con una terraza, pero les faltaba algo.

«Alma. A este lugar le falta alma. Conectar con la tierra donde extiende sus raíces».

Un sinfín de ideas comenzaron a bullir en mi mente, aunque logré contenerlas tras puertas bien trabajadas. Era el momento de entender todo aquello, de embeberme de sensaciones y experimentar en mi propia carne lo que me susurraba aquel sitio con tantas posibilidades.

Salimos al jardín trasero, donde se hallaba una pequeña piscina vacía y una zona techada a modo de palapa. A los lados, vislumbré unas casas más pequeñas escondidas entre el pinar, y más allá, adiviné otra edificación por el brillo de sus ventanas bajo el sol. Me quedé quieta, admirando la vista que había del pueblo de Vilaflor y de las montañas que lo acunaban, y luego me volví hacia Juan Ayala. Me observaba expectante, y comenzó a hablar. Lo noté extrañamente nervioso.

—Era una casa familiar heredada por mi mujer, de esas que se construyeron hace más de cincuenta años y que ahora sería impensable poder edificar en un lugar como este. Blanca comenzó a idear el proyecto poco antes de su fallecimiento, pero no le dio tiempo a mucho.

Paró de hablar y me miró con fijeza.

—¿Crees que tiene lo que se necesita para dar con el concepto de La Bianca?

Mi mirada vagó por las copas de los árboles, el silencio que casi se escuchaba, la brisa juguetona y el canto lejano de los pájaros, e imaginé muchas cosas en solo un par de segundos. Vi tantas escenas en mi mente que solo pude sonreír.

—Sí, lo tiene. Aunque necesito hacer cambios.

El hombre asintió, como si hubiese estado esperando esa respuesta.

—Piénsalo y preséntame una propuesta. Pero no tardes mucho, quiero volver a ese otro paraíso tuyo cuanto antes.

Nos dimos la mano y sellamos nuestro pacto con una sonrisa.

—Me gustaría quedarme un rato más para hacerme una idea mejor de todo.

—El tiempo que necesites. Yo tengo unas cosas que atender en Fañabé, pero cuando quieras irte, avísame. Mandaré a alguien para que te lleve adonde le digas. Mañana te proporcionaremos un coche de empresa y ya me contarás dónde tienes pensado vivir.

—Prepare el contrato primero y luego veremos todos esos detalles.

Ayala emitió una risa que pareció un ladrido.

—Ya está preparado, te lo enviaremos hoy.

Hizo el amago de irse, pero luego se volvió hacia mí serio.

—Quería asegurarme de que veías esto como Blanca lo hubiese hecho.

—Eso todavía no lo sabe, señor Ayala.

Entrecerró los ojos y entendí por qué se había convertido en quien era.

—He observado lo suficiente.

Ayala se dio la vuelta y emitió un silbido agudo para avisar a su chófer de que se marchaba.

Saqué el móvil y me dispuse a grabar para luego guardar los vídeos con mis anotaciones. Necesitaría ayuda, pero se me ocurrían un par de personas que podrían brindármela. Ahora lo que debía asegurarme era de que atrapaba todo lo que fluía por mi mente.

«Derribar las paredes del salón y dejar solo cristaleras, si no hay muros de carga que lo impidan. Áreas de yoga internas y externas. Diseñar actividades grupales y ver dónde realizarlas. Biblioteca efímera. La cocina, su menú, instructores. Convertir las habitaciones en pequeños hogares. *Forest bathing*».

Deambulé por toda la propiedad dejando que el sol de la mañana acariciase mi cuerpo hasta que tuve que buscar la sombra del pinar acalorada. Aproveché para curiosear por las casitas, que, según Ayala, se alquilaban aparte y tenían un servicio personalizado para aquellos que deseaban mayor soledad. Había una más grande, para grupos, y luego descubrí una cuarta, modesta pero quizá con mayor encanto, un poco más escondida.

Rodeé la casa principal y me agaché a un lado para coger un puñado de tierra entre los dedos. Era rojiza y dura, aunque si antaño allí hubo viñedos, suponía que poseía cualidades para ser cultivable. Apunté un huerto de hierbas aromáticas y espacio para plantar hortalizas.

Enderecé la espalda y me dije que era hora de irme. Quería sorprender a mi madre y para ello debía desplazarme hasta La Laguna. Marqué el número de mi hermana Victoria y lo cogió tras dos tonos.

—Vic, ¿estás haciendo algo importante ahora mismo?

—Depende de lo que consideres importante. ¿Por? Tu pregunta me resulta un poco sospechosa.

Intuí una sonrisa en su voz y tuve que corresponderle. Aquella contestación era típica de Victoria.

—Estoy en el sur y necesitaría que me llevases a casa de mamá. Pero sin que se entere, quiero que sea una sorpresa.

La oí renegar entre risas y pude verla organizando su agenda mental.

—Te puedo recoger en dos horas. Así que ve inventándote la excusa de por qué no nos has avisado antes.

Me reí.

—Llegué ayer, no ha habido demasiado tiempo.

Vic no insistió, me conocía lo suficiente para saber que conmigo siempre había eso, tiempos que respetar. Entonces me acordé de aquello que necesitaba preguntarle.

—Oye, Vic, ¿cómo anda Bastian de trabajo? ¿Tiene mucho lío?

—Depende de para lo que sea. No está ahora aquí, volverá en dos semanas. ¿Puedes esperar?

Fruncí los labios. No, realmente no podía. Necesitaba a un arquitecto y Bastian, el novio de mi hermana, era el mejor. Entonces se me ocurrió otra solución igual de buena.

—¿Y Leo? Sé que no te mantendrás al tanto de su volumen detallado de trabajo, pero quizá podría ayudarme.

—Llámalo y pregúntale. Está entretenido con algún proyecto, pero ya sabes que no lleva el mismo ritmo que antes.

—También voy a necesitar tu consejo en varias cosas.

—Joder, Nora, ¿no me puedes contar ahora nada? Me estoy muriendo de la intriga.

—Lo sé, y no veas cómo lo estoy disfrutando. Tranquila, que en el camino de vuelta te pondré al tanto.

Colgué y me dispuse a avisar a Ayala de que ya podían venir a buscarme, sin saber que, con esa llamada, iba a agitar un avispero que más tarde me arrepentiría de haber siquiera molestado.

Al menos, al principio. Muy al principio.

6

Sergio

La música de Los Panchos sonó en mi móvil y suspiré. Era el abuelo, y mucho me temía que la llamada tenía relación con la presencia de su nueva estrellita en la finca. La había perdido de vista —no era que estuviese observándola, sino que, desde casa, era imposible no enterarse de lo que ocurría en La Bianca— y supuse que se había ido, pero no era así. La divisé revolotear entre las cabañas y detenerse ante la que fue la preferida de la abuela. Apreté la mandíbula molesto y deseé que dejase de merodear.

«Eres tonto de remate, es justo lo que va a hacer porque es para lo que la ha contratado el abuelo, como ha hecho con mucha otra gente en más proyectos».

A pesar de los sermones de mi yo cabal, el otro, ese que pocas veces se manifestaba porque prefería alejarse de sentimientos que pudiesen resultar agotadores, tomó las riendas hasta conseguir que bufara irritado.

—A la orden, mi capitán —dije al aparato intentando modular mi voz. De fondo se oía viento, aunque no me costó entender las pocas frases que me dedicó el abuelo.

Fruncí el ceño, pero no dejé entrever las pocas ganas que tenía de cumplir su petición.

Colgué tras escuchar las advertencias que me hizo con su voz cascada y guardé el móvil en uno de los bolsillos del pantalón. Me metí en el Wrangler mascullando entre dientes mientras pensaba en que podría estar haciendo mil y una cosas más constructivas que de chófer para la nueva obsesión de Juan Ayala.

Cubrí la escasa distancia entre mi casa y La Bianca en pocos minutos y estacioné frente a la puerta principal. Allí no había nadie, y al cabo de un rato comencé a impacientarme. Al ver que no llegaba, toqué la bocina varias veces, lo que rompió el silencio de forma abrupta, y no tardé demasiado en escuchar unas pisadas haciendo crujir las piedras volcánicas que salpicaban la tierra de la entrada.

Levanté la vista, sin estar preparado para lo que me iba a encontrar.

Algo que, desde ese momento, supe que me causaría problemas y de los gordos.

En ese momento, a escasa distancia, pude comprobar que la nueva mascota del abuelo era la mujer más hermosa que había visto en mi vida. Eso, o que su belleza estaba hecha justo para mí.

Aquello me cogió tan de sorpresa que no supe reaccionar.

Parpadeé varias veces, arañándole al destino unas minúsculas porciones de tiempo para recomponerme.

Los ojos de Nora Olivares reflejaban el color del mar Caribe y toda ella parecía una diosa selvática de la fecundidad. Era alta y voluptuosa, de piel dorada y una cascada de cabellos rizados en los que, si uno rebuscaba, podía encontrar todo el espectro de colores entre el rubio miel y el café con leche. Llevaba varias ristras de pulseras de plata engarzadas en sus brazos y una bandolera de cuero marrón que se cruzaba en medio de un escote —para mi desgracia— de lo más sugerente.

Traté de modificar la pose de idiota del año sacudiendo la cabeza, y supongo que confundió ese gesto errático con una invitación a subirse al coche. Rodeó el capó con andares deslizantes, haciendo ondear su vestido hippy, y se encaramó al asiento con agilidad. Descruzó el bolso, lo puso en su regazo y solo entonces se volvió para mirarme.

—Gracias por venirme a buscar. Soy Nora.

Percibí su mirada curiosa en mí, en la camiseta sin mangas, el moño que llevaba mal puesto en la coronilla, los tatuajes —que sin ser muchos, resultaban llamativos— y mis pies enfundados en unas Birkenstock marrones.

De alguna forma me sentí expuesto ante ella. Y eso no me gustó, al igual que detesté mi incapacidad de recomponerme y de dejar a un lado su brutal belleza. Necesitaba rescatar mi irritación, ese sentimiento que manejaba de forma perfecta junto con la habilidad avezada para sacar de quicio a quien se me pusiera por delante.

Gruñí algo ininteligible como respuesta, sabiendo a la perfección que esperaba que me presentase. No le iba a conceder ese placer. Que hiciese cábalas si quería.

—¿Adónde te llevo? —me obligué a preguntarle cuando el silencio empezó a ser demasiado espeso y estábamos a punto de tomar la carretera general. Su melena se agitó al girar la cabeza hacia mí y tuve que bloquear el aroma cálido que me llegó desde sus ondas fieras.

—Al Celeste Villas, por favor.

Vaya, el abuelo la había alojado en una de sus joyas de Costa Adeje. Debía de tenerla en muy buena consideración. Aunque eso ya me lo había transmitido el día anterior, no era nuevo para mí.

—¿Trabajas en la finca?

Su pregunta me sorprendió. Sonaba curiosa y amable, perfecta para romper el hielo entre dos desconocidos.

Pero yo no quería ningún acercamiento. Y menos después de haberla visto. Así que decidí cortar por lo sano cualquier brote verde de conversación.

—No.

Me miró y esperé descubrir alguna arruga de irritación en su frente ante mi tono tajante. Al contrario: supe que la había intrigado. Pero, en vez de seguir preguntándome, asintió para sí misma, como si me estuviese leyendo perfectamente. Y cambió de aproximación: ya no me lanzó una pregunta cerrada, sino que probó con una abierta.

—¿Y a qué te dedicas entonces en todo esto que conforma el mundo de Juan Ayala?

Me encogí de hombros, como restando importancia a lo que me preguntaba. Pero me obligué a responder, porque incluso un neandertal como yo, en plena crisis de a-saber-qué-es-esto-pero-no-quiero-que-esta-mujer-me-caiga-bien, era consciente de las normas básicas de educación.

—Soy el chico para todo.

Esa escueta explicación pareció contentarla. Supongo que tenía pinta de eso, de una mezcla entre ñapas y jardinero. Abrió la boca para preguntar algo más, pero en ese momento sonó su móvil y, tras mirar quién la llamaba, decidió cogerlo.

—Ya veo que Victoria ha hecho gala de su eficiencia —la escuché decir como saludo y rio al oír la respuesta.

Yo mantuve la vista fija en la carretera llena de curvas, sin querer reconocer que sentía curiosidad por descubrir su sonrisa.

—¿Tienes un hueco mañana por la mañana, Leo? Porque hay algo que sé que te va a gustar.

Asintió en silencio, como si su interlocutor pudiese verla, y le dijo que era un proyecto exprés.

—No podemos tardar mucho en él, por eso te pregunto si estás con mucho lío.

Volvió a reír al escuchar la respuesta, de esa forma que se dedica a personas con las que hay mucha confianza.

—Me gustaría que lo vieses y me dijeses qué te parecen mis ideas. Creo que podríamos hacer algo realmente bonito. Es pura naturaleza, Leo, ya lo comprobarás.

Me incorporé a la carretera que llevaba a San Isidro y de ahí a la autopista, intentando bloquear mi curiosidad ante cada palabra que pronunciaba la mujer que se sentaba a mi lado. Suponía que todo tenía que ver con La Bianca, y aquella era una oportunidad de oro para enterarme de lo que quizá no me diría si supiese quién era yo.

—Esta noche me quedaré en casa de mi madre, pero si quieres recógeme allí mañana a las nueve y nos venimos al sur.

Luego se produjo un cambio en su tono de voz, como si compartiese algo íntimo con aquel hombre.

—¿Todo bien, Leo?

Y no pude evitar echar una mirada de soslayo porque la intriga me podía, necesitaba saber más sobre ella. Y la sonrisa que esbozaron sus labios me confirmó que allí había alegría pura, de esa que se siente con alguien a quien se quiere.

—Bueno, mañana me cuentas. Tenemos casi una hora de camino para que me pongas al día.

Se despidió y metió el móvil en el bolso. Y yo me obligué a contener las preguntas que se me atropellaban en la garganta, porque no quería que supiese que me interesaba un ápice aquella conversación.

No volvió a dirigirme la palabra, supongo que estaría dándole vueltas a todo lo que había visto durante la mañana. Y eso me hizo tomar más consciencia de su presencia y de todas las emociones que había logrado despertar en mí después de tantos años de letargo. Porque por mucho que quisiera negarlo, me había sacudido de mi inercia complaciente.

Así que recurrí a lo fácil, a lo que ya había pactado conmigo mismo que haría. Era mejor pensar que la mera presencia de Nora suponía un incordio y una molestia, y programarme para que todo lo que sucediera entre nosotros —si es que ocurría algo— no se saliese de ese guion.

Le lancé un gruñido de despedida cuando se bajó del coche y me fui con rapidez, agarrando el volante con las dos manos.

La presencia de aquella mujer amenazaba con romper mi equilibrio, y eso no pasaba desde que decidí que nada —*nada*— volvería a afectarme como lo que sucedió la noche que, más tarde, se conocería en el país como «el Viper Room español», con la diferencia de que mi hermano y yo no éramos los Phoenix, pero con la similitud casi calcada del terrible final.

7

Nora

2000

La orientadora esperaba junto a la ventana, sin ver realmente el paisaje que se abría tras las canchas del instituto. Era jueves y arrastraba el cansancio de toda la semana. Ya debería haberse ido, pero un favor personal al director del centro la mantenía allí, en la oficina anodina que había intentado en vano transformar para que reflejase su personalidad e hiciese sentir cómodas a las personas que la visitaban.

—Se trata de Nora Olivares, de 4.º C. Ya sabes cómo se las trae, Ágata. Es muy inteligente, pero no hace sino protagonizar follones, y me gustaría que hablases con ella. Solo eso. Luego veremos cómo actuamos.

Santiago, el director, la había abordado el martes, después de la sonora trastada que había imposibilitado la entrada al centro de todos los alumnos y los profesores y que era una protesta abierta hacia una actividad de recogida de basura en los jardines del instituto.

La orientadora no conocía a la chica personalmente, pero había escuchado hablar de ella a los profesores y sabía quién era de verla en el patio. Algo lógico: destacaba entre el resto de los estudiantes como una flor exótica. Aunque así había ocurrido con todos los hermanos Olivares en mayor o menor medida, cada uno a su manera. Sin embargo, con Nora lo primero que uno observaba era la belleza asombrosa que la hacía inolvidable a los ojos de quien la contemplase. Quizá por eso buscaba llamar la atención por otras razones que nada tenían que ver con su físico.

Sonaron unos toques en la puerta entreabierta y Ágata se giró para asentir suavemente. Nora Olivares entró con paso firme y algo desafiante, mascando chicle y con los pulgares metidos en la cinturilla del pantalón, que se le sujetaba a las caderas casi con el poder de la imaginación. Su mirada, no obstante, no dejaba traslucir lo que pensaba.

—Hola, Nora. Gracias por venir.

Ágata hizo un gesto para invitarla a sentarse y la chica se desparramó en la silla, aunque a última hora pegó la espalda al respaldo, como si su buena educación la hubiese hecho dejar a un lado la pose rebelde.

La orientadora la observó en silencio. Y, en vez de hacer el estudiado gesto de abrir la carpeta y ojear el expediente de la alumna, se recostó en la silla acolchada que, en el fondo, le daba dolor de espalda.

—Leí el relato que presentaste al concurso de primavera. Me gustó.

Aquello cogió desprevenida a la chica. Seguramente había imaginado que abordaría enseguida lo que la había conducido hasta allí. Achicó los ojos, haciendo entrechocar sus espesas pestañas.

—¿Ah, sí? Creo que el jurado no pensó lo mismo que usted.

Ágata levantó la mano con un gesto tranquilo.

—Tutéame, por favor. Y sí, me gustó. No era un relato al uso.

—Supongo que por eso no ganó.

Ágata se encogió de hombros, sin dejar de analizar todo lo que rodeaba a aquella chica rubia cuya expresión denotaba una mezcla de desafío y aburrimiento.

—Supongo. Es más fácil premiar lo que se conoce y se ajusta a los cánones que aquello que, a pesar de ser soberbio, genera una sensación incómoda.

—¿Te incomodó mi relato?

Ahora los ojos estaban bien abiertos, casi alerta. Ágata sonrió para sí misma.

—Esa era la intención, ¿no? Lo de camuflar una historia llena de ironía en un cuento infantil adaptado a la actualidad no es demasiado... digerible para determinado tipo de personas.

Aquello hizo que Nora Olivares sonriese con la boca pequeña.

«Bingo. Es lo que quiere y busca: remover, incomodar. A fin de cuentas, sobresalir, pero no por los motivos obvios o por sus dones. ¿Por qué entonces?».

La orientadora siguió tirando del hilo.

—Supongo que llenar las cerraduras de las puertas de entrada del instituto con silicona es otra forma de incomodar, ¿no?

La expresión de Nora se endureció un poco y miró hacia otro lado.

—No nos hacían caso. Nos mandaron limpiar los jardines del instituto solo para ahorrarse el dinero, así que ni yo ni nadie va a ponerse a recoger mierda de hace años. ¡Si todavía hay colillas de antes de que se prohibiese fumar!

Recitó las palabras como un mantra aprendido, y eso despertó la curiosidad de la orientadora. Asintió con lentitud y le dijo lo que realmente pensaba, regalándole una sinceridad estudiada, la que esperaba conseguir como respuesta.

—Estoy de acuerdo contigo. Yo también me habría opuesto. Quizá de otra forma, pero lo habría hecho.

Nora ladeó la cabeza, como calibrando la veracidad de las palabras de la mujer.

—Sí, tienes pinta de defender causas justas. De esas que mueven a todo el mundo. La contaminación de los océanos, los animales en peligro de extinción..., cosas así.

Y algo en su voz le dio la pista que le faltaba a Ágata.

«Realmente no le importa. Ni eso ni las mil cosas por las que se ha enfrentado a los profesores. En el fondo, todo es por aburrimiento».

Hizo un giro de ciento ochenta grados, tanteando el flanco que presentía que sería el más débil.

—Tus hermanos pasaron también por este instituto, pero no recuerdo haberlos tenido sentados en este despacho. ¿No serás la más pequeña? Dicen que los menores son los más alborotadores e irreverentes.

Nora se rio, dando una palmada en sus rodillas.

—¿No me irás ahora con el rollo psicoanálisis?

Ágata sonrió ampliamente.

—Bueno, es mi trabajo. En algún momento toca. —Cogió aire con suavidad y decidió ir a la carga—. Podría contarte lo típico que dicen de los hermanos menores, pero quizá tú ya lo sepas. ¿O no?

—No lo sé, ¿qué dicen?

Ágata la estudió con cuidado. Su cuerpo se apoyaba tenso en la silla y las manos, antes relajadas, ahora parecían crispadas.

—A veces no es fácil crecer en un grupo grande de hermanos. Los roles se adjudican con demasiada alegría, sin tener en cuenta a las personas y sus identidades, cómo son de verdad y si encajan en el molde.

En ese momento, algo doloroso se reflejó en las facciones de la chica, y preguntó casi con rabia:

—¿Y cuál es la teoría sobre los hermanos pequeños?

Ágata escogió sus palabras con cuidado.

—Hay mucha literatura acerca de ello, pero se suele convenir en que son los que se sienten más perdidos y que buscan llamar la atención para encontrar su lugar en la familia.

Nora Olivares estaba quieta como una estatua a pesar de sus evidentes intentos de parecer que lo que escuchaba le importaba tres pimientos. Luego levantó una mano y se cogió un rizo salvaje entre los dedos. El cabello se retorcía, brillante, como si tuviese vida propia, y la orientadora se preguntó si ese movimiento hacía fluir mejor los pensamientos de la chica.

—Entonces crees que lo de la cerradura del instituto lo he hecho porque soy la hermana pequeña a la que nadie hace caso.

—No lo sé. Eso tienes que decírmelo tú.

La orientadora se mordió la lengua. No iba a conseguir nada de Nora si la azuzaba de esa forma. Pero se equivocaba. Con Nora Olivares funcionaba mejor lo directo que las insinuaciones veladas. Ajena a lo que se cocía en la mente de la chica, Ágata buscó otras palabras.

—No sé si lo de no encontrar tu sitio te suena, si es algo que alguna vez te has preguntado.

Nora se apoyó en sus rodillas mientras sus ojos color turquesa brillaban retadores.

—Una vez escuché a mi abuela decir que Elisa era la creativa; Victoria, la líder; Marcos, el brillante, y yo, la guapa. Es como si hubiesen repartido de antemano todas las virtudes y yo hubiese llegado la última para quedarme con la menos relevante, con la que menos importa.

Aquello apretó el pecho de Ágata y casi pudo ponerse en el lugar de la chica.

«Tan lista y radiante y se siente en la sombra. Como si fuese menos que los demás. Cuántas veces he presenciado esto en jóvenes fantásticos y cuánto me ha costado hacerles ver todo lo maravilloso que tienen dentro. No voy a dejar que esto suceda con Nora Olivares».

Y con la experiencia que le otorgaban los años y el recuerdo de las palabras que había escuchado en tantas ocasiones entre aquellas cuatro paredes, supo qué tecla tocar y cómo hacer para que Nora Olivares, a partir de aquel día, decidiese visitarla *motu proprio* y que, poco a poco, empezase a aceptarse y a valorar quién era, sin compararse con nadie.

Ágata y Nora nunca serían amigas, pero se ayudarían mucho la una a la otra durante los casi tres años en que compartieron sesiones.

Y lo que Ágata Navas nunca supo, porque murió de un prematuro y fulminante infarto antes de que Nora se lo pudiese contar, fue que se convirtió en la gran influencia para que aquella chica empequeñecida por dentro decidiese estudiar Psicología, igual que la mujer que la hizo verse como era y, lo más importante, como podía ser.

8

Nora

Victoria me recogió con su furgoneta vinilada en rosa palo y tuve que reprimir una sonrisa al abrazarla. Qué diferencia con esa hermana de hacía unos años que conducía un descomunal e impoluto BMW X6; ahora transportaba cachivaches de lo más variopintos que se movían con el traqueteo del coche y exudaba liberación por cada poro de su piel.

—Entonces ¿estás de vuelta de verdad?

Victoria tarareaba una canción de Alanis Morissette mientras conducía y me miraba de soslayo. Ella siempre fue así, capaz de hacer mil cosas a la vez y, encima, a la perfección.

—El proyecto me gusta. Si no, no me habría planteado dejar Bali.

—Sabes que no es eso lo que te estoy preguntando —respondió, directa como era su costumbre.

Me encogí de hombros.

—Quiero pensar que sí. Que estoy de vuelta. Pero ya sabes cómo soy.

Mi hermana me cogió la mano, la apretó con fuerza y sonrió cálida.

—Lo importante es que estás aquí ahora. Hace demasiado que te fuiste y no sabes lo feliz que me hace que hayas vuelto. El tiempo que sea.

Le devolví el apretón y sus palabras se quedaron zumbando como abejas revoltosas en mi mente.

«Ojalá sienta que he llegado a mi lugar, por fin».

Cerré los ojos por un momento y me centré en las dos cosas que quería contarle a Vic.

—Hablé con Leo. Mañana vendrá a visitar el hotel para ver qué podemos hacer y qué no.

Vic asintió.

—Qué pena que no hayas podido contar con Bastian. Es un artista integrando naturaleza con conceptos funcionales. Pero Leo también supone una magnífica opción.

—Me debe unos cuantos favores de cuando estuvo en Bali —repuse, y Victoria se rio.

—Algún día me contarás qué ocurrió allí.

—Lo que pasa en Bali… —contesté con un gesto pícaro, pero luego ladeé la cabeza seria—. Leo se escuchó a sí mismo por primera vez en su vida. O eso creo. Yo no hice nada, fue todo mérito suyo. El lugar también obró su magia.

Victoria pareció estudiar mis palabras sobre su exmarido y asintió.

—Fuera lo que fuese, le vino muy bien. Por fin está aprendiendo a ser el padre que sus hijos necesitan.

—Más vale tarde que nunca.

—Exacto. Además, está escogiendo sus proyectos de forma diferente que antes, por eso creo que va a hacer un buen trabajo en… ¿cómo se llamaba?

—La Bianca.

Pisó el acelerador a fondo y murmuró algo acerca de los que vienen a pasear a la autopista y que deberían quedarse en su casa. Sonreí divertida. Victoria y su mala leche en la carretera.

—Cuéntame más. ¿Tienes prevista ya la fecha de apertura? ¿Dónde se va a vender, solo en su web o vas a meterlo en algún portal de reservas?

Le conté todo lo que sabía y aproveché para hacer las preguntas que llevaba preparadas en la recámara. Victoria había sido una tiburona de la publicidad antes de tener a sus hijos, y ahora, tras montar su propio negocio, se había reactivado como un precioso ave fénix renaciendo de las cenizas de su vida anterior. Y a pesar de que, debido a los años pasados en el resort de Bali, yo controlaba bastante sobre canales de venta y estrategias de marketing, Victoria era la especialista y confiaba en que me diese una visión más amplia del tema.

Me preocupaba cómo hacer que los potenciales clientes conociesen la existencia del hotel, más allá del SEO y de las campañas de publicidad pagada que pudiésemos contratar. No era un público al uso, se trataba de uno muy específico al que había que enamorar.

—Pregúntale a Ayala —me recomendó Victoria mientras nos adentrábamos en La Laguna—. Maneja un conglomerado empresarial en el que seguro que cuenta no con uno, sino con varios departamentos de marketing. No estás sola en esto. Si tienes dudas, seguro que alguien en su imperio te da las respuestas. ¿No has conocido a nadie que trabaje para él?

La imagen del hosco manitas apareció en mi mente y tuve que mirar hacia otro lado.

—Solo a una especie de Maluma con muy malas pulgas que me llevó de la finca al hotel donde me estoy quedando.

Victoria soltó una carcajada.

—¿Un Maluma? Vaya, por lo menos no te vas a aburrir.

Recordé el perfil aguileño, los músculos que se tensaban al conducir y los tatuajes. Y el aroma tan... Busqué la palabra. Solo me salía apetitoso. En una novela romántica lo habría descrito como el aroma de la brisa y las cortezas de pino mezcladas con sus feromonas, pero me dije que seguro que era una mezcla de esencias naturales muy lograda. Cálida, limpia, de esas que te hacen querer acercarte con todo el disimulo del mundo.

—No creo que lo vea más. Y si lo hago, espero que sea de lejos. Hay que sacarle las palabras con una cuchara, y no me apetece invertir energía en gente así. —Cambié de tema—. Pero tienes razón, seguro que Juan cuenta con un equipo que se ocupa de toda esa parte. Le preguntaré cuando me reúna la próxima vez con él.

Ya no nos dio tiempo de hablar más, porque Vic consiguió justo un sitio enfrente de la casa de mamá. Cogí mi bolso y me dispuse a bajar del coche cuando un chillido nos hizo volver la cabeza hacia las ventanas de la casita pintada de amarillo. Era mi abuela, que se encaramaba al alféizar como un loro y que, por su cara, tenía pinta de querer emprender el vuelo.

—¡Maruca! ¡Que ha venido la niña, que Nora está aquí!

Vic y yo nos miramos, pusimos los ojos en blanco y nos echamos a reír. Aquello era tan típico que sabíamos con exactitud todo lo que nos esperaba en las siguientes horas: una competición de besos y arrumacos entre mi madre y mi abuela, la fritura de un táper de croquetas —mitad de pollo y mitad de pescado, porque ni en eso se ponían de acuerdo—, la apertura de una botella de vino azufrado que el vecino Manolo elaboraba en su finca y una sobremesa que se extendería hasta la noche entre cafeteras italianas y chupitos de ron miel.

Durante la tarde se fue uniendo más gente, como mis sobrinas Gala y Mimi, y Arume y Jorge, los amigos más cercanos de Victoria, que también se pasaron para darme la bienvenida. Solo por la noche, cuando me hube puesto el pijama y no quedaba nadie sino mi abuela y mi madre, tuve un momento de tranquilidad asomada hacia el pequeño jardín posterior, protagonista de tantas travesuras y juegos infantiles. El ambiente se había refrescado y sentí erizarse el vello de mi piel, aunque no resultó una sensación desagradable. Después de tantos años bañada en la humedad de Bali era una reacción bienvenida. No obstante, me rodeé el cuerpo con los brazos y, al cabo de unos segundos, noté que alguien me acariciaba el hombro.

—¿Tienes frío, hija?

Moví la cabeza y dejé que mamá me abrazara. Nos quedamos calladas, observando cómo las estrellas iban encendiéndose en un cielo limpio y otoñal. La ligera brisa agitaba las hojas del gran aguacatero y las buganvillas que cubrían el muro. Me invadió una calma que tenía que ver con hogar, familia, raíces, algo de lo que había huido toda la vida. ¿Buscando el qué? Todavía no lo había descubierto.

—No hemos tenido tiempo de que me cuentes bien qué es lo que vas a hacer en el sur.

Asentí. Con todo el follón de la tarde, solo le había dado los detalles más gordos.

—Juan Ayala quiere que sea un hotel con alma, mamá. Un lugar para la gente que necesita descansar de la vida y sanar. Es un concepto parecido al que trabajaba en Bali, pero adaptado a las islas.

—Sabes lo que se dice de Ayala, ¿no?

La voz de mi madre rezumaba preocupación y reprimí una sonrisa. Mamá todavía me veía como a aquella chica que llegaba a casa de madrugada con los tacones rotos y el rímel corrido.

—No te preocupes, me he documentado.

—No todo está en internet, mi niña. Aquí siempre se ha hablado de los trapicheos de ese hombre y de la gente que se ha llevado por delante.

—Mamá. —La cogí por los hombros y bajé la cabeza para mirarla a los ojos—. El proyecto para el que me ha contratado es precioso. No lo habría aceptado si no fuese así. Créeme si te digo que Juan Ayala está mayor, y da la sensación de que trata de reconciliarse con el karma.

—Hummm.

El sonido característico que hacía mi madre cuando no estaba conforme con algo me hizo reír y la abracé.

—Espero no equivocarme, hija. Aunque confío en tu capacidad para sacarte las castañas del fuego. ¿Y ya sabes dónde vas a vivir?

—Probablemente en el sur. Tiene más sentido. Ayala me facilitará un coche y también me ha dicho que me ayudará con el alojamiento, no te preocupes. En cuanto me instale, las vendré a buscar para que conozcan mi nueva casa.

Mi madre no dijo nada más, pero noté que se relajaba. Supongo que recordaría que llevaba más de media vida por el mundo y en lugares mucho más peligrosos que el sur de Tenerife. Le di un beso de buenas noches y me fui a mi antigua habitación, la única que habían preservado tal y como la había dejado.

Fue raro dormir allí, rodeada de cosas que ya no sentía como mías, aunque, para mi sorpresa, no me resultó incómodo. Como cuando te encuentras una prenda que no te pones desde hace años: ya no es de tu gusto, pero recuerda la forma de tu cuerpo, y eso la hace más cálida que cualquiera que todavía lleve etiqueta. Logré conciliar el sueño arrullada por el cantar de los grillos y por el familiar tictac del reloj de la sala, ruidos que formaban parte de la banda sonora de mi vida y que, con el transcurso de los años, había conseguido olvidar.

Supe que a Leo le había encantado el proyecto desde el instante en el que puso un pie en el exterior de La Bianca. Le había contado todo lo que sabía durante el viaje en coche, pero adivinaba que sería su sensibilidad e instinto los que tomarían el control una vez se viese frente al caserón y su entorno. Le hice el mismo *tour* que había protagonizado yo misma el día anterior, parándonos en los puntos más críticos, y luego lo dejé trabajar. Me había dicho que esperaba no tardar mucho en darle forma al proyecto, sobre todo para aprovechar la estancia de Ayala en Tenerife antes de que volviese a irse de viaje.

Yo me senté fuera, debajo de la palapa, y saqué el ordenador. Necesitaba empezar a organizar el trabajo, a hacer mi hoja de cálculo matriz con decenas de pestañas, y aquel momento se prestaba tan bueno como cualquier otro. Y más acompañada por el silencio lleno de vida que rodeaba la finca y las vistas hacia el monte que se extendía ante mis ojos.

«La cocina es importantísima. Debemos utilizar productos kilómetro cero, todo lo sostenibles que podamos, y buscar varias opciones. Pocos platos pero sabrosos y sanos. La recomendación para quien quiera seguir el programa de yoga será siempre el menú ayurveda, pero necesitamos desarrollar otras líneas para cubrir todas las necesidades».

Mis pensamientos conformaron remolinos de ideas y recuerdos de cómo se gestionaba todo en el *lodge*. Quizá por eso no me percaté de que un coche había llegado a la entrada principal del hotel y que de él se bajaron dos personas. Solo cuando cerraron las puertas y escuché las voces de un hombre y de una mujer salí de mi estado de concentración.

«Vaya por Dios, es el manitas sexy y una mujer rubia. Se nota que se conocen, entre ellos hay confianza. Algo en su lenguaje corporal lo delata».

Fruncí el ceño al ver que se encaminaban hacia donde estaba yo, pero entonces él le dijo algo a la rubia y se desvió hacia el pinar. Observé por un momento cómo su alta figura se adentraba en el sendero.

«Irá a cazar lagartos o a talar un árbol, a saber. Lo que sea mientras no tenga que acercarse a mí».

Resoplé por lo bajo y cerré la tapa del portátil. No iba a poder seguir trabajando, porque la rubia ya se acercaba con la clara intención de hablar conmigo. Lo veía en su sonrisa amplia, el porte de su delgado cuerpo y cómo se balanceaba la media melena a medida que daba unos pasos largos, casi militares. Aquella mujer estaba acostumbrada a la acción y no se andaba con remilgos. Esbocé una sonrisa amable y en tres segundos se plantó ante mí, con la mano tendida en un gesto afable.

—Hola, debes de ser Nora, ¿verdad? Soy Emilia Fuentes, la directora de la división de hoteles del Grupo Ayala.

Sus ojos verdes brillaron con una sonrisa mientras me estrechaba la mano con vigor.

—¡Encantada de conocerte! He escuchado hablar sobre ti y me preguntaba cuándo tendría la oportunidad de coincidir contigo.

Algo en ella hizo que me gustara desde el primer momento. Quizá fuese porque había esperado a una pija de mechas rubias y bolso de Louis Vuitton, y no a alguien que resplandeciese con verdaderas ganas de trabajar.

—Yo también he oído mucho sobre ti, Ayala no hace sino contarnos detalles de cómo manejabas el resort de Bali.

Me llamó la atención que llamase a su abuelo por el apellido, pero supuse que sería una costumbre adquirida en el ambiente de trabajo. Sonreí.

—Fue un gran aprendizaje. En esos años me dio tiempo a darme cuenta de muchas cosas, pero, sobre todo, de lo que busca la gente en un alojamiento como el que queremos que sea La Bianca.

Emilia asintió y tomó asiento en el banco de la palapa.

—Me dijo Ayala que la semana que viene haremos una reunión para ver el plan de trabajo.

Asentí.

—Sí. Si puedo adelantarlo, mejor. Todo dependerá de lo que tarde el arquitecto en tener lista su parte. Está dentro del hotel, si quieres luego te lo presento.

—Sería perfecto. ¿Quién es? Quizá lo conozca.

—Es Leo Fernández de Lugo.

Emilia alzó las cejas interesada.

—Vaya, es un nombre grande para un proyecto como este.

Me encogí de hombros modesta.

—De un tiempo a esta parte, Leo escoge sus proyectos de forma diferente. Y este le ha hecho especial ilusión porque conoció el complejo de Bali y vivió su magia en sus propias carnes.

Ante la mirada inquisitiva de Emilia, le expliqué mi vínculo con el arquitecto.

—Leo es el exmarido de mi hermana Victoria. Por eso sé que acogerá el proyecto con mucho cariño.

—Me encantará conocerlo. Soy una gran admiradora de su obra.

A Emilia Fuentes no parecía fácil leerla, pero lo percibí: su interés trascendía lo profesional. Reprimí una risita y me recordé que en la isla las cosas funcionaban así, los círculos eran pequeños y no resultaba difícil acercarte a quien te pudiese interesar.

—Emilia, voy a aprovechar que estás aquí para preguntarte unas cuantas dudas, sobre todo si puede haber sinergias entre el grupo hotelero y La Bianca.

—Sí, claro, cuéntame.

Pasamos un rato de lo más productivo conversando sobre las contrataciones, los perfiles de trabajadores, los aprovisionamientos y, como había hablado con Victoria, de la estrategia de comercialización y marketing. Apunté lo que íbamos resolviendo y luego le dirigí una sonrisa de disculpa.

—Necesitaré una sesión más para ahondar en algunas cosas, pero lo que me has contado me ha servido de mucha ayuda. Gracias.

Emilia apoyó los antebrazos sobre la rústica superficie de la mesa y me sonrió.

—Para eso estamos. El grupo hotelero respalda todo lo que se haga en La Bianca, por lo que la parte más relacionada con la ejecución del proyecto estará controlada. El reto real es conseguir que esto respire lo que quería

Blanca, que quien venga aquí realmente experimente una transformación. O, por lo menos, que se vaya con el corazón más ligero.

Jugueteó con una hoja que había caído sobre la palapa y fijó su mirada en mí. Los ojos verdes se habían oscurecido.

—No sé si Ayala te lo habrá dicho, pero este negocio no va de ser un adalid de la rentabilidad. Conlleva un componente romántico que incluso puede que sea más difícil de materializar.

—Es cierto. Los números se pueden ajustar quitando de aquí y de allá. Pero conjurar una esencia diferente, una atmósfera que haga que las personas se enfrenten a ellas mismas, no.

Miré a mi alrededor y ladeé la cabeza.

—Lo bueno es que el lugar lo transmite. Posee ese latir profundo de la naturaleza que conquista hasta el alma más miedosa. Con eso tenemos media jugada ganada. No sería lo mismo intentar hacer esto en Las Américas o en Los Cristianos.

Emilia entrecerró los ojos calibrando mis palabras. Su rostro se mostraba tranquilo, pero yo sabía que detrás de aquella serenidad su mente digería lo que acababa de decirle.

—Por cierto, he traído tu coche. Espero que te guste, es lo más práctico para subir y bajar por la pista de tierra.

Me entregó el mando, en un claro movimiento para dar por terminada la conversación.

—¿Y tú cómo vas a irte?

Hizo gesto despreocupado con la mano.

—No te preocupes, Serch me bajará.

No supe de quién estaba hablando, pero luego caí en la cuenta.

—Ah, sí, el manitas.

Emilia me miró sorprendida. Me obligué a contarle que lo había conocido el día anterior.

—Me dijo que llevaba mucho tiempo trabajando con ustedes.

La rubia puso cara rara, como el gato que se comió al canario, pero luego moduló su voz.

—Sí, es uno de los empleados más fieles. —Su mirada se fijó en el frontal de la casa y hubiese jurado que me guiñaba un ojo—. Creo que el arquitecto ha terminado. ¿Nos acercamos para ver qué nos cuenta?

Me levanté sin rechistar y, mientras la seguía, cogí aire y me dije que empezaba el mambo. Las fichas se estaban moviendo y lo que en Bali parecía un proyecto lejano ya me estaba quemando las manos.

Me moría de ganas por descubrir qué salía de todo aquello.

Menos mal que, en aquel momento, todavía vivía en la ignorancia.

9

Sergio

Emilia podía ser un verdadero grano en el culo, y lo demostró una vez más cuando le dije que no iba a ir a la reunión de presentación del proyecto de La Bianca.

—¿Para qué voy a ir si ya están el abuelo y tú?

La escuché chirriar los dientes ante «mi actitud obtusa», como lo definía ella.

—Coño, Sergio, ¿será porque tu rol te lo exige?

—No, no lo hace. Este es un proyecto sentimental, no ligado a dar dinero.

—Pero el abuelo te pidió expresamente que estuvieses pendiente de él.

—Lo haré, pero sobre el terreno. Además, ya tenía otra cosa en la agenda para ese día.

—Pufff. Tú lo que quieres es seguir manteniendo la pantomima con Nora.

Si no fuese porque era imposible, habría jurado que me puse rojo.

—¿Qué pantomima? No inventes, Emi.

—Que nos conocemos, hermanito. A mí no me la das. En fin, cuanto mayor te haces, más rarito te vuelves.

—Son los genes.

—Más quisieras tú que te hubiesen tocado los buenos, pero se ve que el cóctel afortunado me lo llevé yo. Bueno, ya te contaré. O espera, me paso por tu casa después y te pongo al tanto.

—Que sí, pesada.

De eso hacía ya un par de días y, para mi fastidio, tenía en mi ordenador el proyecto con todo detalle y, con solo mirar por la ventana, su materialización en lo que había sido la casa familiar de mi abuela. Lo cual significaba que la quietud habitual de mi hogar se veía amenazada por ruidos, voces y el trajín de coches subiendo y bajando por la pista.

Al tercer día, ya de noche, me acerqué a la obra con el proyecto en la tablet. Recorrí las diferentes estancias, donde ya se había avanzado en la reforma, y tuve que reconocer que, si la intención era integrar el edificio con la naturaleza y aprovechar la luz, se estaba haciendo un trabajo magnífico.

Y eso me picó la curiosidad. Por eso, todas las noches adopté como costumbre el ir a hacer mi ronda, disfrutando de lo que veía a la vez que apretaba los dientes; con deseos de que todo se quedase igual que antes, pero también con unas veladas ganas de saber cuál sería el resultado final.

Uno de los días me dirigí más temprano a la obra. Había pasado varias horas inmerso en videollamadas y me dolía la cabeza; a mi humor no le sentaba bien estar tanto tiempo sumergido en números y discusiones. Si hubiera sido por mí, me habría desligado de todo aquello completamente. Por eso, acorté la última reunión, dejé las gafas sobre la mesa y me levanté para salir a la otoñal tarde.

Los días se hacían poco a poco más cortos, y una suave penumbra sombreaba el camino bajo los pinos que me separaba de La Bianca.

Me adentré en la propiedad por el Camino Real, admirando las vistas del pueblo de Vilaflor, por lo que no me di cuenta de que había un coche aparcado frente al edificio principal. Me distraje con el aire fresco que disolvía los nudos de mi estrés y una sonrisa curvó mis labios de puro deleite.

Una que desapareció en el momento en el que me encontré de bruces con Nora Olivares, que estaba haciendo no sabía el qué en la pequeña parcela destinada al huerto.

Daba grandes zancadas, como si midiese la superficie de la tierra removida, y luego se agachó reflexiva.

Yo solo podía pensar en que aquellos pantalones vaporosos cogidos al tobillo se le pegaban deliciosamente a sus curvas y en si no tendría frío con la camiseta de tirantes que realzaba el soberbio busto.

Intenté retroceder y escabullirme sin que me viese, pero levantó sus ojos color turquesa y alzó una mano para saludarme. Me quedé quieto y fue ella la que se me acercó.

Natural, radiante, llena de femineidad pura.

—¡Hola! Estaba revisando el espacio para el huerto y me preguntaba si sabrías dónde conseguir semillas para tener media parcela sembrada antes de que abramos.

Me dieron ganas de reírme. Le acababa de preguntar a la persona más indicada. Pero de cara a ella, mi expresión hosca no cambió un ápice.

—Puede. ¿Qué pensabas sembrar?

—Quiero que haya una parte de hierbas aromáticas para usarlas en la cocina y en la elaboración de diferentes bebidas, y otra donde sembremos lo habitual: papas, cebollas, zanahorias...

—La verdura se servirá de las empresas de Ayala, no te hace falta proveerte de aquí.

—Ya lo sé. No se trata solo de autoabastecimiento. Es para los huéspedes.

—¿Los huéspedes?

Tuve que poner cara de tonto porque sonrió. Me envaré un poco y eso acrecentó su gesto.

—El contacto con la naturaleza, sobre todo a través de las manos, ayuda a muchas personas. Ver crecer algo y cuidarlo puede resolver bloqueos internos, hacer que se rompan barreras...

Realicé un gesto como para dar a entender que no me interesaba demasiado, en plan «corta el rollo, iluminada». Ella se encogió de hombros, supongo que se percató de que había topado con un ateo en cuestiones espirituales y de terapias alternativas, y cambió de tema.

—Por cierto, ¿tú no tendrás la llave de la cabaña más escondida? Me dijeron que dispones de copias de las estancias de toda la propiedad.

—¿A cuál te refieres con la cabaña más escondida? —pregunté sin dejar entrever lo poco que me gustaba la pregunta.

Ella me miró directamente a los ojos y algo en sus profundidades caribeñas me dijo que no era tonta. De hecho, me leía mejor de lo que yo mismo creía.

Por eso, y por primera vez en mucho tiempo, me sentí incómodo ante alguien y aparté la vista.

—Juan Ayala me dio permiso para visitar la cabaña que era el lugar favorito de su mujer. Y me gustaría verla, si no te importa.

Asentí. Si iba a seguir con la charada del manitas, no podía negarme a lo que me pedía. Sobre todo porque en cuanto avanzase un paso, escucharía el tintineo del manojo de llaves que siempre llevaba conmigo cuando paseaba por la finca.

Me di la vuelta y comencé a caminar hacia la cabaña sin mirarla. Y los veinte metros que nos separaban de ella sirvieron para azuzar el enfado que se gestaba en mi interior.

«¿Para qué coño deja el abuelo que esta mujer vea el lugar favorito de la abuela? ¿Qué quiere hacer con ello, convertirlo en otro más de sus espacios para cogerse de las manos y cantar el "Cumbayá"? Por encima de mi cadáver, aunque tenga que plantarme con el abuelo. Basta ya de "ayaladas" con La Bianca, suficiente tenemos con todo lo que hay proyectado».

A mi mente llegaban imágenes doradas de la abuela pintando en el porche de la cabaña; de cuando nos quedábamos con ella en verano a pasar varios días en la finca y nos dejaba usarla como lugar de ensayo de nuestros conciertos; la de veces que nos curó las rodillas raspadas y ensangrentadas tras una cacería de lagartos más intensa de lo habitual...

Mi abuela, esa Blanca que a todos iluminaba con su sonrisa y que nos educó con cariño y disciplina en el momento en que nuestros padres faltaron; la que me arropó cuando el destino de nuevo se cebó con nosotros, la que siempre tenía una palabra sabia y un comentario certero para sacarme de mis paréntesis con la vida.

No quería perderla otra vez más.

Iba a hacer lo que fuese para que no se diluyera su esencia.

Con todos esos pensamientos oscuros anidando en mi cabeza, apenas reparé en la presencia de la mujer que caminaba a pocos centímetros de mí. Solo cuando paré abruptamente ante el porche de la cabaña, tan lustroso y cuidado como antaño, noté que rebotaba contra mi espalda y daba unos pasos hacia atrás.

—Perdona —dije agarrándola del brazo para que no se cayese.

Ella se balanceó hacia delante y sentí cómo su pecho suave y mullido se apoyaba por un momento en mí. Noté el calor acogedor que emanaba toda su alta figura, y tragué saliva. Ambos dimos un paso hacia atrás, sorprendidos por la cercanía momentánea, y una suerte de incomodidad planeó entre nosotros.

Saqué las llaves en completo silencio y le di la espalda. Ella tampoco emitió sonido y, en cuanto abrí la puerta, entró sin dedicarme un gesto. No obstante, algo en la mujer atrapó mi atención mientras se plantaba en medio de la estancia y la recorría con la mirada con una lentitud casi hedonista. De pronto su rostro se había abierto, como un girasol que buscaba la luz del sol, maravillada, revelando todo aquello que tanto me molestaba.

La magia.

La mujer.

La honestidad.

Me prendé tanto del oleaje en sus facciones que no fui capaz de darme cuenta de lo que pasaba a mi alrededor. Solo cuando dejé de barrer con la mirada su tez sonrojada y la luz en sus ojos, me percaté de lo que había ocurrido en la cabaña.

Ya no había nada de lo que recordaba.

Solo la mecedora y algún que otro mueble, pero alguien se había llevado todo lo que la abuela había atesorado allí durante décadas.

Nora se movía con suavidad, abriendo ventanas y fabricando sonrisas ilusionadas al adueñarse, paso a paso, de la pequeña vivienda.

A mí se me cerró la garganta por la ansiedad y sentí que me habían arrebatado algo muy de dentro, muy mío. Musité unas palabras de disculpa y salí a la penumbra de la tarde que caía, apretando el móvil en la mano como si fuese una pelotita antiestrés.

—Emilia, ¿qué coño ha pasado en la cabaña de la abuela? —escupí la pregunta sin saludar siquiera a mi hermana.

Escuché un suspiro al otro lado de la línea y pude imaginar el cerebro prodigioso de Emilia buscando una salida fácil.

—Fueron órdenes del abuelo, Serch. Trasladó las cosas de la abuela a la casa de San Miguel porque quería que la cabaña tuviese otra vida y que no siguiese siendo un mausoleo.

Apoyé mi frente contra la superficie rugosa de la cabaña y cerré los ojos. Debería haberlo imaginado.

—Tengo a Nora Olivares dentro de la cabaña y me temo que quiere quedarse con ella. ¿Eso también lo ha planteado el abuelo?

Emi volvió a suspirar y escuché cómo pedía a alguien que le concediese cinco minutos.

—La Bianca va a cambiar enterita, Sergio, por mucho que quieras aferrarte a lo que fue. Y eso incluye las cabañas.

—Joder, Emi...

El silencio de mi hermana me sirvió de consuelo. Ella también conservaba recuerdos de cuando éramos tres y aquel lugar funcionaba como nuestro cuartel no oficial.

—Permite que Nora le dé una segunda vida. La de la abuela ya pasó, al igual que nuestra infancia.

La interrumpí, porque sabía la frase que venía a continuación: algo acerca de que debía avanzar y dejar de pensar en tiempos pasados.

—¿Y por qué no me avisaste?

—¿Tú qué crees?

Iba a contestarle, pero la llegada de otro coche al frente de la casa hizo que cerrase la boca.

«El que faltaba».

Tenía a Nora Olivares tejiendo sueños de futuro alrededor de la cabaña que era mi recuerdo dorado del pasado y al tocahuevos de mi tío Andrés acercándose por el camino tapizado de pinocha. No sabía a quién me apetecía enfrentarme primero.

En una milésima de segundo, decidí que ella era el elemento menos aterrador de la ecuación. O, quizá, el más agradable en todos los sentidos. Así que me escabullí al interior de la cabaña, donde se apoyaba contra una de las paredes. Podía escuchar el traqueteo de sus mecanismos mentales antes de que pronunciase nada.

—El señor Ayala me contó que la cabaña estaba en perfecto estado para vivir en ella —dijo devorando con la mirada los dos pisos. Siguió hablando, como si se hubiese olvidado de que yo era el chico de los recados y que, realmente, me importaba bien poco lo que hiciese con aquel lugar—. En un principio, me gustaría vivir cerca del hotel para poder atender cualquier emergencia. Luego, si todo va bien, quizá podría plantearme otra cosa.

No sabía qué decirle. Intenté mantener el gesto impasible, aunque la idea de tenerla de vecina no me seducía lo más mínimo.

O sí, y ese era parte del problema.

—La cabaña está lejos de todo —dejé caer entre mis labios apretados—. ¿No crees que será más fácil para ti vivir en la costa y no aquí, tan apartada de la civilización?

Nora Olivares meneó la cabeza a la vez que me clavaba su mirada.

—Siempre he vivido cerca de mi lugar de trabajo. De esa forma, estoy disponible en todo momento. No me supondrá ningún contratiempo.

Me enfrentaba a un gran problema con esa mujer, y se debía a que era incapaz de cogerla en un renuncio. Todo lo que me planteaba tenía sentido porque siempre lo hacía desde la sensatez. La miré intentando disimular mi contrariedad, y entonces ella ejecutó el movimiento.

Ese que le salió del alma y que me mató como hombre y como enemigo íntimo.

Atravesó la distancia que nos separaba y no paró hasta quedarse a pocos centímetros de mí.

Latiendo, cálida, hermosa.

—¿Qué es lo que tengo que hacer para llevarme bien contigo? Nos hemos visto ya unas cuantas veces y sigo notando que no te gusto. Y eso me fastidia, aunque no debería. Pero vamos a vernos mucho por aquí y creo que es mejor que nos entendamos a que no.

Se me secó la boca. Estaba demasiado cerca, quizá ella no lo percibiese como yo, pero cualquier intento de que aquello fuese el inicio de una amistad o una relación cordial moría si la sentía tan próxima a mí.

Cerré los ojos por un momento y maldije la parte animal y primitiva que vivía en mi interior, esa que me estaba sorprendiendo por momentos porque lo que me ocurría con Nora Olivares no me había pasado jamás con nadie.

El que el corazón se saltase latidos, el estremecimiento del núcleo de mis células, la barrera física tan grande a que se me acercase... Era como si se sacudiese el centro mismo de mi impostada indiferencia.

Permití que se deslizase sobre mí una máscara de aburrimiento, como si sus requerimientos fuesen los de una adolescente pesada frente a su *boy band* favorita, y me giré hacia la puerta.

Ahí estaba, mi escapatoria perfecta, la que me llevaría a dejarla en la cabaña y que fuese lo que Dios quisiera.

Y una vocecita se rio de mí y de mis escasos recursos emocionales, a pesar de todo lo que llevaba a las espaldas.

Me había olvidado de mi tío Andrés, el yonqui reconvertido en hippy pijo que se encargaba de la política de sostenibilidad del Grupo Ayala. Ese mismo que se apoyaba en la barandilla del porche con una sonrisa traviesa y que parecía leerme mejor de lo que lo hacía yo mismo.

—¡Anda, que voy a matar dos pájaros de un tiro!

Nora salió al exterior y miró a Andrés sin entender nada. Mi tío se enderezó para componer una especie de reverencia y le tendió la mano con toda la afectación del mundo.

—Andrés Ayala, para servirte y para lo que se te antoje. Un placer conocerte, Nora. Mi hermano me ha hablado mucho de ti.

Ella alzó las cejas y mi tío sonrió con todas las facciones de su enjuto rostro.

—Sí, imaginaba que Juan no te ha hecho partícipe de mi rol dentro del grupo, a pesar de que, sobre todo aquí en La Bianca, tiene todo el sentido del mundo.

Nora le apretó la mano con una sonrisa amable.

—Lo cierto es que no me suena que me hayan hablado de ello. Encantada de conocerte, Andrés.

Mi tío la observó con creciente interés y me dieron ganas de darle una colleja. Debió de sentir las ondas magnéticas de mi frustración, ya que esa mirada que tanto había visto se posó en mí por un segundo.

—Es raro, porque teniendo en cuenta que mi sobrino y yo trabajamos mucho juntos, supuse que ya te habría puesto al tanto. Si quieres agendamos una reunión y te cuento toda nuestra política de sostenibilidad, que es clave hoy en día y una de las líneas estratégicas del Grupo Ayala.

Nora pareció no escuchar la segunda parte de la frase y sus ojos se llenaron de preguntas.

—¿Tu sobrino? ¿Lo conozco?

Quise meterme bajo tierra, a pesar de que sabía que en algún momento aquello llegaría y que el castillo de naipes se vendría abajo. Sin embargo, no permití que se reflejara nada de ello en mi postura relajada. Y antes de que mi tío añadiese nada más, me adelanté:

—Creo que nunca me he presentado oficialmente. Soy Sergio Fuentes.

—Vaya. No sé por qué pensé que eras el chico para todo de la finca. Seguro que no habré estado atenta. Son demasiadas cosas nuevas a la vez.

Sus palabras fueron serias y tranquilas, como un bofetón con la mano abierta. Me sentí como un crío de quince años al que han pillado cascándosela en el baño. Me miró sin afectación, perfecta dueña de sus emociones, y luego se centró en Andrés.

Como si le hubiese importado una mierda lo que acababa de pasar.

Mi tío asintió para sí mismo y también me ignoró totalmente.

—Creo que necesitaremos una sesión exclusiva para que estés al tanto de todo el plan de sostenibilidad medioambiental, económico y social, pero, si quieres, te adelanto algunas pinceladas. No sé si Sergio ya te ha hecho partícipe...

—Pues no, realmente no hemos hablado de esto en concreto —pronunció con un punto de altivez, quizá la única señal de que estaba molesta. No me miraba, era como si rehuyese encontrarse conmigo, y yo, como un idiota, solo necesitaba un pequeño punto de conexión, un destello que demostrase que no la había cagado del todo.

—Mañana, si quieres, podemos sentarnos un rato —decidió ella, y mi tío Andrés asintió, con la mirada prendada de la silueta de Nora—. ¿Te parece que quedemos a las diez?

Mi tío y ella acabaron de cerrar los flecos de la reunión del día siguiente y él me guiñó un ojo.

—Serch, te espero en tu casa y así nos ponemos al día.

Sin aguardar respuesta, tomó la senda de mi cabaña y nos dejó a solas, casi sin palabras y bajo la oscuridad que comenzaba a cernirse entre nosotros.

Hacía tiempo que no sabía cómo actuar para solucionar algo tan tenso, y decidí esperar, como el cobarde que era.

Nora se apoyó en la barandilla del porche y algo en ella me dijo que no quería tomarse lo que había pasado como algo grave. Que, simplemente, necesitaba seguir con su planteamiento inicial.

Quizá por eso me impactó tanto el tono de su voz. No sonaba a enfado, era más bien... desilusión.

—¿Te ha divertido tu jueguecito?

Me quedé callado unos segundos.

—Pues no, en realidad. Nunca me ha gustado ser lo que no soy.

Las comisuras de sus labios se curvaron hacia abajo y yo me sentí más tonto todavía.

—Bueno, conmigo no sé si has sido quien eres o quien no eres. Lo que está claro es que no te gusta tenerme aquí, y lo has demostrado con claridad casi siempre que nos hemos visto. Siendo el manitas o el nieto del dueño, da igual.

Aquella frase fue tan honesta que no pude corresponderle de otra forma.

—Pues no. Habría preferido que nada de esto ocurriese. Pero no es culpa tuya.

Ella emitió una risa entrecortada y meneó la cabeza, dispuesta a irse.

—Da igual. Yo soy el peón visible de eso que no te gusta un pelo.

Pareció que iba a abandonar la cabaña, pero, en el último momento, se giró hacia mí. Sus pasos redujeron la distancia que nos separaba y se aproximó, como si le gustase tentar a la suerte.

—Hemos de buscar la forma de trabajar juntos. Es para lo que me han contratado. Y supongo que tú deberás rendir pleitesía de alguna forma a tu abuelo.

Me encrespé por lo que sugerían sus palabras.

—No tienes ni puta idea de lo que hago en esta empresa.

Una sonrisa me hizo caer más profundo en el pozo de mi deseo.

—No lo sé, tienes razón. Ya si quieres me lo cuentas cuando nos veamos por la finca. Mientras tanto, yo seguiré con lo que me ha pedido tu abuelo, que es quien me ha traído hasta aquí.

Y con un sutil golpe de melena abandonó la cabaña de mi abuela como la reina que era y que sería, porque ya, en ese entonces, lo veía venir.

Nora Olivares era exactamente lo que necesitaba La Bianca, a pesar de que no me hiciese ni puñetera gracia.

10

Nora

2006

—¿Quiénes son las que están armando tanto escándalo? ¿Victoria y Arume?

—No, mamá. Victoria tenía no sé qué evento hoy y se fue hace horas. Son Nora y su nueva amiga, ¿cómo se llama? —Maruca Méndez rebuscó en su mente, pero no fue capaz de poner nombre a la pelirroja con la que andaba ahora su hija—. Ah, sí, Sol.

—¿Y esa de dónde salió?

—Creo que la conoció en las promociones nocturnas, esas del vodka.

—Aaah, sí, las del mono ese plateado que no deja nada a la imaginación —concluyó la abuela frunciendo los labios con claro gesto desaprobador.

Maruca se rio con brevedad, aunque, en el fondo, pensaba lo mismo que su madre. Del piso de arriba procedían risas escandalosas y música alta, algo habitual desde que Nora había empezado a hacer suyas las noches laguneras.

—La verdad es que todos los niños han sido fiesteros, pero lo de Nora es de campeonato.

—Es como las turroneras, no se pierde una.

Maruca sirvió el café y se sentó junto a su madre en torno a la mesa de la cocina. Mientras saboreaba un rosquete de anís, sus pensamientos giraron en torno a su hija pequeña.

—Hay algo que me preocupa de Nora y no sé lo que es.

Carmen Delia tragó el buche de café y la miró inquisitiva.

—¿Por qué? Solo le falta un año para terminar la carrera, le va muy bien y, además, es trabajadora. Ninguno de los otros tiene ese espíritu de lucha para conseguir sus cosas.

Maruca asintió. Nora llevaba ya dos años de azafata en promociones nocturnas, ahorrando para el viaje del que siempre hablaba. No obstante, meneó la cabeza.

—No lo sé, mamá. Algo me dice que ella no es como sus otras amigas que quieren viajar en plan mochileras y luego volver al redil, a las empresas de sus padres o a opositar para la Administración. Nora desea irse de verdad.

—No seas agorera, Maruca. ¿Cómo va a querer dejar a la familia para siempre? Se hará su viajito y ya. Verás que la tierra le tira, y sus hermanos también.

Su hija no pareció convencida.

—Que haga lo que le pida el cuerpo, mamá. No me preocupa si vive aquí o fuera. Lo que me quita el sueño es eso que oculta y que yo sé que existe, esa especie de inquietud e impaciencia que es parte de ella.

—Tú lo has dicho: se trata de su esencia. ¿Acaso no has conocido a gente así en tu vida? Mira a tu amiga Carolina, ¿ha habido culo más inquieto que ese? La niña lo que tiene es mucha energía y no sabe cómo gastarla, por eso está siempre del tingo al tango haciendo mil y una cosas.

—Victoria tampoco paraba quieta y no me daba la sensación que tengo con Nora.

La abuela meneó la cabeza.

—Estás viendo cosas donde no las hay. Es cierto que Nora es más sensible que Victoria o Marcos, se parece más a Eli.

—Aunque lo camufle.

—Sí, aunque lo camufle —convino Carmen Delia. Puso la taza sobre la mesa y se cruzó de brazos—. Es joven, Maruca. Quizá esa desazón que dices se alivie con la edad y la experiencia.

—Es lo que me da miedo, que sean demasiados reveses de la vida lo que la esperen para que, por fin, encuentre su lugar.

—Eso no lo sabemos ni tú ni yo. Lo tendrá que vivir ella.

Maruca parpadeó para ahuyentar una reveladora humedad en sus ojos.

—Pero es mi pequeña, mamá. Siempre ha sido la última, luchando por la atención del resto del mundo, y lo sabes.

—Sí, la verdad es que vaya adolescencia nos regaló la muchacha. —La abuela se abanicó en un gesto instintivo mientras alzaba las cejas hasta casi el comienzo del cabello.

Maruca se levantó para recoger las tazas sin decir nada. No le apetecía hacer un viaje por la memoria de las numerosas travesuras de Nora. Su madre la siguió y le puso una mano consoladora sobre el hombro.

—Quizá tarde más, pero será feliz, hija. No podemos hacer otra cosa sino dejarla libre y que sea ella la que nos busque cuando nos necesite.

Las pisadas apresuradas de Nora y su amiga bajaron las escaleras y se dirigieron a la puerta. Solo les dio tiempo a ver un destello de la melena dorada y a escuchar un «vuelvo más tarde» que se confundió con el gemido de la madera tras el portazo.

Maruca las contempló por la ventana, tan espléndidas en su juventud y desafiantes en sus andares. Y no fue capaz de espantar la conocida sensación de miedo por su cachorra más salvaje, por mucho que intentase mitigarla con su sentido común aplastante.

«Ojalá sepas que no tienes que resolverlo todo tú sola, Nora. Ojalá algún día te des cuenta de que no eres débil si lo haces, y que la solución no es siempre huir hacia delante».

11

Nora

A pesar del entrenamiento mental que llevaba practicando años, no fui capaz de mitigar los nervios del estreno de mi nueva vida, que iba mucho más allá de recibir a los primeros huéspedes de La Bianca.

Me convencí de que esa nueva vida ya había comenzado en Bali, en el momento en el que volví de Kenia con el corazón destrozado y la autoestima de nuevo por los suelos. Sin embargo, en aquel lugar perfumado de pinos estaba construyendo una etapa diferente dentro del camino. Ya no era esa Nora que llegó a Bali, ni siquiera la que había decidido abandonar la isla donde se encontró a sí misma. No, ahora tenía los pies dentro de una piscina en la que no me daba miedo tirarme de cabeza porque, de alguna forma, sabía que era lo correcto.

A pesar de esa sensación tranquilizadora, contuve el impulso de levantarme de la mecedora del porche y recorrer la finca. Habíamos hecho el chequeo general esa misma tarde, pero mi experiencia me dictaba que siempre quedaba algo que podía escapar hasta a la más afilada de las miradas.

«Mañana a primera hora. No te levantes ahora, concédete un momento de relajación antes de que comience el baile».

Cerré los ojos y me dejé cobijar por la mecedora.

El tiempo que había transcurrido desde que llegué a la isla y hasta esa noche había estado lleno de tantas cosas que era incapaz de enumerarlas todas. La obra con el tándem formado por Leo y su antiguo socio, Icarus Frey, que hicieron maravillas en el edificio principal y en todo el entorno; las reuniones con Emilia y su equipo para acelerar la puesta a punto de muchas de las áreas que necesita un hotel para comenzar a caminar; la selección de personal, que exigía perfiles específicos y que estuviesen en armonía con el espíritu de La Bianca; mi escaleta particular para que todo fluyese a la perfección desde el primer día; las pruebas de menú, en las que tuve que soportar al insufrible Sergio Fuentes haciendo comentarios estúpidos sobre las hierbas y el tener o no cuatro estómagos para rumiar y procesarlas, y mi propia mentalización sobre lo que se me venía encima, porque, de alguna forma, La Bianca se había convertido en un proyecto personal a pesar de que no hubiese invertido un duro en él.

Deseaba con todas mis fuerzas ser capaz de trasladar a los huéspedes algo de lo que había aprendido en Bali, de que la mente era el motor del alma y que, si sanaba, teníamos mucho camino trabajado, pero que el alma requería de otras atenciones y estímulos, un sendero diferente que también había que transitar.

La noche había caído en La Bianca y encendí varios candiles a mi alrededor. Su luz cálida no rompía la limpieza del cielo, tan espectacular como si fuese un planetario diseñado a mi medida. Sonreí, debía volver a recomponer el mapa celeste de mi memoria, tras tantos años viviendo en el hemisferio sur. Y eso hizo que le enviase una foto a mi hermano Marcos, el gran amante de las estrellas.

Sabía que estaba ahora mismo en Madrid, donde Amaia, la mujer que había conquistado su corazón, se hallaba inmersa en un proyecto secreto. Y, conociendo a Marcos, habría firmado con sangre que echaba de menos las estrellas que era incapaz de ver por la polución de la capital.

Por eso me sorprendió cuando contestó con una foto del mismo cielo que veía yo, pero desde una playa que reconocí al instante. Estaba en Famara, su lugar seguro en el mundo.

> Mucha suerte mañana, Nora. No te va a hacer falta, lo sé, pero igualmente te envío todas mis buenas vibraciones.

Ese era mi Marcos. O, debería decir, nuestro Marcos. El hermano que siempre estaba pendiente de todas nosotras, el pegamento que nos unía de una forma que era incapaz de expresar en palabras.

> Espero verte pronto aquí. No me pongas excusas porque sé que estás cerca.
> Y ya sabes que me muero de ganas de conocer a Amaia.

> Y tú sabes que mi especialidad es aparecer cuando menos lo esperas.

Asentí a nadie en particular. Así operaba Marcos, era la magia inherente a su ser.

Vi las luces de un coche que se aproximaban por la pista y, quizá por la poca costumbre, me asusté. El silencio y la quietud eran tan abrumadores que cualquier sonido se asemejaba a una traca de fallas. Con el corazón en la garganta observé cómo el todoterreno pasaba por delante de La Bianca sin detenerse y se adentraba por la pista que todavía no sabía a dónde conducía. Bueno, eso no era cierto del todo: sabía que allí vivía mi amigo Maluma, alias Sergio Fuentes. Había visto los destellos de las cristaleras a la puesta del sol, pero todavía no había llegado hasta allí. Y teniendo en cuenta la mala baba de su dueño, dudaba mucho que lo hiciera en algún momento.

Había desterrado a Sergio de mi mente durante aquellos días, demasiado ocupada con todo lo que tenía entre manos, diciéndome que en algún momento intentaría entender qué era lo que le pasaba conmigo. Y esa noche tampoco me parecía la propicia para hacerlo.

En el fondo me daba rabia admitir que, a pesar de que resultaba como un grano en el culo, disfrutaba demasiado al observar el rostro masculino y sexy del malumazo. Contrariada, me mordí la yema del dedo e intenté concentrarme en la información sobre mis huéspedes.

En el formulario de reserva se preguntaba sobre las motivaciones por las que esa persona quería vivir la experiencia de La Bianca. Las respuestas, de carácter voluntario, permitían entrever razones muy dispares.

Una escritora en pleno bloqueo creativo.

Una pareja de ancianas que deseaba libertad después de estar décadas controladas por sus hijos.

El pilar de una familia que solo ansiaba descansar y que nadie la molestase durante un tiempo.

Una pareja que necesitaba reconectar o dejar morir su relación de treinta años.

Y un señor mayor cuyas motivaciones ignoraba porque no había rellenado ese apartado.

Todo un triunfo para una campaña de marketing muy sutil, que había trabajado el SEO y la publicidad programática para llegar a aquellas personas que realmente podían estar abiertas a lo que ofrecía La Bianca.

Y que, después, harían el mejor marketing posible para el negocio: lo que los anglosajones llamaban *word of mouth*, o el boca a boca de toda la vida.

La Bianca no tendría inauguración con políticos ni personalidades como se había hecho con el resto de la planta hotelera. El concepto no iba de eso. La Bianca se posicionaba como una pequeña joya a la que no debía acceder todo el mundo, solo el que lo necesitaba. De ahí la estrategia de blogs especializados en turismo de sanación, del *wellness* llevado a su máximo exponente.

Al día siguiente llegarían todos aquellos que habían decidido apostar por aquel reducto de Vilaflor sin reseñas de por medio, solo atraídos por lo que mostrábamos en la web y en algunas centrales de reserva.

La expectación revoloteó en mi pecho y me levanté, incapaz de gestionar la ansiedad. De alguna forma, La Bianca se había convertido en ese hijo que deseas que saque las notas más brillantes, que superen incluso las del *lodge*.

Y eso tal vez se debiese a que, en este proyecto, Juan Ayala me había dado todo el poder de decisión. Como si fuese parte de mí, una propiedad de Nora Olivares.

Los ojos oscuros y desafiantes de Sergio Fuentes relampaguearon en mi mente y los aparté con decisión.

«Vas a comerte todos tus comentarios de mierda con papas y mojo, malumazo de pacotilla».

La cabaña me acogió al cerrar la puerta a la noche y a mis dudas. Y me sentí maravillosamente en casa, como si el alma de su antigua moradora me hubiese dado la bendición y hubiera dotado de su esencia todo lo que me rodeaba, a pesar de que se tratase de muebles nuevos y hubiese poco de mi vida anterior entre las cosas que mi nuevo hogar albergaba.

Mi vista acarició el uniforme bien planchado y colgado del armario que ondeaba con el aire nocturno. De color aguamarina para diferenciarme del menta del resto de los empleados, y de una tela suave y liviana, iba a ser mi seña de identidad a partir del día siguiente. Fue lo último que visualicé al caer en la cama, dura como me gustaba, pero llena de cojines y edredones esponjosos.

Sabía que ninguno de los Ayala aparecería hasta por la tarde, así me lo habían manifestado. Querían dejarme tranquila con la entrada de los huéspedes, y se lo agradecí. Aquello no era un cinco estrellas de turismo de morralla con niños berreantes y decenas de flotadores bajo el brazo de padres blanquitos como la leche y llenos de tatuajes.

Tenía todos los *transfers* preparados: los tres todoterrenos que operaban subiendo y bajando por la pista de tierra de La Bianca poseían cada uno su escaleta para saber a quién tenían que recoger y a qué hora. El personal de cocina y del comedor había dejado todo a punto para los menús contratados por los huéspedes, la profesora de yoga ya había llegado para las clases de por la tarde y Nino, mi apuesta personal para todo aquello que requería un componente espiritual más profundo, estaba recargando pilas en la zona de pinar más alejada, aquella donde daría las sesiones de baños de bosque.

En la recepción, Almudena repasaba por enésima vez que el programa funcionaba y que tenía cargadas las fichas de los huéspedes. Y al verla, tan joven y entusiasmada, me felicité por tumbar una de las ideas de los Ayala, que era tener mayordomos para cada habitación.

—Eso hará que los huéspedes se aíslen —les rebatí con toda la seguridad del mundo—. Necesitamos que haya cierto sentimiento de comunidad, que se mezclen. Si no, no avanzarán con aquello que los haya traído hasta aquí.

Vi que a Emilia aquello no le convencía, había aprendido a conocerla a lo largo de todo el mes. Sus labios trazaban una fina línea de desaprobación que supe que sería capaz de quebrar con un par de razonamientos más.

—La idea de La Bianca es crear un entorno para sanar y salir de aquí mejor de como entraste, ¿no? Pues introducir la figura del mayordomo lo que consigue es elevar ese concepto hasta el lujo extremo, ese en el que las borracheras son a solas porque lo que quieres lo consigues a golpe de teléfono. En La Bianca no debemos dar esa facilidad. A fin de cuentas, es un hotel muy pequeño, siempre va a haber alguien para atender a quien lo necesite.

Gané aquella batalla, pero, en compensación, transigí en otras que no me importaban tanto, como el tener una profe de baile disponible para quien lo pidiese. Si algún huésped lo necesitaba para sentirse bien, yo no lo iba a impedir. Y ahí era donde notaba el respaldo del imperio

Ayala, en el que se conseguían las cosas con tan solo un chasquido de dedos.

Escuché subir el primer todoterreno y percibí cómo mi interior se retorcía de emoción. Eran las dos de la tarde, la hora de entrada de los huéspedes, y allí estaban los primeros.

Barbara y Devlin McEnroe, americanos de Maryland, donde habían vivido los últimos diez años tras la carrera diplomática de Devlin que los había llevado por el Sudeste Asiático durante casi todo su matrimonio. Pálidos, desgastados, elegantes y con pinta de necesitar un chute de energía y de naturaleza.

Luego llegó una mujer morena y pequeña, con los ojos más verdes que había visto en mi vida, y con pinta de dormir solo con pastillas a pesar del magnetismo que desprendía con cada paso que daba. Era Gianna Orsini, y en mi mente la situé como la *mamma* de un enorme clan de sicilianos, aunque se tratase de la dueña de una cadena de pizzerías muy famosa en la Costa del Sol.

Poco después aparecieron las dos ancianas que se quedarían en el edificio principal junto con los americanos y Gianna, dos *grandes dames* que estaban hartas de que sus hijos quisieran meterse en sus vidas y que habían encontrado en La Bianca un lugar para refugiarse un tiempo.

Se presentaron como amigas, pero algo en el aura que las rodeaba me hizo sospechar que Elena Montesdeoca y Marilís Guerra compartían mucho más que una amistad.

Los dos últimos huéspedes llegaron juntos en el mismo todoterreno, cada cual envuelto en un manto propio de desolación, de esos que esparcen humo denso alrededor y que dejan la garganta rasposa y los ojos lagrimeando a quienes los observan.

Raquel Andrade lucía el pelo violeta, unos ojos grandes y expresivos y ocultaba su curvilíneo cuerpo en una especie de kaftán multicolor que parecía pensado exclusivamente para su comodidad. La miré y supe que estaba aterrada: su larga carrera como escritora de romántica se había parado tras su reciente separación. Raquel, o Lara Varens, como se hacía llamar, no era capaz de pulsar una tecla y conseguir que sus lectoras creyesen en el amor, porque ella misma había perdido toda la fe.

Andrew York rezumaba tristeza por todos los poros de su piel y un vapor alcohólico flotaba a su alrededor como el mejor perfume de diseñador. Le sonreí con calidez, sabía que sería un caso difícil. Sin embargo, no era el primero que me encontraba. Y mis ganas de ayudar levantaron la cabeza de una forma casi violenta.

Emplacé a todos los huéspedes en el comedor para una hora más tarde. Sabía que la entrada en cualquier lugar nuevo transcurría mejor con el estómago lleno, y así lo quise hacer con nuestra primera hornada de bianqueros. Solo Gianna Orsini había solicitado el menú ayurveda, y al pasar por su mesa para saludarla de nuevo le pedí una cita para conversar sobre cómo quería ocupar su tiempo en La Bianca. Era la única de todos los huéspedes que había manifestado un interés real por la sanación integral de cuerpo y mente.

Por la tarde, varios de los huéspedes habían salido tímidamente a explorar los alrededores. Los americanos se bañaban en la piscina, donde la escritora remojaba sus pies con la mirada perdida; las viejecillas se habían apoltronado en los bancos bajo los primeros árboles; Gianna estaba sentada en el muro del Camino Real desde donde se divisaba Vilaflor, ensimismada bajo el sol moribundo, y Andrew era el único que no había abandonado su cabaña, y ni siquiera se lo veía sentado en el porche.

Consulté en la tablet sus movimientos: Gianna, las dos ancianas y Barbara se habían apuntado a yoga, tanto al amanecer como al atardecer; Raquel y Devlin irían a la sesión de *forest bathing* de la mañana siguiente, y Andrew no había manifestado interés por ninguna actividad, tan solo había reservado una serie de masajes que, bajo mi experiencia, deberían ser *reiki* sí o sí. Viendo aquello, decidí invitarlos a todos a la velada de bienvenida que haría esa noche, justo después de la cena. En el *lodge* era más impersonal, dado el tamaño del complejo, pero en La Bianca resultaría perfecto, y para ello había acondicionado un área circular con una especie de hogar en medio para poder encender un fuego sin peligro.

Además, invitaría a los Ayala a ese *homecoming*. Porque se trataba de eso, de que quien estuviese en La Bianca regresase a casa, que dejase de deambular por lugares oscuros y aterradores y volviese al calor y la seguridad del hogar. Y era importantísimo que la primera piedra se pusiese esa noche.

Los invité a todos: a Juan, que todavía no había vuelto a Bali, a Emilia, a Andrés y a mi pesadilla particular, Sergio. Y lo hice con convicción, sabiendo que iba a parecer una hierbas ante aquella gente tan pragmática y acostumbrada a medir todo en euros y en retornos. Pero deseaba que estuviesen allí para hacerles partícipes de lo que era La Bianca, y, más aún, para que fuesen conscientes de que quería preservar el espíritu de doña Blanca por encima de todo.

Llegaron en dos coches: Ayala y su hermano en el coche eléctrico del más joven, y Emilia y Sergio en el reluciente Volvo de la directora de la división de hoteles. Todos brillaban con expectación, menos el Maluma, que parecía que lo estaban llevando al matadero. Lo miré con lánguida indiferencia, como si no me importase su actitud, aunque en el fondo no estuviese tan calmada como aparentaba. Y eso me molestaba, me irritaba porque reaccionar así no solía ser habitual en mí.

Los Ayala-Fuentes cenaron también en el comedor, como si fuesen otros huéspedes sin más, y luego siguieron al resto del grupo hacia el exterior, donde la temperatura de octubre y la altura a la que estábamos exigían abrigarse. Ya lo había previsto, y antes de que la gente se sentase alrededor del fuego el personal repartió unas mantas mullidas y personalizadas para cada uno.

Observé al grupo tan heterogéneo de personas que se arremolinaba alrededor de la hoguera y recordé por qué había decidido estudiar Psicología y luego aplicarla de la forma menos ortodoxa posible, mezclándolo con las enseñanzas orientales y todo aquello que había experimentado en mis propias carnes en Bali.

Por eso, tras dedicar unas palabras cariñosas a quienes habían decidido disfrutar de unos días en La Bianca y resuelta a ignorar la mirada llena de mil cosas que ahora mismo no necesitaba de Sergio Fuentes, pedí a todas a esas personas perdidas de sí mismas que escribiesen en un papel aquello que deseaban ahuyentar de su vida y que luego lo echasen al fuego.

No solo se trataba de quemarlo, sino de ser capaces de escribirlo en un papel. Porque no todos los miedos se pueden transcribir. A veces, habitan tan profundo que solo ponerles nombre los hace reales. Y eso sí que es aterrador.

Vi cómo, uno a uno, escribieron algo en el trozo de papel que les había dejado frente a su sitio.

Por supuesto, nadie quiso compartirlo en voz alta, como les había pedido. Era la primera noche, demasiado temprano para esa clase de confianza. Pero el solo hecho de que lo hiciesen fue todo un triunfo. Unos con mayor rabia, otros con fingida indiferencia.

Todos menos Andrew York, que nos observó desde el porche de su cabaña y que, de alguna forma, me recordó a aquel Juan Ayala desolado por la muerte de su mujer dos años atrás.

Tampoco lo hizo Sergio Fuentes. No escribió ni arrojó nada al fuego. Al contrario, se levantó y se deslizó entre las sombras del sendero de pinos, como si su presencia hubiese sido una ensoñación conjurada por la energía ancestral de aquellos montes volcánicos.

Y eso me hizo preguntarme qué ocultaba aquel hombre tan enfadado con el mundo y bajo cuya piel podía adivinar lava en ebullición.

12

Sergio

Nunca llueve a gusto de todos. Y cuanto más deseaba sumergirme en el trabajo para no tener que pensar en otros asuntos, mejor funcionaba el engranaje y menos necesitaba estar alerta de lo que dependía directamente de mí.

Así que le pedí al abuelo que avanzáramos un paso en el relevo generacional. Que me dejase entrar de lleno en los estados consolidados de nuestros negocios para ver cómo estaba funcionando el resto del conglomerado.

Mi abuelo sonrió como solo sabía hacerlo él y meneó la cabeza.

—Sergio, ¿estás seguro de que lo estás haciendo porque te interesa o porque estás aburrido como una ostra y necesitas algo con lo que distraerte?

Lo fulminé con la mirada y el viejo se desternilló de la risa.

—¿Por qué no te dedicas a vivir un poco y dejas los negocios de lado? Coño, que en cuanto le eches un vistazo vas a tener claro lo que hacer con todo.

—¿Ah, sí? —pregunté con fingida indiferencia. El cabrón del abuelo me leía como nadie, incluso había aprendido a hacerlo mejor que la abuela Blanca—. Venga, sorpréndeme.

—Sí, anda, que te voy a dar la tarea hecha. Cuando yo no esté, sé que vas a simplificar la estructura y a dejar de lado todo eso que ahora mismo no es rentable. Pero permite que este viejo disfrute de esos negocios sentimentales hasta que se muera.

Resoplé y me quemé la lengua con el café que nos estábamos tomando. El abuelo apoyó los antebrazos en la mesa de la cafetería y sus cejas hirsutas se fruncieron.

—Eres el peor ejemplo de heredero de un imperio. Deberías estar en un yate por el Mediterráneo rodeado de amiguetes con los que emborracharte día sí, día también. Y, en vez de eso, no sales de tus cultivos y tus estrategias para el grupo, como si eso fuese lo importante en la vida. Ya ni siquiera bailas tanto.

—No es cierto. —Me aferré a lo único que podía defender—. Sabes que jamás renunciaría a eso.

El abuelo meneó la cabeza.

—Al revés, ya has renunciado demasiado a lo que te llena y que no es solo el baile. O a lo que sea que haga que se te quite esa mala hostia que siempre llevas encima. Coño, que ya has cumplido los cuarenta. ¿Cuándo vas a soltarte un poco?

Mi respuesta habitual era bufar como los gatos engrifados, pero no podía negar que, en los últimos meses, algo me revolvía con fuerza. Como si me hubiese dado cuenta de que entraba de lleno en el segundo tiempo de mi vida y que si no activaba ahora el contador, no lo haría nunca.

Volví a gruñir y a enterrar aquello que despertaba en mi interior que me molestaba y me inquietaba a la vez. Y me fui a clases con Ariana, el único momento de la semana donde volaba lejos, donde nadie podía decirme quién debía ser ni qué sentir, sobre todo yo mismo.

Por eso, todo en el discurso espiritual de Nora Olivares me molestaba. Representaba lo malo de los manuales de autoayuda americanos, de los falsos gurús y de las promesas vacías de los infoproductores de redes sociales. Estupendo si le servía a nuestros clientes, pero yo no quería verme envuelto en sus telas de araña.

Esa fue la razón por la que salí corriendo de la velada en torno a la hoguera y no me dejé ver por la finca en los días siguientes, aunque no confesaré a nadie que estuve al tanto de lo que ocurría desde la visión privilegiada de mi ventana. Observé las clases de yoga que daba una chica enjuta y ágil, las sesiones de meditación que impartía la misma Nora y el ir y venir de los todoterrenos a la playa de El Médano o a Montaña Pelada. Nada de playas artificiales del sur profundo: Nora mandaba a sus acólitos a arenales nacidos de los volcanes primigenios, supongo que con instrucciones de empaparse de la energía del mar y la tierra aborigen. Yo qué sé. Prefería inventarme los discursos de titiritero que entenderlos. ¿Para qué? Aquello me llevaba funcionando más de veinte años, no iba a cambiarlo ahora por unos ojos turquesas y el embrujo de un cuerpo que parecía un tributo a las diosas del erotismo.

Había logrado refugiarme en mi mundo con tanta eficiencia que un solo pie fuera del tiesto lo desbarataría todo. Lo supe el día en el que me topé con Nora Olivares en el pueblo de Vilaflor.

Ninguno de los dos se había esperado el encuentro y, por eso, no pudimos controlar nuestras reacciones: ella frunció el ceño, apretando contra sí las bolsas de tela desde donde una selva de hierbas aromáticas le acariciaba el cuello, y yo me tensé de una forma que ni yo mismo entendí. De un vistazo rápido percibí todo aquello que me atraía sin remedio: las guedejas rubias de cabello rizado que se mecían al viento, la piel suave y sonrojada por el calor del mediodía y la mirada llena de mar, como si fuese capaz de lanzarme una ola gigante para barrerme de la superficie de la tierra.

—Vaya, la directora Olivares. ¿No tienes suficientes hierbas en la finca que necesitas venir a buscar más a Vilaflor?

Mi mirada experta hizo un reconocimiento de lo que había comprado y alcé las cejas. Una de ellas era ashwagandha; la otra, albahaca santa, pero no logré identificar la tercera. Tampoco es que estuviera muy seguro de las dos primeras, pero me cuadraba con toda esa parte ayurveda que se ofertaba en La Bianca.

—De estas no.

—Se podrían haber plantado en el huerto.

«Solo tenías que pedírmelo. Aunque supongo que jamás te he dado pie para hacerlo».

—No sé si el clima de La Bianca es el más propicio para estas hierbas.

Me encogí de hombros despreocupado.

—Bueno, hay un montón de las otras.

Por un momento pensé que no me iba a contestar, pero luego su buena educación venció lo que fuera que tuviese en la punta de su lengua y la vi armarse de paciencia.

—Estas son necesarias para las personas que han optado por la dieta ayurvédica.

—Que, hasta donde yo sé, es solo una —la piqué, deseoso de ver su reacción.

Me miró con serenidad y ladeó la cabeza.

—Por ahora.

—Tampoco es que el resto vaya a tener tiempo ni ganas de preguntarle a esa persona qué tal le va.

Nora sonrió como si supiese algo que yo no.

—Te asombrarían los lazos que se forman entre personas absolutamente desconocidas aunque convivan poco tiempo.

Movió la bolsa que tenía apretada contra el pecho y las hierbas se mecieron felices bajo el sol. Despegué mi mirada de la piel que se desplegaba tras las briznas verdes y me apoyé en la pared de la frutería.

—Pues tus polluelos llevan ya una semana juntos y nadie ha realizado un solo movimiento amistoso.

Noté cómo las comisuras de sus labios temblaban en un intento por no reírse de forma abierta.

—Debes de estar muy aburrido si lo único que haces es observar el funcionamiento del hotel en plan *Gran Hermano*.

—Mi abuelo me pidió que echase un vistazo, no creas que es por iniciativa propia.

Ella achicó los ojos casi imperceptiblemente.

—¿Y qué más has visto? Porque si quieres, concertamos una reunión semanal en mi despacho y me das el parte.

Qué cojones tenía Nora Olivares. Eso, o que se sentía intocable por la confianza que le había dado el abuelo. Sonreí de lado, sabiendo que era mi gesto bajabragas por excelencia y que a ella, con su perspicacia, le molestaría el doble que lo usase con su persona.

—Me parece bien. Podemos vernos todos los miércoles por la tarde, por ejemplo.

—Los miércoles no es el mejor día. Prefiero los jueves antes de la cena.

—Vale. Pero en el bar, no me gustan mucho las formalidades.

—No. Vamos a hablar de trabajo y eso siempre lo hago en mi despacho.

Nuestras miradas se enredaron en una mezcla de desafío y algo latente y vivo que me hizo ponerme alerta. Sentí cosquilleos por todo el cuerpo, como si las ganas de vencerla fueran superiores a mis fuerzas, y supe que a ella le ocurría igual. Acomodó la postura, irguiéndose con un movimiento elegante, y apenas tuvo que levantar la vista para mirarme a la cara.

—Hecho entonces. Te espero mañana a las seis.

Joder, era verdad, la primera reunión sería al día siguiente. Y yo tenía varios compromisos con empresas del grupo, en concreto con la que hacía los uniformes y la que íbamos a vender en breve, la de las embarcaciones de recreo. Aun así, asentí con un guiño, la viva imagen del heredero irreverente.

—Allí estaré.

Ella hizo un gesto serio con la cabeza y no me dijo nada más. Su aroma dejó una estela al pasar a mi lado y tragué saliva. Como un animal, me dije. Salivaba como una bestia parda ante el olor de la más apetecible de las presas. Y viendo cómo se me agitaba todo el interior solo por saber que nos mediríamos al día siguiente, me dije que la idea de despachar con ella todas las semanas no iba a ser tan buena como había pensado.

13

Nora

Llegué bufando de mi incursión en el pueblo de Vilaflor. «Será idiota el nietísimo. No debe de tener más de dos neuronas activas porque lo único que hace es tocarme la moral en vez de emplear su energía en aportar valor a su abuelo. Primero fue lo de hacerse pasar por el ñapas de la finca, que la gracia se la vería él porque yo no, y ahora con los comentarios tontos cada vez que nos encontramos».

Traté de invocar mi serenidad y experiencia, pero había algo en Sergio Fuentes que raspaba la superficie de mi bien entrenado equilibrio emocional.

«Si no me pusiera nerviosa, esto no sería tan difícil».

Me bajé del coche y llevé las hierbas a la cocina, donde se las entregué a Aulia, una de las dos cocineras, y luego me refugié en mi despacho. Me dejé caer en la silla giratoria y expulsé el aire poco a poco, procurando relajarme.

No quería tener prejuicios con Sergio Fuentes, no lo conocía lo suficiente, pero me lo estaba poniendo difícil. Ignoraba qué le pasaba conmigo y qué ganaba con molestarme, pero desde el principio parecía que yo le había caído como una patada en un ojo.

Eso podía soportarlo. Era consciente de que no se puede resultar simpático a todo el mundo, y que, a veces, la animadversión nacía sola y libre, propiciada por un pensamiento estúpido o, simplemente, debido a un choque de energías que no conectan lo más mínimo.

Pero a mí Sergio Fuentes no me había caído mal.

Al revés, lo que ocurría era que no me dejaba indiferente.

Puse los ojos en blanco y me levanté para mirar por la ventana.

Ese era el problema.

Sergio Fuentes me atraía.

«Joder».

No sabía qué veía en su cuerpo alto y elástico, el ridículo moño en la coronilla y la pose de perdonavidas, pero no podía obviarlo. Quizá fuese su voz, que a veces parecía ronronear más que hablar, la oscuridad divertida de sus ojos o la sensualidad de su mandíbula cuando la apretaba para no dejar salir ni una sonrisa que yo pudiese malinterpretar.

«No entiendo qué tiene. No es el prototipo de hombre que me gusta. Siempre me han llamado la atención más sólidos y serios, no con esta pinta de cantante latino picaflor».

Y encima me había puesto yo misma en un brete con aquella reunión que le había lanzado a la cara como un órdago, y que él había recogido con la elegancia de un esgrimista.

Meneé la cabeza y salí del despacho, dispuesta a dejar allí mis pensamientos turbios. Consulté el reloj: en una hora tenía una sesión con Raquel Andrade, lo cual consideré un avance. Durante la primera semana, la escritora presa de un bloqueo descomunal se había dedicado a sobrevivir. Comía en la terraza del comedor, paseaba al atardecer por el Camino Real y dormía mucho, aunque algo me decía que lo conseguía a base de pastillas. Alguna mañana la había visto flotar en la piscina, pero nada más. Ni meditación, ni yoga, ni masajes, ni excursiones, ni sacar un pie de la finca. Por eso, el que hubiese querido tener un primer contacto conmigo era una buena señal. Le quedaban varias semanas más en La Bianca: dependía de ella sacarles provecho o no.

En la zona de la piscina me encontré con Barbara y Devlin, cada uno en una hamaca como si hubiese sido el azar el que los hubiese depositado allí, dos entes independientes a los que les costaba incluso rozarse. Los observé con disimulo: estaban en la cincuentena, bien cuidados y con esa pinta de gringos de clase alta casi asépticos. Pero había algo en ellos que no me hacía perder la esperanza: tal vez un brillo en los ojos de ella cuando veía llegar a su marido, o la necesidad de él de buscarla con la mirada cuando se ausentaba. Quizá les faltase un poco de *flow*, dejarse llevar para conectar con aquello que fueron en el pasado. O al revés: hallar algo en común en el futuro que se les presentaba todavía como un desierto inhóspito donde sus caminos, en vez de unirse, parecían separarse de forma implacable.

Recordé sus contestaciones en el formulario de bienvenida, donde se les preguntaba sobre muchas cosas, y entre ellas, lo que harían si fuese su último día en la tierra o cuál era su recuerdo vacacional más sentido. Y se me iluminó la bombilla.

Decidí entablar una conversación informal con Barbara en cuanto tuviese ocasión, pero por mi mente ya se desplegaban canciones y atardeceres compartidos, salpicaduras de agua de mar y senderos de húmeda laurisilva.

Con ellos en mente hice una llamada a Ancor, mi contacto en una pequeña empresa de Buenavista del Norte que se dedicaba a organizar excursiones exclusivas por la costa de Teno y Los Gigantes. Su gran valor eran los guías y patrones de las lanchas, unos apasionados de la zona que conocían a la perfección su fauna y geografía.

Mientras Ancor me informaba sobre la disponibilidad de su equipo en la siguiente semana, observé a Elena y a Marilís haciéndose cargo de una parte de la huerta. Trabajaban en armonía y en silencio, rodeadas de viejos almendros que estaban cargados de vainas aterciopeladas. Los árboles se extendían por todo el flanco este de la finca, y me di cuenta de que ahí residía el germen de otra actividad para los huéspedes. Encendí la tablet y apunté «Recogida de almendras y prepararlas al fuego para luego acompañarlas con una cata de vinos». Hablaría con los de la bodega de la ladera de al lado, que, a la noche siguiente, vendrían a dar a probar sus caldos a los huéspedes. Actividad a la que, curiosamente, se habían apuntado todos. Incluso el señor York, que parecía estar saliendo de su aislamiento autoimpuesto y ya se dejaba ver un poco más por las zonas comunes.

Volví a entrar en el despacho y me mentalicé para revisar todo lo de los próximos días: quiénes y cuándo iban a hacer uso de los *transfers*, si había alguna reserva más para las actividades y si me había contactado la chica a la que había escrito para dar clases de baile. Me enfrasqué en mis quehaceres y justo antes de que Raquel Andrade tocase a mi puerta, vi que habían entrado dos reservas más, con lo que el hotel estaba completo hasta final de año, aunque todavía quedaba por inaugurar la cabaña más grande, pensada para grupos. Sonreí con alegría y di unas palmaditas de felicidad. La gente estaba confiando en nosotros, ahora tocaba proporcionarles la mejor experiencia posible.

Abrí la puerta y con gesto amable di la bienvenida a la escritora. Y mientras ella esperaba que le indicase que se sentase en el sofá y yo la hacía salir a la cálida luz de la tarde, sentí que quizá, y solo quizá, había alguna posibilidad de que aquel fuese el lugar que llevaba buscando toda mi vida.

Mentiría si dijese que ese jueves no tuve presente de forma muy fastidiosa la reunión de por la tarde con Sergio, incluso cuando en mi mente la había clasificado como una sesión más de las que podía compartir con cualquiera de los huéspedes. Intenté distraerme con otras cosas más importantes, como enseñar a Barbara McEnroe la excursión por Teno y sembrar semillitas que germinasen en los corazones de aquellas dos personas amantes de la naturaleza. Sabía que el cebo les haría salivar: excursión para dos en un entorno de parque natural, posible avistamiento de cetáceos y baño de mar en un lugar fuera del circuito turístico habitual.

Después del almuerzo logré la recompensa: los McEnroe habían reservado la excursión para el día siguiente. Organicé toda la logística para llevarlos al puerto de Los Gigantes y les confirmé los detalles por la tablet con la que me comunicaba con los clientes. Ese pequeño triunfo me hizo concederme un rato de tranquilidad en mi cabaña, justo después de comer. Me quité la chaqueta formal y me despojé del vestido a la rodilla que me había puesto ese día, uno de los modelos que me había confeccionado para mi vestuario como directora del hotel. Estaba sudando, la mañana había sido calurosa y el frescor habitual de Vilaflor seguía ausente. Estábamos casi en noviembre y solo hacía falta una rebeca por las noches.

«Para que luego digan que el cambio climático es una invención».

Me di una ducha y me permití el lujo de leer un par de capítulos de una novela de fantasía romántica que me tenía enganchada, y volví al hotel. Había quedado con la profesora de baile que quería probar la noche siguiente con una clase gratis después de cenar, y luego revisar los menús con Aulia e Iniya, que se iban turnando como cocineras en nuestro comedor.

Había agendado a Sergio Fuentes con media hora de reunión, porque había demasiadas cosas en las que estaba metida para permitirle más. Esa tarde yo dirigía la meditación, ya que todavía quería ir marcando pautas para el personal, y luego teníamos la cena-cata, que era la primera vez que la poníamos en marcha. Por eso, me vestí un pelín más informal de lo habitual: el pantalón ancho en color verde jade, la camiseta de tiras anchas blanca y, de cara al nietísimo, rescaté la americana.

Fruncí el ceño, molesta conmigo misma. Llevaba muchos años queriéndome bien, sin doblegarme ante las convenciones. En el *lodge* y en la vida en Bali eso había sido lo normal, y así era como me valoraban.

Con Ayala la promesa partía de la misma premisa: ser la profesional que conoció hacía ya dos años.

Pero a Sergio Fuentes lo sentía como la sombra de una amenaza.

No obstante, cuando lo vi entrar con una camiseta blanca de mensaje irreverente en la pechera y un vaquero flojo que le quedaba de miedo, me relajé. A pesar de la tablet de escritura que llevaba en la mano como un hacha de guerra, me sentí como si estuviese a punto de comenzar una sesión.

Y fue entonces cuando se me ocurrió la divertida idea de llevarme la reunión a mi terreno, y de paso entender mejor a Sergio Fuentes. Me costaba mucho desentrañar el trasfondo de su mala baba hacia mí, y quizá con esa aproximación semanal sería capaz de hacerlo. Algo me decía que esa estupidez supina no tenía tanto que ver conmigo, sino con algo que tenía que solucionar consigo mismo.

Y, para ser totalmente sincera, me apetecía comprender qué era lo que había tras su actitud llena de chulería y soberbia. Existía algo en él que me resultaba familiar desde que lo vi por primera vez, y tal vez eso fuese un hilo del que tirar: cuál era su pasado, sus nudos y tensiones. No albergaba ninguna duda de que gracias a mi habilidad acabaría abriéndose.

Pero al verlo sentarse ante mí, con los brazos poderosos apoyados en la mesa de cristal y los muslos separados de forma relajada, sentí que mi seguridad se tambaleaba por un momento.

«Maldito Maluma tan pagado de sí mismo. Voy a tener que mostrarle que no soy la típica asalariada de los Ayala a la que puede mangonear».

Crucé mis dedos y apoyé la barbilla en ellos. Toda mi postura manifestaba tranquilidad, como si no esperase nada trascendental de aquella reunión.

—Qué puntualidad más británica, Sergio.

—Me gusta aprovechar el tiempo. ¿Cuánto has bloqueado en tu agenda?

Vaya, sonaba hasta formal, aunque la sonrisilla en sus labios buscaba romper ese efecto. No se había afeitado y lucía una barba que acentuaba los rasgos masculinos de su rostro.

—Con media hora creo que será más que suficiente.

Asintió y vi en su cara la expresión más amigable que había contemplado en todo el tiempo que nos conocíamos.

—No soy el responsable de la división de hoteles, pero sé bastante sobre ellos. Por eso hay cosas que no me cuadran de lo que he ido viendo en estos días.

Le dejé sacar la tablet y enumerar una serie de ineficiencias que, en otro tipo de hotel, habrían tenido todo el sentido del mundo. Y mientras me iba relatando sus dudas, aproveché para observarlo. Había algo en él que me resultaba conocido, como si hubiese contemplado su rostro antes.

«Qué raro. Juraría que no nos conocemos de nada».

Cuando hubo terminado y el silencio se hizo pesado entre nosotros, decidí romperlo. Invoqué toda la fuerza y seguridad que había adquirido durante los años y lo miré asintiendo, como si le diese la razón en aquello que me había relatado. No se lo esperó, y todas las respuestas que tenía ensayadas se le cayeron de los bolsillos. Pero en vez de entrar en pánico o enfadarse, algo en el fondo de sus ojos me dijo que estaba preparado para ello. Era como si, en realidad, hubiese tenido la esperanza de encontrarse una reacción muy diferente a la habitual.

—Sergio, el concepto de La Bianca no tiene nada que ver con los hoteles de lujo de Las Américas o Costa Adeje. Aquí todo es mucho más personal, los huéspedes vienen no solo para desconectar, sino para mucho más.

—Discrepo. Ahora mismo su principal objetivo es desconectar en un entorno diferente al del turista de masas. Dudo mucho de que tengan alguna idea de todo esto que supuestamente les das como bonus espiritual.

—En todas nuestras comunicaciones nos hacemos eco de esa diferenciación que da el tener herramientas para el cuerpo y el alma, así que creo que sí que existe una idea preconcebida por parte de nuestros clientes. Si no, no tendría sentido que el ochenta por ciento de ellos haya concertado sesiones conmigo o que el ochenta y cinco esté participando en las actividades de relajación mental.

Sergio Fuentes se echó hacia atrás en la silla y tiró de sus largos dedos hasta hacerlos crujir.

—Me gustaría hacer un seguimiento semanal de esa estadística e incluir un cuestionario de satisfacción a la salida de cada habitación, para así hablar con datos y no basándonos en percepciones.

Deslicé los dedos por mi tablet y se la entregué.

—Aquí tienes la encuesta que hemos diseñado. Échale un vistazo si quieres. No hace falta que sea ahora, no hay salidas a la vista, así que puedes tomarte tu tiempo.

Me miró, suspicaz ante mi tono amable, y reí en voz baja. «Toma, moreno».

—Eso haré.

—En cuanto a la estadística, la revisaremos cuando nos reunamos. Y no te preocupes, que me encargaré de incluir en nuestra carta de actividades algo más *mainstream* si hiciese falta. Pero por ahora, los intereses de nuestros huéspedes no se han decantado por los parques acuáticos o los zoológicos.

—¿Y por qué no? Todas las personas tenemos apetencias diferentes en distintos momentos. Quien necesite hacer yoga también puede querer probar la adrenalina de unos toboganes acuáticos.

—No te lo discuto, Sergio. Pero las personas que ahora mismo viven en La Bianca no han manifestado nada que se le parezca. Eso no significa que, en algún momento, el cuerpo les pida unirse a las masas de turistas gritones. Y si es así, para eso estoy yo, para ofrecerles lo que necesiten en cada instante.

Sergio meneó la cabeza, anquilosado en el modelo Ayala que llevaba viendo toda la vida. Lo acorralé un poco más.

—De todas formas, estás hablando sin conocimiento de causa. ¿Acaso tienes idea de lo que ha movido a esta gente para estar aquí? ¿Sus motivaciones, sus anhelos? ¿Sabes por qué hay algunos que ni han puesto un pie fuera de esta finca?

De pronto capté totalmente su atención, y por primera vez nos sostuvimos la mirada más de tres segundos: la mía, inquisitiva y dura; la suya, intrigada. Hablé en voz más baja:

—Me dirás que no es cosa tuya. En efecto, porque se trata de algo que me concierne solo a mí. Para eso me contrató tu abuelo, para que supiera identificar lo que hizo que el Sandalwood Lodge de Bali fuera conocido en el mundo entero.

»No me importa que me ofrezcas tu visión del negocio porque una mirada que no está sesgada ayuda siempre a mejorar, pero antes de que sigas aportando soluciones, necesitas entender el problema.

Oh, aquello no le gustó. Probablemente no estaba acostumbrado a que le hiciesen frente o a que no pudiese conseguir lo que deseaba a la primera. Fui a anotar mi primer tanto en el marcador, agitando los pompones de animadora y coreando mi nombre, pero entonces sonrió con toda la intención y las ganas del mundo. Se empleó a fondo para deslumbrarme y dejarme casi bizca con la sensualidad descarnada de su rostro, acentuada por aquella sonrisa que era como ver salir el sol en la escena de inicio de *El rey león*. Pero luego habló, y entendí que esa sonrisa era solo un fuego artificial minúsculo en el show de Sergio Fuentes.

—Entonces tendré que hacer trabajo de campo, ¿no crees? Para entender el problema, como bien dices.

Lo miré, con la ceja levantada y con una gran negativa formándose en mi garganta.

«Ni de broma te voy a dejar importunar a los huéspedes, por muy nieto de Ayala que seas».

Levantó las manos, como si me hubiese leído la mente.

—No voy a molestar a nadie, Nora. O, al menos, no de la forma que imaginas.

—¿Qué pretendes decirme con eso?

Mi voz se escuchaba serena, pero me estaba siendo difícil contener las chispas ardientes de mi enojo. Sergio Fuentes se acarició la mandíbula como si protagonizara un anuncio de Nivea Men y luego puso las manos sobre mi escritorio, en un gesto deliberado de primero de negociación.

—Hace tiempo que no me tomo unas vacaciones, y creo que unos días en La Bianca me sentarán de coña.

El condenado me observó con un gesto cándido, solo le faltó parpadear veinte veces seguidas como un dibujo animado. Aquello me azuzó para el ataque. Sacudí mi melena con un ademán suave y desplegué la sonrisa gemela de la que me había regalado, una lenta y sensual, de esas que jamás fallaban. Y vaya si noté el efecto. Sergio Fuentes no pudo disimular un centelleo vibrante en su mirada que fue apagado con la rapidez de un profesional.

«Bien, seguimos en el juego. Por ahora, empate».

—Va a ser un placer ayudarte a vivir la experiencia de La Bianca, señor Fuentes. ¿Cuándo tienes intención de unirte a nosotros?

Sergio se echó hacia atrás en la silla y fingió que cavilaba con intensidad. Tuve que hacer esfuerzos para no reírme.

—Creo que lograré organizarlo todo para el sábado.

—Cuando gustes. Entiendo que no necesitarás alojamiento, y tampoco podría ofrecértelo porque este fin de semana estamos al completo.

Lo que me faltaba era que el cachorro de Ayala encima ocupase una de las pocas habitaciones que teníamos. Levanté la tapa de mi ordenador y le pedí una dirección de correo.

—Voy a enviarte el mail de bienvenida con algunos enlaces que deberás rellenar para poder diseñar tu programa a medida. —Alcé la vista y lo taladré con la mirada—. Espero que respondas con sinceridad, Sergio. No podrás realizar bien… ¿cómo lo llamaste? El trabajo de campo. Pues eso. Si quieres entender cómo funciona esto, no vale con poner que tu *hobby* es hacer carreras en tacones o que duermes colgado del techo como los murciélagos. Necesito que te lo tomes en serio.

—¿Qué pasa, que no tengo pinta de hacerlo?

Soltó la pregunta con una sonrisilla que me tocó la moral.

—¿Tú qué crees? Conozco dos versiones tuyas: una, la hosca y antipática a la que le cuesta darme una respuesta que implique más de dos palabras, y luego la otra, la de hoy, que es la antítesis.

—¿Cuál prefieres, Nora Olivares?

Meneé la cabeza ante su provocación y me incorporé de mi asiento, dando por terminada la reunión. Noté su mirada a la espera de una respuesta, y finalmente la dejé caer entre los dos como una losa.

—Ninguna de las dos, porque creo que existe otra versión más, la del verdadero Sergio. Y esa no la conozco todavía.

Su gesto inmóvil durante unos segundos me hizo saber que había tocado hueso, pero no replicó. Se encogió de hombros y me imitó levantándose. Sonreí por última vez y, antes de que se fuese, solté la frase que me quemaba los labios:

—Quizá aparezca durante los días de vacaciones en La Bianca.

Escuché un gruñido y abandonó mi despacho sin mirar atrás. Y eso me dio la pista de que Sergio Fuentes era un horrendo perdedor, y que, sabiendo eso, me lo iba a pasar muy pero que muy bien con él.

14

Nora

2009

Nadie excepto Nora conocía el itinerario exacto de su gran viaje. Guardaba celosamente una carpeta en su ordenador donde había recogido toda la información sobre los países que tenía en mente visitar, y no la había compartido con nadie.

Para qué, si pondrían el grito en el cielo cuando supiesen que su objetivo era recorrer África.

A Nora no le llamaba la atención la complacencia europea ni la efervescencia americana. Siempre había tenido curiosidad por entender la vida en un medio muy diferente del suyo, y su inquietud por ver mundo la llenaba con olas expectantes cuando pensaba en esa ruta que quería comenzar en Sudáfrica y que la haría avanzar por la costa este del gran continente.

Sabía que no le iba a dar con el dinero que había ahorrado, eso solo serviría para el inicio de su gran plan. Realmente, lo que Nora deseaba era experimentar de verdad en aquellos países, sumergirse en una cultura y un mundo que no era el protegido y limitado de su isla natal. Comprendía que para una psicóloga la barrera del idioma era crucial, y por eso se había afanado en perfeccionar el inglés en los últimos años con la vecina británica que había enseñado a todos los hermanos Olivares. Era consciente de que había lugares donde tendría que aprender los dialectos o las lenguas oficiales del país, pero, por lo menos, el inglés lo llevaba bien pulido.

Tampoco nadie conocía la fecha en la que Nora tenía la intención de partir a su gran viaje. Llevaba tiempo mirando billetes de avión, pero estaba a expensas de su amiga Sol, que la acompañaría en el primer tramo. Solange Gautier no albergaba el espíritu aventurero de Nora, pero se había prometido a sí misma un viaje al terminar la carrera, y un destino como Sudáfrica le parecía lo bastante exótico para luego volver al redil y marcharse a París, donde su padre le había buscado unas prácticas en una empresa de moda.

Todo se vino abajo un fatídico día de noviembre y los planes de Nora dejaron de ser importantes para ser relegados al final de su lista de prioridades.

Su padre falleció en un accidente de tráfico, en el mismo en el que su hermana Elisa perdió al bebé que llevaba en su vientre, una tragedia doble fruto de un cúmulo de coincidencias y casualidades terribles. Si la ambulancia que transportaba a su padre y en la que viajaba también Elisa no hubiera tenido un accidente, la vida de la familia Olivares habría sido muy distinta.

En veinticuatro horas el mundo se había parado y nada era más urgente que intentar ayudar a una madre que había perdido a su marido, a una hermana cuyo segundo latido de vida se había extinguido y a un grupo de hermanos que intentaba lidiar con la tragedia como mejor podía.

Victoria, como siempre, trató de tirar del carro ella sola, dejándose la piel y la salud por el camino. Nora la veía cada vez más demacrada y se mordía las uñas al escucharla sollozar en el baño, a escondidas de su madre y del mundo.

Ella también lloraba cuando nadie la veía. Lo hacía por su padre, por el bebé de su hermana, pero, sobre todo, se deshacía de rabia, de una clase de odio hacia sí misma que era incapaz de aplacar.

Era una inútil, un elemento sin importancia y completamente desechable.

No era capaz de ayudar a su familia, ella, que tenía la formación perfecta para ello. No, se sentía congelada en su pena e impotencia, y las palabras de consuelo y todo lo que había aprendido se atoraban en su garganta sin poder salir, sin encontrar un canal que las dejase tomar forma. Era la única que parecía no aportar ni un grano de arena para mejorar la situación familiar. Mientras Victoria se desvivía como una leona yendo y viniendo a casa de su madre y de Elisa, Marcos intentaba aparecer varias veces al mes para llevarse consigo a su madre y a su hermana. No sabía a dónde, pero debía de ser curativo porque, poco a poco, tras varios fines de semana, las dos mujeres empezaron a mostrar mejoría.

Y, entretanto, Nora vagaba por la casa procurando ser útil y adoptar un rol en toda aquella tragedia. Pero aquello no sucedía. Era como regresar a la infancia y que solo le hicieran caso si se portaba mal. Pero ahora no tenía siete años y se recriminaba profundamente sentirse así, tan egoísta e incapaz. Y, al contrario de lo que ocurrió de pequeña, en vez de hacer travesuras se volvió invisible, un fantasma más que añadir a los que habitaban la casa familiar. La decepción consigo misma la desdibujó como persona, su brillo menguó hasta convertirse en una lucecilla tenue y se transformó en una presencia que hacía de comer y limpiaba una casa en la que apenas se vivía.

Pospuso su viaje y buscó un trabajo en un gabinete psicológico especializado en familias, decidida a ayudar a otras, ya que no encontraba la forma de hacerlo con la suya. Y a la vez que la conocida insuficiencia volvía a apoderarse de ella y comenzaba a bajar los brazos, las ganas de irse se hacían tan grandes que no le cabían en el pecho. Necesitaba salir de aquel bucle de oscuridad y volver a respirar. Las noches se habían convertido en una lucha con las garras de hielo que se apoderaban de su pecho y con los paseos insomnes por el corredor de su casa, donde se escuchaba el llanto silencioso de su madre desde su dormitorio.

Deseó, oh, ¡cómo deseó que todo aquello acabase! Que hubiese un brote verde, algo que le permitiese coger sus cosas y marcharse.

Y así, al año del accidente, Nora hizo su maleta sin esperar a Sol y se despidió de su familia, con la firme convicción de que estando lejos todo mejoraría y que nadie la echaría de menos. Su madre parecía estar levantando cabeza, Elisa había tomado la determinación de irse de la casa que compartía con Mario y Victoria y Marcos habían rebajado la intensidad de su sobreprotección.

Con la excusa de que la Sudáfrica posmundialista no entrañaba peligro, la menor de los Olivares se subió en un avión con una tensa sensación de culpa. Pero también con un alivio tan grande que pasó varios días sin creerse que, por fin, estaba viviendo aquello que llevaba ansiando desde el momento en el que entendió que su lugar no se encontraba donde la vida se empeñaba en amarrarla.

Sin embargo, lo que Nora Olivares no llegó a comprender hasta que pasaron muchos años era que, en realidad, no necesitaba huir de nada y que nadie estaba decepcionado con ella. Ella misma era su peor juez y su peor enemiga.

15

Sergio

—¿En serio, Serch? ¿De verdad te has metido en ese embolado?

Emilia no podía parar de reír y apoyé la cabeza en mis manos.

—Sí, joder, sí.

Mi hermana jadeaba casi sin aire y me la podía imaginar dándose palmadas en los muslos.

—Es decir, no coges vacaciones desde hace tres años y cuando lo haces, ¿es para meterte en la finca de la abuela? ¿Me estás diciendo eso?

—Ya vale, Emi. En el fondo, tiene sentido. ¿Cómo si no voy a entender lo que la hierbas está haciendo con La Bianca?

Emilia intentó sosegarse y logró hablar entre graznidos.

—Sí, sí, claro. Lo entiendo. La Bianca es taaan clave es nuestros negocios que necesitamos que tú, con todo lo que ya tienes, le regales tu tiempo.

—Bueno, que tampoco estoy tan estresado. Creo que el Grupo Ayala puede prescindir de mí unos días.

Emi se quedó callada un momento, no sabía si en su

intento de reprimir otra carcajada o porque su mente privilegiada estaba funcionando a toda máquina.

—Pues ahora que lo dices, quizá te venga bien desconectar. Y hacerlo de verdad, no a tu estilo «combino trabajo y placer para no pensar y dejar de ser un robot».

—No empieces, Emi, que nos conocemos.

—Yo solo digo que quizá cuando Nora Olivares termine contigo seas una versión mejorada de tu persona.

Me salió una pedorreta de la risa.

—Como si fuera a entrar en su juego. Voy a observar, Emi, y a probar lo que hace la gente en La Bianca. Nada más.

—Esperaré ansiosa a que vuelvas.

—Ni que me marchara al Caribe. Puedes ir a verme cuando quieras, enterada.

—Me voy de viaje a Santo Domingo, ¿no te acuerdas? Quiero ver qué pasa allí porque los números no están siendo tan buenos como el año pasado.

Mi hermana y su exacerbado sentimiento de la responsabilidad. Por un momento, pensé en decirle que se viniese conmigo a La Bianca. Pero luego algo, un pellizco de rechazo culpable, silenció las palabras que iban a acudir a mis labios.

«En el fondo no quieres que venga. Sé honesto contigo mismo por una vez».

Aquella extraña sensación de culpa me acompañó el resto de la noche. Me acosté temprano, apretando los ojos como cuando era pequeño y ansiaba que llegase la mañana para ir de excursión. Mamá siempre nos preparaba una tortilla de papas y nos metía en la mochila unos zumos Libby's de pera-piña y unas cuantas galletas Príncipe. Con ese almuerzo, mis hermanos y yo nos sentíamos los reyes del mambo. Esta vez, lo que me esperaba era comida sana y la promesa de una iluminación a lo yogui trasnochado.

A pesar de todo dormí bien y me desperté antes de que sonase la alarma. El amanecer bañaba de una luz iridiscente el mar de pinos que se extendía a los pies de mi casa y el océano parecía un manto de satén en la lejanía. Me di una ducha rápida, desperezándome con movimientos mecánicos, y luego me vestí para tomar el sendero que me llevaría hasta la parte trasera de La Bianca.

Respiré el aire puro al que mis pulmones ya estaban acostumbrados y me pregunté si mi plan tenía realmente sentido. Quizá Emilia tuviese razón: ¿por qué le estaba dedicando tanto tiempo a La Bianca? Sí, el abuelo me había pedido que le echase un vistazo de vez en cuando, pero eso no era exactamente lo que estaba haciendo.

Unos rizos rubios y el azul infinito de los ojos de Nora Olivares bailaron ante mis ojos, y claudiqué.

Qué más daba si aquello tenía un propósito o no. Por primera vez en décadas, iba a hacer algo solo porque me apetecía. Porque me divertía.

Tal vez eso fuera lo que más me atraía de todo. Esa especie de competición entre la hierbas y yo. La lucha soterrada que llenaba mi cuerpo de nervios esa mañana de octubre en la que un grupo de personas ya desplegaba sus esterillas en la plataforma de madera que habíamos construido sobre el barranco, de cara al mar y a Montaña Roja.

Iba a ser mi primera clase de yoga. De alguna forma, siempre me había resistido a aquella práctica cuando me atrevía con cualquier deporte. Mi cuerpo estaba diseñado para ello, y el baile me había afianzado el equilibrio. Sin embargo, no supe si mi poca destreza a la hora de hacer la postura del árbol tuvo más que ver con el sol que comenzaba a deslumbrar o con que no lograba concentrarme al tener a Nora Olivares en primera fila ataviada con mallas y deslizándose de una asana a otra con la agilidad de una felina. Me perdí parte de la explicación al observar su concentración, la suave cadencia de sus inspiraciones y cómo su cuerpo exuberante parecía encontrar siempre el lugar exacto donde ejecutar el siguiente movimiento.

A pesar de ello, la relajación en *savasana* me hundió en la esterilla y noté que se me iba la cabeza, cayendo en una corta duermevela de la que me desperté solo. Me pasé la mano por la cara desubicado, y cuando me levanté vi que las dos viejecillas que había tenido al lado se encontraban a unos centímetros de mí.

—¿Estás bien, joven? —me llegó una voz aflautada, y la otra se rio por lo bajo.

Me levanté con agilidad y enrollé mi esterilla.

—Sí, gracias.

Me acerqué a ellas, dos señoras de unos setenta años que se agarraban del brazo mientras me recorrían con la mirada.

—Menos mal, temíamos tener que practicarte el boca a boca...

La rubia sonrió mientras hablaba y la morena ladeó la cabeza con la mirada llena de chispas cálidas.

—Y hace treinta años que no ejercitamos la técnica, así que podríamos causar una catástrofe.

Me reí ante la vivacidad de las dos mujeres.

—No creo que el mundo se pierda mucho conmigo. Soy Sergio, por cierto. ¿Se dirigen a desayunar? Si quieren, las acompaño.

—Iremos a refrescarnos un poco y luego nos acercaremos a tomarnos esos deliciosos *smoothies* que preparan en el comedor. ¿Nos vemos allí?

Asentí y las acompañé al edificio principal. Yo también quería ducharme, el sol y la práctica mañanera me habían hecho sudar. Recordé que había baños y duchas para el personal dentro del hotel, y me encaminé hacia allí.

En los baños masculinos solo entraba Nino, uno de los trabajadores del hotel, y lo había visto en el huerto seleccionando unas guías para las leguminosas. Así que abrí la puerta y me di otra ducha rápida, la segunda de la mañana, deseoso de probar el desayuno y de tirar de la lengua a mis nuevas amigas. Y de observar a la señora directora, aunque no quisiera reconocerlo.

Salí de la ducha y comencé a secarme, pero una corriente de aire repentina me hizo levantar la vista. La puerta se había abierto y los ojos turquesas de Nora Olivares me observaban estupefactos. Instintivamente cubrí mi entrepierna con la toalla, pero en los segundos que ella tardó en recomponerse me di cuenta de que no dejó ni un milímetro de mi cuerpo sin recorrer con un gesto indescifrable. Entreabrió un poco los labios y venció la tentación de mirar hacia un lado y huir de la forma más fácil.

No conocía mucho a Nora Olivares, pero sí había comprobado que era directa y que no eludía las situaciones incómodas.

—¿Qué haces en el baño de mujeres, Sergio?

—Este no es el baño de mujeres… —Las palabras murieron en mis labios cuando me percaté de que, bajo el lavabo, había varios neceseres y algunos paquetes de artículos de higiene femenina. De pronto, la escena me pareció hilarante y casi dejo caer la toalla.

—¡Por Dios, no hagas eso! —exclamó ella, y tuvo que reprimirse para no sostener el pequeño trozo de tela.

Le sonreí, dueño de la situación, y empecé a enrollarme la toalla a la cintura con lentitud.

—¿Por qué? ¿Te pongo nerviosa?

Alzó las cejas con frialdad, aunque sus mejillas revelaban que no era tan indiferente como quería aparentar.

—¿Tú? Lo siento, no eres mi tipo. Solo quiero que termines de vestirte porque puede entrar cualquiera de las otras trabajadoras y quizá a ellas las impresione más que a mí encontrarse a un hombre en su baño.

—Ya veo que a ti te da igual. ¿O me equivoco?

Meneó la cabeza y fue a decir algo, pero se calló. Me acerqué un poco más, me moría de ganas de conocer las palabras que se había tragado. Nora retrocedió un paso, uno minúsculo, y me dio la sensación de que quizá el tenerme cerca le afectaba, aunque fuese una décima parte de lo que me ocurría a mí cuando ella decidía invadir mi espacio vital.

—¿Qué ibas a decir?

—Nada importante. Vístete y deja libre el baño, por favor.

Me acerqué un poco más, y noté que ambos tragábamos saliva. Mi vello rozó el suyo y aquello produjo un efecto mariposa en toda mi piel.

—Me gustaría escuchar lo que no has querido decir.

Entonces sentí que se irritaba y que su serenidad se fracturaba en mil pedazos como solo le ocurría conmigo.

—No me impresiona lo más mínimo tu pseudoestriptis, cuando he convivido con gente cuya ropa era menos que un taparrabos y que, por tener, no poseían ni una letrina donde hacer sus necesidades. Como comprenderás, las normas sociales y los escrúpulos del primer mundo me dejaron de importar hace mucho, al igual que sus dramas.

—Pues has venido a trabajar al lugar menos indicado, porque justo estás aquí para eso: para que la gente se olvide de sus dramas, como dices tú.

Entonces fue ella la que se acercó a mí y negó con la cabeza, de nuevo dueña de sus emociones.

—Te equivocas. La tristeza, la melancolía y la insuficiencia son emociones universales y conviven en todas las sociedades del mundo. Me da igual tratarlas aquí que en Tanzania.

—¿Y realmente crees que la gente viene a La Bianca a eso y no a comer, dormir y sentirse bien consigo misma por lograr hacer unas cuantas posturas de yoga?

Nora se me acercó y puso un dedo en medio de mis pectorales. Su uña pintada de color perla me dio unos toques suaves, como si pidiera permiso para entrar, y rogué a los antiguos dioses guanches para que no advirtiera que el corazón me latía un poco más rápido de lo habitual.

—Eso es lo que te has propuesto averiguar, ¿no? Pues hala, que ya vas tarde. Pronto no quedará nadie en el comedor y no querría que te quedases sin desayunar por mi culpa.

Se permitió regalarme una sonrisa socarrona y me dejó allí con la sensación que solo ella provocaba: que no podía esperar hasta nuestro siguiente asalto verbal, porque eran los únicos momentos en los que me sentía realmente vivo y con ganas de cosas que ni yo mismo entendía.

Nora Olivares tenía la facultad de sacudirme y sacarme de mi inmovilismo emocional, y no sabía si me gustaba o lo odiaba, pero sí que era adictivo.

Me vestí con rapidez y salí del baño mirando a ambos lados, por si acaso alguien se daba cuenta de mi error. Me dieron ganas de reírme, solo me faltaba meter las manos en los bolsillos y empezar a silbar. De repente me encontré de muy buen humor, como si hubiese dormido una noche entera de sueño reparador, sin pesadillas ni sueños inquietantes.

En el comedor mis vetustas amigas estaban sorbiendo unos *smoothies* verdes y junto a ellas había una mujer de pelo corto y oscuro que también tomaba un zumo de color naranja. Me senté a su lado, intentando centrarme en mi cometido de conocer a los huéspedes, y pronto estuve degustando un zumo de melón con lima y un cuenco de avena con fruta que me indicaron que venía de fábula para después de una práctica de yoga. La del pelo corto me contó una retahíla sobre su *dosha* ayurveda, pero más allá de lo que narraban sus palabras, me fijé en su expresión. No la conocía de antes, pero transmitía una energía controlada y luminosa, de esa que intuía que podía ser un caudal desbocado, pero que, en aquel comedor rodeado una naturaleza tan majestuosa que invocaba el silencio, se convertía en el burbujeo suave de un manantial de montaña.

No conocía su historia, tampoco la de las dos viejecitas ni la de la chica del pelo lila o la pareja de extranjeros que se dirigían a la puerta de salida con pinta de irse de excursión. Aquello hizo que me sintiese como en el *Cluedo* o en el *Quién es quién*, con la misma intriga de entender por qué toda aquella gente había elegido La Bianca de entre otros tantos lugares, para poder luego analizarlo con la directora Olivares.

Y como venía siendo habitual, muchos de mis pensamientos desde ese momento terminaron en ella, en imaginarme su respuesta cuando le contase mis impresiones.

Pero antes de eso tenía que empaparme bien de todo y, qué coño, también aprovecharía para desconectar y ver si, al final de mis vacaciones, acababa convertido en un iluminado comehierbas.

Qué soberbio fui y qué grande resultaría la caída.

16

Nora

2011

Los tres meses que Nora pasó en Sudáfrica se convirtieron en una especie de purga para dejar en los bordes de las calles y las carreteras todo lo que llevaba dentro. No era un país demasiado acogedor para una viajera solitaria, o por lo menos eso le había dicho todo el mundo, pero no impidió que Nora se moviese adonde le dictase el corazón. Y quizá fue también lo que la inmunizó frente a cualquier situación de peligro, comentario extraño o lugar perdido de la mano de Dios.

El estar rodeada de gente desconocida desenredó poco a poco la ansiedad que llevaba devorándola más de un año, aunque no fue capaz de disipar la culpa.

Una culpa por no saber ayudar, por no saber pronunciar las palabras correctas, una culpa corrosiva que se sumaba al alivio por ya no estar en casa, una dualidad que la llevaba de un extremo a otro con la facilidad de un parpadeo.

Llegó un momento en el que se hartó de sí misma.

Y una tarde, sentada en una roca de la imponente Table Mountain, se dijo que ya bastaba.

«Esto no fue lo que te enseñó Ágata. Se avergonzaría de ti si te viese. Aunque sea por ella, necesitas salir de esto».

Y cuando apuró el tiempo para coger el último funicular y bajar de la ancestral montaña, recapacitó.

«No, no debo hacerlo por ella, sino por mí. Y para que, en algún momento de mi vida, me reconcilie con todo lo que dejé atrás».

A partir de ahí, empezó a hacer planes. Necesitaba salir de la nebulosa y concretar eso que llevaba toda la vida deseando. Su próximo destino sería Kenia, como siempre había soñado. Después, no lo sabía. Somalia estaba en guerra perpetua, los países del centro de África más de lo mismo...

«Ya lo pensaré cuando toque. Por ahora, voy a ver cómo me las arreglo en Nairobi».

Su idea era conseguir un trabajo en el país keniata, algo relacionado con su formación, nada de trabajos generalistas a los que podría acceder cualquiera. Quería ayudar de verdad como parte de la expiación y el castigo que eran el justo pago de todo aquello que falló con su familia.

Nora no se daba cuenta de que ese error solo lo veía y lo sufría ella. No era capaz de apreciar la preocupación y el amor de cada uno de los mensajes que le enviaba su familia, los nervios mal disimulados de su madre y su abuela y las preguntas intencionadas de sus hermanos. Incluso Elisa, inmersa en la peor época de su vida, estaba pendiente de ella. No era consciente de que nadie le echaba nada en cara, porque nadie había esperado de ella lo que ella misma se exigía. Pero eso no lo entendería hasta mucho después.

Nairobi la acogió con el caos propio de la urbe que, en los años siguientes, se convertiría en una de las megápolis de África. Era una ciudad vibrante e intensa, que latía vida y mostraba todas las caras de la humanidad plasmadas en sonrisas blancas y una diversidad de etnias que hicieron que Nora se sintiese en casa desde el primer segundo en que pisó sus calles. Con los ahorros que todavía le quedaban, se regaló un hospedaje en una buena zona y, tras dormir una noche entera por primera vez en mucho tiempo, se asomó al balcón y respiró ganas, esperanza, un mundo nuevo.

Esa mañana la pasó en la zona de Town, donde aprovechó para cambiar divisa y pasear por el corazón de la ciudad. Aquella área era el distrito financiero de la ciudad y estaba más occidentalizada que otras que había vislumbrado en el trayecto desde el aeropuerto. Aun así, la mezcolanza de nacionalidades y etnias le resultó apabullante, llena de colores y aromas que no había encontrado en los meses que vivió en Sudáfrica. Entró en el Museo Nacional de Kenia, donde pasó un par de horas entretenidas, y decidió comer algo antes de volver a su alojamiento y seguir enviando currículums a las diferentes ONG que operaban en la capital.

Más tarde se dijo que había sido el destino, porque si no, jamás hubiese considerado entrar a almorzar en aquel bar alejado del centro. No era de ninguna reluciente cadena internacional, sino un establecimiento puramente keniata, pero algo en su colorido letrero la hizo confiar. O quizá fueran los nombres de los platos que se ofertaban, tan exóticos como desconocidos para ella. *Ugali*, *nyama choma, tilapia...* Entró sin dudarlo y se sentó a una mesa, aunque su primera opción hubiese sido la barra. Pero no sabía si eso en el país se veía bien o no, prefería observar primero para no cometer errores. Pidió un sabroso plato de legumbres llamado *maharagwe* y una cerveza Tusker bien fría. Todo le supo a gloria, como si no hubiese comido en años, y tal vez el haber estado tan concentrada en su plato fue la razón por la que no se dio cuenta del hombre que se sentaba en la barra y que no podía dejar de mirarla.

Reed Parker era americano y llevaba varios meses en Nairobi trabajando para una ONG. Aquel era su día libre y, contrario a sus costumbres, se había aproximado al centro de la ciudad para sacar de su mente las imágenes complicadas que su profesión le regalaba. No había quedado con nadie, se había zafado de todos los compromisos y simplemente caminó, disfrutando de la diferencia tan abismal con su Washington natal y la vida de afroamericano de clase alta. Suspiró al recordar los requerimientos de su padre, congresista por el Partido Demócrata, y su respuesta en forma de poner tierra por medio. Reed no tenía prisa por hacer lo que esperaban de él, y de hecho dudaba de si alguna vez pasaría por el aro. En Kenia había encontrado un lugar donde era útil, donde veía el resultado de su trabajo de una forma tan realista que se le encogía el corazón.

Había estado anteriormente en aquel pequeño bar de comida típica con Jaime Salas, un compañero enfermero que había vuelto a México hacía dos semanas. Echaba de menos a su parlanchín amigo, con quien había hallado una sintonía más profunda que con cualquiera de sus colegas de la Ivy League, y acusó su falta de compañía.

Con Jaime nunca hablaban de trabajo, siempre buscaban otros temas que les hacían distraerse y con los que acababan riéndose a carcajada limpia.

Quizá por ese vacío se sintió más atrevido de lo acostumbrado. Y solo por eso invitó a una cerveza a la forastera que había captado su atención desde el primer instante en el que puso un pie en el bar. Rodeada de caras oscuras, la belleza rubia de la mujer destacaba como una antorcha chisporroteante, aunque algo en sus rasgos sensuales le dijo a Reed que no era anglosajona. Llevaba el pelo rizado recogido en la coronilla, una camisola blanca de manga larga y unos pantalones ligeros, no demasiado acordes al tiempo que, ese abril, estaba siendo más caluroso de lo habitual. Pero ella parecía cómoda en su piel, comía y bebía sin distracciones, solo concentrada en lo que tenía delante mientras observaba por la ventana el devenir caótico de los coches y los tradicionales matatus.

Algo en ella le hizo pensar a Reed que merecía la pena conocerla. O, al menos, probar. Y fiándose de su instinto, el americano, por primera vez en mucho tiempo, fue espontáneo. Cuando vio que se le acababa la cerveza, le pidió otra al camarero y se la llevó a la mesa. La mujer levantó la vista y él casi se ahogó en el Caribe de sus ojos.

—A esta invita la casa —se adelantó a las palabras que se estaban formando en los labios de ella.

Nora lo observó con detenimiento. Algo en aquel gigante musculado, más parecido a un *quarterback* americano que a un esbelto keniata, la hizo confiar. Tal vez fuera la expresión honesta de sus ojos castaños, los más claros que había visto en su vida.

—¿La casa o tú? —preguntó sin tapujos, y él se rio.

—Pillado —admitió, pero no hizo amago de sentarse—. Era por ahorrarte el viaje a la barra.

Ella asintió y le dio las gracias. Luego pareció tomar una determinación, porque sus labios se fruncieron de una forma pícara, y Reed sintió que caía con toda la caballería.

—No eres keniata, ¿verdad?

—No, soy estadounidense. Trabajo aquí desde hace unos meses.

Vio un destello de interés en los ojos de la mujer. Ella le tendió la mano.

—Soy Nora, acabo de llegar a Nairobi.

—Reed Parker —pronunció él, y le apretó la mano.

Nora le hizo un gesto hacia la silla.

—¿Por qué no te pides otra para ti? Así me cuentas cosas sobre el país y sobre tu trabajo.

Y aunque Reed no había tenido ninguna intención de pensar en su trabajo aquel día, se encontró relatándole cómo había llegado a Kenia y qué hacía allí. Todo por no dejar de sentir la mirada inteligente de aquella mujer tan hermosa que lo había sacudido por dentro como en una película romántica de las más obvias.

Ese día, Reed acompañó a Nora hasta la puerta de su alojamiento y, al siguiente, le consiguió una entrevista de trabajo en una clínica gestionada por su ONG que proporcionaba ayuda sanitaria y mental a mujeres y niñas víctimas de la violencia de género. Ella lo abrazó tras conseguir el puesto, y fue en ese momento, cuando el cuerpo fornido de él se aplastó contra el suyo, que la semilla de algo más bonito prendió entre ellos.

Nairobi se convirtió en el escenario de una historia de amistad entre dos personas que, poco a poco, lo fueron convirtiendo en otra cosa más secreta e implacable.

17

Sergio

Debía reconocer que la vida en La Bianca resultaba de lo más relajante. Y eso que mi casa se encontraba a unos metros, en el mismo lugar físico desde hacía años, así que no era la naturaleza la que impregnaba de esa sensación tan acogedora y única el entorno de la finca. Tal vez fuese la expresión de los huéspedes, o la comida, o las actividades. Todavía no lo sabía. Sin embargo, estaba en ello y Nora Olivares no se podía quejar: me había apuntado a todo lo habido y por haber, incluso a la recogida de almendras y la posterior sesión de prepararlas en versiones dulces y saladas en grandes sartenes sobre la hoguera. Todo para entender el espíritu de aquello que había invadido la casa familiar de mi abuela, y que, cada vez más, tenía que reconocer que funcionaba.

Me lo estaba pasando bien. Y eso iba en contra de lo que había previsto. Incluso tan bien que mi espíritu crítico hacía yoga mañanero y flotaba en la piscina disfrutando del silencio en vez de estar buscando fallos y elaborando informes.

Sabía que esa sensación de placidez no era solo por las

actividades, aunque también se debía a ellas. En la simpleza del yoga, del huerto o las dinámicas de Nora tras la cena existía una especie de proceso mental que parecía recolocar cosas, ignoraba de qué tipo, pero lo notaba con una mezcla de irritación y sorpresa, acorde a mi rol de Grinch. Incluso había terminado un poco conmocionado tras el *forest bathing*. Tantos años viviendo en pleno pinar ¿y no había sido capaz de sentarme a escuchar, a oler, a permitir que se me vaciase la mente para dejar únicamente la cómoda sensación de existir?

Sin embargo, esas agradables prácticas solo arañaban la superficie. Debajo de muchas capas se hallaba aquello que no quería mirar y que me frenaba a la hora de conectar con el Sergio que había sido y que todavía existía. El que se atrevía a vivir, el que se apasionaba, el que no se metía en su caparazón si se trataba de tender lazos afectivos con alguien desconocido. Tenía la inquietante sensación de que el dejarme llevar podía hacer que despertase, y no sabía si eso me daba pavor o si, en cambio, me provocaba una renuente curiosidad.

No hablé con Nora Olivares demasiado en aquellos días. La rehuí consciente de la tensión que me ocasionaba, de las ganas de verla sulfurarse y de la sensación burbujeante de vida que rodeaba todos nuestros encuentros. Si ella era la maestra de la serenidad y de ese aura que estaba logrando imprimir a La Bianca, ¿por qué a mí lo único que me inspiraba eran sensaciones volcánicas que ni yo mismo lograba entender?

Y, por supuesto, no agendé ninguna sesión con ella. Me negaba a exponerme a pecho abierto a su mirada afilada.

En vez de buscarla, me acerqué al resto de los huéspedes, tal y como estaba en mi plan. Pero este se fue diluyendo en cuanto a la intención inicial, porque al final entendí que en realidad me apetecía escuchar a aquella gente. Me habían acogido como a uno más dentro de esa distante pero afectuosa camaradería que imperaba entre casi todos. Estaba claro que habría personas que se llevarían mejor entre ellas, como Gianna con las viejecillas y, de un tiempo a esta parte, con Raquel. Los americanos se habían empezado a abrir y, curiosamente, acogieron a Andrew, el señor triste, entre ellos. Y el día anterior había llegado una influencer agobiada que, por ahora, estaba en fase de llorar sus penas y no quería contacto con nadie.

Las más felices y abiertas eran Gianna, Marilís y Elena, quienes me atrajeron con su energía positiva y su transparencia total en cuanto a sus motivaciones por estar en La Bianca.

—Quiero ver si mis hijos y mis hermanos son capaces de mantener el chiringuito mientras no estoy —me confesó Gianna mientras volvíamos de unas horas en la playa de El Médano—. Están tan acostumbrados a que yo esté para validarlo todo que creo que no se dan cuenta de que ellos también son capaces.

Se recostó en el asiento del coche y echó un vistazo hacia la parte de atrás, donde las viejecillas asentían como urracas.

—Yo ya tengo la vida resuelta —siguió hablando y sus ojos vivaces relampaguearon—. Aunque los negocios se vayan al carajo, me he asegurado una jubilación feliz. Pero eso ellos lo ignoran.

—¿Y tienes noticias de cómo va el asunto? —inquirió Elena, y Gianna negó con la cabeza.

—No, ni quiero saberlo. Que se acostumbren, que las cosas van a funcionar así a partir de ahora. Pasaré temporadas al pie del cañón, pero luego soltaré amarras. Siempre me dije que quería empezar a vivir bien a partir de los cuarenta. Al final, he tardado una década más, pero aquí estoy. Y nadie me va a fastidiar mi plan de vida.

—Haces bien —sentenció Marilís—. Nosotras dejamos que durante demasiado tiempo el entorno nos dictase lo que era correcto y lo que no. ¡Como si fuera su vida! Es la nuestra y para eso hemos trabajado tantos años, para que ahora decidamos nosotras cómo vivirla.

Las miré por el retrovisor, sin hacer la pregunta obvia, y ellas se rieron.

—Sí, llevamos juntas muchos años. Pero ya sabes cómo es esto: para quien no quiere verlo, solo somos dos amigas que comparten casa, viajes y aficiones.

Llegamos a La Bianca en pleno atardecer naranja y rosa, con una luz que hubiera hecho las delicias de cualquier director de fotografía de Hollywood. Las mujeres se bajaron y yo aparqué a un lado del edificio principal, deseando ir al bar y tomarme el zumo multivitamínico al que me había aficionado, pero entonces vi a Nora salir con el ceño fruncido. Su móvil sonó y lo cogió con rapidez, modulando la voz para no saltar a la yugular del que estuviera al otro lado del teléfono. Conocía su gesto, era el que muchas veces usaba conmigo, y me acerqué para enterarme de quién le estaba tocando los cojones.

—Me lo acaba de corroborar, Emilia. Sí, y encima los paneles no funcionan. Tengo agua caliente y energía para las duchas de los huéspedes, pero no para la cena ni para la actividad de hoy. Y ya ni te digo si esto se prolonga y afecta a las cámaras frigoríficas. Vale, dime algo. Si no, tendré que comprobar si el plan B ese que no te gustaba un pelo nos puede salvar el pellejo.

Me bajé del coche y me acerqué. Al verme, percibí que una fina fisura resquebrajaba su entereza, y eso me intrigó.

—¿Qué ha pasado? —pregunté, y me hizo una señal para que la acompañase. Nos dirigimos a la plataforma de madera donde practicábamos yoga y me miró preocupada.

—Hay un cero energético en la isla. ¿No te has enterado?

—Estaba en El Médano con Gianna, Elena y Marilís. ¿Otra vez un cero energético?

Intenté desplazar mi enfado y entrar en modo resolutivo.

—Sí. Y encima no sé qué les pasa a los paneles solares que están fallando. Nos dará para un rato de electricidad, quizá hasta la noche, pero no cubrirá lo que hace falta para la cena.

—Podemos cambiar el menú.

—Eso era lo que estaba pensando. Hacer cena fría con tostas y ensaladas, o una barbacoa fuera, con las setas de calefacción encendidas hasta que se les agote la batería.

—Eso es lo de menos. Lo que me preocupa es si no se restablece la electricidad hasta mañana.

Nora me miró concentrada.

—Hay un grupo electrógeno, Sergio. Lo pedí en contra de las protestas de Andrés, porque no está alineado con la política de sostenibilidad y autoabastecimiento eléctrico de la empresa, pero cuando hablamos de un hotel, creo que hay que ser prácticos.

Asentí. Estaba de acuerdo con ella.

—Entonces no hay problema.

—Sí que lo hay. No lo hemos probado nunca, ni siquiera comprobé si el equipo de electricistas lo conectó bien a nuestro sistema. Además, hace un ruido infernal, y va en contra del descanso y...

—A tomar por culo los ruidos. Si es un motor de los de última generación, tampoco será para tanto.

—Eso espero. Ojalá no haya que utilizarlo, pero si hay que hacerlo, no me quedará otra.

—Cuenta conmigo —le dije, y por primera vez en todo el tiempo en el que la conocía, Nora me sonrió de verdad.

Fue algo tan inesperado que me quedé mirándola como un tonto, deslumbrado ante la belleza tan viva de su rostro. Era como contemplar un arcoíris de colores vibrantes tras horas de lluvia intensa. Algo nos conectó por un momento, un hilo que tiró de nuestros pechos como si hubiese echado un ancla en ellos. Cogí aire, hubiese jurado que ella también, y sentí que me cosquilleaba la piel.

—Voy a arreglar lo de la cena —musitó en voz baja. Parecía que se hubiese quedado sin aire—. ¿Cena fría o cena caliente?

—Lo que sea más fácil para cocina.

Y solo cuando se hubo ido, me di cuenta de que era la primera vez que me hacía partícipe de alguna decisión de La Bianca.

Me fui a casa sin ganas, con el cuerpo dividido por el deseo de regresar a buscarla para seguir merodeando alrededor de su luz, como un pececillo ansioso por pillar la carnaza del anzuelo.

«Pececillo, dices. Si tú siempre has sido más bien una barracuda o un tiburón blanco. Vaya majadería que tienes encima con todo esto de La Bianca. Y con Nora Olivares, no te hagas el tonto».

Me quité el salitre con una ducha y volví a salir de casa, deseoso de ver qué había decidido Nora. La noche había caído como solía ocurrir en el otoño profundo, con voracidad, ansiosa de descubrirnos la magia de las estrellas que se desparramaban por el cielo con su luz ancestral. Estrellas fugaces trazaban sus arcos sobre mi cabeza mientras recorría la corta distancia entre mi cabaña y La Bianca, y me sentí expectante. Como si la noche me susurrase que algo iba a ocurrir y que necesitaba prepararme para ello.

La parte trasera de La Bianca era un espectáculo de luces íntimas y parpadeantes, llamas refugiadas en candiles y dispuestas en lugares seguros para la naturaleza que nos rodeaba. Algunos de los huéspedes estaban sentados en el porche trasero, saboreando los bloody marys que eran el aperitivo de esa noche —siempre en diferentes versiones según el comensal—, y me saludaron con una sonrisa mientras me aproximaba a la cocina. Allí varios haces de luces potentes iluminaban la estancia lo suficiente para ver que estaban preparando verdura, setas y quesos para sacarlos a la parrilla exterior, y un gran fogón de gas estaba terminando de cocinar las papas bonitas que habíamos cosechado fuera de temporada y que había traído antes de mi ingreso en La Bianca.

—Haremos una especie de *raclette* —me informó Aulia mientras cortaba vegetales—. Asaremos la verdura en las planchas y, justo antes de servirla, calentaremos el queso.

Asentí. Era una buena solución. Así no tenían que elaborarlo en la cocina, donde la luz no parecía la mejor.

—Es una idea estupenda. ¿Puedo ayudar en algo?

Escuché la voz de Nora desde la puerta.

—Ahora mismo estás en calidad de huésped, no te preocupes. Quizá te avise más tarde para lo del grupo.

Su voz, algo más grave de lo normal, me atrajo hacia ella. Salimos de la cocina y me contó que estaba en contacto continuo con Emilia.

—Ella nos dirá si hay avances y cuánto podrá alargarse la situación.

—Las otras veces ha durado unas horas, espero que ahora sea igual. ¿Quieres que vayamos a ver ya lo del grupo?

Levantó la mano y señaló hacia el exterior.

—Primero la cena. Tú también. Además, aprovecharé para contarle la situación al resto de los huéspedes, todavía no se habrán enterado, y así los prevendré sobre el posible ruido del grupo electrógeno.

Era cierto. En La Bianca solo se podía usar el móvil una hora al día, formaba parte de la desconexión que era santo y seña de su propuesta de valor.

Nos apartamos para dejar pasar a Aulia y a los camareros, a quienes acompañaba también Nino. Vi que llegaba a su vez Almu con el músico que esa noche tocaría el violonchelo hasta las once. Nora fue hacia ellos y yo salí al porche. Allí estaba Andrew York, algo apartado del resto, y por primera vez me acerqué a él. Había cierto destello en su rostro flácido y tristón, como si hubiera encontrado algo por lo que alegrarse. Poco a poco se había ido integrando en las dinámicas de La Bianca, incluso lo había visto salir de paseo con Nora en sesiones esporádicas.

—Buenas noches, Andrew —le saludé en inglés, y me respondió alzando la copa.

Nos quedamos en un cómodo silencio, observando cómo las parrillas comenzaban a funcionar y los camareros a vestir la gran mesa de la palapa, rodeada estratégicamente de unas cuantas setas calefactoras.

—Este fin de semana juega el City contra el United —me dijo, y le dediqué toda mi atención. Eran las primeras palabras espontáneas que salían de su boca en todo lo que llevaba en La Bianca.

—¿De cuál eres tú?

Me miró de soslayo, como si pensara que era tonto.

—Del United, por supuesto. Lo del City es circunstancial. Ya se les acabará la racha.

Asentí sin pronunciarme a favor o en contra. No era demasiado futbolero y me aburría el hecho de que ese deporte fuera el único tema de conversación posible entre dos hombres que no se conocían de nada.

—Trabajé muchos años para el club —pronunció mirando hacia delante, como si realmente no hablase conmigo—. Fue una buena época. Sir Alex Ferguson marcó la diferencia.

—Un gran entrenador —convine, y el hombre emitió un sonido aprobador.

—Fue el que descubrió a mi Andy.

Entonces, como si hubiese hablado de más, dejó la copa en la mesa y se encaminó hacia la parrilla, donde ya se estaban sirviendo los primeros platos de comida. Cogió el suyo y se sentó bajo la palapa, a una distancia prudente del resto. Sus palabras se quedaron enredadas en mi mente, pero no supe resolver su misterio. Aquella historia me sonaba de algo.

Raquel y las viejillas vinieron a buscarme en alegre sintonía y me hicieron sentarme con ellas para cenar. Raquel había logrado escribir medio capítulo de algo que todavía no sabía si sería una novela o un ensayo, y esa noche quería celebrarlo. Dediqué la mitad de mi atención a la conversación que fluía entre ellas y el resto de los huéspedes, y con la otra mitad estuve pendiente de lo que ocurría en el entorno.

Nora Olivares todavía no había aparecido a pesar de que el músico ya estaba interpretando con elegancia bandas sonoras como la de *Juego de Tronos* o *Los Bridgerton*. Mis ojos intentaron penetrar en la oscuridad, deslumbrado por la luminosidad de la palapa, pero si se encontraba en los alrededores, yo no era capaz de verla.

Entró en escena justo tras servirse el postre, toda ella amabilidad y cercanía con los que se sentaban a la mesa. Tuvo una palabra con cada uno y luego se nos unió para saborear el sorbete de fruta de la pasión que había elaborado cocina. La escuché explicar con tranquilidad cuál era la situación energética en la isla y la alta probabilidad de tener que utilizar el grupo electrógeno. Lo hizo con tanta profesionalidad que a nadie se le ocurrió protestar por el inminente ruido y tuve que admirarla por ello. Y creo que solo yo me percaté de que, tras sus palabras, algo en su rostro cedió, como si un intenso alivio la barriese por dentro.

«Estaba nerviosa, ahora me doy cuenta».

Se levantó dando las buenas noches a todos y la observé bordear la zona donde tocaba el músico. Algo la detuvo y se desvió hacia un lado, camuflada en las sombras nocturnas, aunque las llamas de una de las hogueras iluminaban tenuemente su rostro. Y sin pensarlo, me levanté y me aproximé hasta su escondite.

Se sobresaltó al notar mi presencia, y sus ojos se tornaron más oscuros, como el mar que bañaba la costa a nuestros pies.

—Estaba aguardando a que terminase el músico para ir a...

—Espera —le dije, tocando su antebrazo para que dejase de hablar—. Escucha esto. Es la banda sonora de *El último mohicano*. Me encanta esta pieza.

No pude evitar seguir la melodía desde lo más profundo de mi pecho. Percibí que ella se paraba sorprendida, y evité pensar en que le estaba enseñando algo de mí que quizá no debiera. No quería que Nora Olivares me conociera. Claro que no, ¿para qué?

—No soy muy de Daniel Day Lewis —dijo, quizá para romper el momento.

—Yo tampoco —contesté tras escuchar el final—. Menos en *Gangs of New York*.

Nos quedamos quietos y una sonrisa, la segunda que compartíamos de verdad, se reflejó en los labios de Nora, entreabiertos tras haber dicho exactamente la misma frase que yo, al unísono, como esos amigos que tienen bromas comunes y que las dicen en voz alta a lo niños de coro.

—Vamos a ver qué hacemos con el grupo —propuso, rompiendo el inesperado momento de camaradería.

Asentí sin dejar de escuchar de fondo la voz grave del instrumento, que ahora interpretaba *Memorias de África* con una sensibilidad que me puso los pelos de punta.

La seguí hasta el edificio principal de La Bianca, algo desconcertado porque no tenía ni idea de dónde habían puesto el generador, no recordaba haberlo visto en ninguno de los planos. Pero cuando Nora abrió la pequeña puerta del sótano, lo entendí. Bajamos las escaleras, que ya no eran las que recordaba de mi niñez, y entré en la estancia que antes había albergado una pequeña bodega de vinos y el lugar donde se guardaban las papas y la comida fresca en épocas anteriores a la existencia de los frigoríficos.

Nora se agachó ante el grupo mientras yo, como un pasmarote, dejaba que los recuerdos me inundasen. La percibía a mi alrededor trabajando con la precisión de una navaja suiza, como si se hubiera enfrentado a algo así todos los días de su vida, y cuando fui a echar un vistazo para ver si necesitaba mi ayuda, el grupo arrancó. Abrí la boca para hablar, pero me silenció con un gesto. Estaba escuchando el sonido y luego me indicó que la siguiese de nuevo al piso de arriba. Allí comprobó que todo funcionaba, que las cámaras frigoríficas se habían conectado y solo entonces me dirigió unas palabras.

—Ya está.

—No esperaba menos de ti.

Volví a nuestro modo habitual, quizá para camuflar lo mucho que me había gustado verla en acción. Otra vez.

—Ni yo ese tono tan paternalista por tu parte. Sobre todo, por tu nula interacción con el problema.

—¿Para qué iba a intervenir si ya lo tenías tú bajo control? Parecías la Lara Croft de la electricidad.

En la semipenumbra del comedor, noté que se guardaba una sonrisa. Tal vez eso fue lo que me hizo moverme hacia ella. O la intimidad de estar los dos solos en aquel lugar, o el brillo de sus ojos de animal nocturno, bello y salvaje.

—Solo estoy haciendo mi trabajo —respondió, pero percibí un tono más suave en sus palabras.

Sentí un interés desbocado por saber cómo se escucharía su voz si la besaba como me moría de ganas por hacer, si su gemido sería grave o se elevaría unas octavas… El corazón comenzó a retumbar en mi pecho, sorprendido por la contradicción entre lo que era Nora Olivares para mí y lo que hacía vibrar en mi cuerpo.

El momento pareció durar una eternidad, los dos, uno frente al otro, enredándonos en algo que no sabíamos qué era. Porque ella lo sentía también, lo vi en su vello erizado y en la forma en que sus ojos se agrandaban, como si quisiera salirse de aquella ensoñación y no pudiera conseguirlo. Solo el aplauso entusiasta de los huéspedes al músico fue capaz de romper el instante. Parpadeé aturdido y ella se recompuso tras unos segundos. Dio un paso hacia atrás y murmuró algo sobre el hecho de que apenas se escuchaba el ruido del grupo. Incliné la cabeza como un tonto y no fui capaz de decirle nada coherente. Entonces sonrió, muy por encima de mi estado de idiotez total, y me deseó las buenas noches.

La observé deslizarse hacia la oscuridad llena de música y tragué saliva.

Cada cosa que descubría de Nora Olivares me hacía añadirle una capa más a todo lo que me fascinaba de ella. Y no sabía adónde me llevaría todo aquello.

A la boca de lobo, seguro. O, en ese caso, de la loba.

18

Nora

Disfruté de mi primer día libre en La Bianca casi un mes después de abrir sus puertas. Y lo hice con cierto pesar, porque me gustaba tanto llevar las riendas de aquel lugar que no sentía la necesidad de tomarme un respiro. Pero me conocía, y hacer un pequeño *break* después de la tensión de la última semana me vendría muy bien. Esta ansiedad había sido generada por varias cosas, sobre todo por la gestión del cero energético y el constante seguimiento del bienestar global de los huéspedes, mucho más importante en un negocio como este que en un hotel normal. Y luego, si no quería seguir engañándome, estaba Sergio Fuentes y el tener que verlo todos los días como uno más en La Bianca. Porque lo que en principio iban a ser unos días de vacaciones se habían convertido en muchos más, y mi apuesta era que, una vez probada la magia de La Bianca, el malumazo no iba a poder volver a su casa así como así.

Por eso, cuando Marcos me escribió para preguntarme cuándo podía cogerme unas horas, lo planifiqué para el sábado de esa semana. Por la noche había programa libre para los huéspedes, que, después de cenar, se habían organizado para ir a ver un famoso show de burlesque en uno de los hoteles de Ayala. No irían todos: Andrew York se quedaría tomándose una copa en el porche, afín a sus costumbres, y de Sergio no sabía nada. Suponía que estaba en su casa, porque desde La Bianca veía sus ventanas abiertas, pero no habíamos hablado. Por lo menos no a solas, desde el momento tan extraño y sensual de la noche del cero energético.

Recogí a Marcos en el aeropuerto a las siete de la tarde y nos fundimos en un abrazo que habló por sí solo. Yo daba la imagen de ser la más despegada de los hermanos, pero tenía mis propios códigos con cada uno de ellos. Marcos siempre había sido el elemento que nos unía a todas, y más ahora que había dejado de lado aquel trabajo ultramegasecreto que lo mantuvo más lejos que cerca, y que estaba construyendo una nueva y feliz vida con su chica, Amaia.

Mi hermano silbó por lo bajo cuando nos apeamos del coche frente al hotel. Puso las manos en la cintura y dio una vuelta entera para absorber la belleza del lugar, abrazado por la fresca noche. Las tenues luces del edificio y el agradable resonar de voces que llegaban desde la parte de atrás creaban un ambiente acogedor e íntimo, y Marcos me sonrió con orgullo.

—Vaya sitio, Nora. Debe de ser un lujo poder trabajar aquí. Y se nota tu mano.

—No seas fantasma, si todavía no has entrado.

Mi hermano ladeó la cabeza, como calibrando lo que me iba a decir.

—Olvidas que también te visité en Bali. Reconozco la huella de tu magia, siempre la poseíste aunque no hayas sido capaz de verla hasta que te convertiste en adulta.

Le di un codazo sonriendo.

—Deja de adularme y ven conmigo. Para ir a mi casa debemos pasar por la parte de atrás, donde están terminando de cenar.

Lo cierto fue que debimos de cruzarnos con el grueso de los huéspedes, porque cuando llegamos a la parte posterior del edificio, solo permanecían dos de ellos en el porche.

Era curiosa la relación que habían entablado Sergio y Andrew. Apenas quedaban para el aperitivo o para la copa tras la cena, y no hablaban demasiado. Se comunicaban con algo más que palabras, y al inglés aquello parecía sentarle bien.

Ambos levantaron la vista cuando me vieron acompañada de Marcos y me acerqué para saludarlos. Noté enseguida la mirada afilada de Sergio en mi hermano, y algo en mi interior revoloteó con estrépito. A Marcos se le instaló una sonrisilla en los labios y apretó con fuerza la mano de Sergio, al que le sacaba unos centímetros. Donde uno era elegancia desgarbada, el otro rezumaba fuerza concentrada en músculos ágiles y flexibles.

—Es mi hermano Marcos —dije cuando ya no podía dilatar más la presentación formal, y todos sonrieron de una forma diferente: Marcos con sorna, Andrew con exquisita educación y Sergio... contenido. Como si hubiese camuflado lo que pensaba tras el gesto de sus labios.

—Un placer —añadió Sergio y Marcos lo miró, ahora de forma diferente. Si no hubiese pensado que era imposible, habría dicho que había una suerte de reconocimiento en sus ojos.

—Igualmente. Tenía muchas ganas de ver el nuevo proyecto de Nora.

Intercambiamos unas cuantas frases corteses más y terminé con la situación cogiendo a Marcos del codo y dirigiéndolo a mi cabaña. A mi hermano se le acumulaban las palabras, lo conocía como si lo hubiese parido, pero le hice el gesto de que guardase silencio y que se empapase del entorno: el porche de madera, las estrellas sobre nosotros y el lejano crepitar de la hoguera de La Bianca.

Marcos dejó su mochila en la mecedora y se asomó a la pequeña barandilla. Desde la cabaña, los pinos se abrían y permitían ver una porción asombrosa del cielo nocturno, infinitamente limpio a esa altura. Lo observé: su expresión no había cambiado desde que era niño, seguía mordiéndose el interior de la mejilla para concentrarse. Y sonreí.

—Esta noche tienes permiso para buscar el mejor sitio desde donde contemplar las estrellas. Te dejaré encendida una luz en la ventana para que sepas volver.

Nos reímos y Marcos meneó la cabeza.

—No te preocupes. El tiempo que paso en Famara me da para empacharme de estrellas y planetas. Ahora quiero disfrutar el tiempo contigo, que hace mucho que no estamos los dos solos.

—Es verdad —reconocí mientras abría la puerta de la cabaña.

El ambiente cálido y hogareño del interior nos dio la bienvenida con fuerza. Lo había decorado con muchos muebles y textiles vaporosos, y siempre olía levemente a palo santo y sándalo.

—Ese chico al que saludamos, el del moñito..., ¿no te suena de algo?

Abrí la nevera y le tendí una cerveza.

—No es un huésped convencional, es el nieto de Ayala, el dueño de todo esto y de medio sur.

—¡Claro, ahora caigo! —Marcos chasqueó los dedos y lo miré sorprendida—. Sabía que su cara me resultaba familiar, está igual que cuando era pequeño.

—¿Lo conoces?

No me habría sorprendido. Marcos y sus conexiones. Ante mi tono, se rio.

—No, no personalmente. ¿No te acuerdas de un programa de la cadena de televisión local que veía la abuela donde un niño hacía entrevistas a gente durante la temporada de verano?

Intenté recordarlo, pero me fue imposible. Marcos bufó.

—Seguro que, si lo buscamos en YouTube, encontramos algún vídeo de esa época. Y luego ese chico dio el salto a Madrid, creo que a alguna serie de esas tipo *Al salir de clase*, pero luego desapareció.

La memoria de Marcos no tenía límites, incluso hasta para datos tan poco importantes. Pero lo que acababa de desvelarme me intrigó, no sabía si era porque recordaba algo más relacionado con su historia.

—Si quieres, ahora lo buscamos, pero antes déjame terminar de hacer la cena. Solo tengo que saltear el arroz y estaría listo.

Marcos se asomó por encima de mi hombro y olió con ansias.

—Qué rico, un *nasi goreng* para mi alma necesitada de comida oriental.

—Ya sabes que el mío es insuperable —me jacté, y me abrazó por detrás.

—Voy a fijarme en todo lo que haces para luego sorprender a Amaia.

—Ya te has perdido la parte importante —le dije con retintín y me lo quité de encima con un codazo. Marcos se apostó contra la pared y saboreó su cerveza observándome.

—Te veo bien, Nora. Mejor que bien, de hecho.

—¿Y eso por qué lo dices?

Me sonrojé ante los ojos de rayos X de mi hermano.

—Te siento en calma. Centrada, feliz, con un propósito. Como en Bali, pero ahora en tu lugar.

—No sé si este es mi lugar, Marcos. Por ahora estoy probando.

Él no dijo nada. Su mirada se perdió en las cortinas que ondeaban por la fresca brisa y aguardé. Sabía que me esperaba alguna perla de las de Marquitos.

—Con Amaia aprendí que el lugar donde crear un nosotros no era uno físico, sino el que surge cuando estamos juntos.

—Pues entonces ve esperando, porque no tengo la intención de crear un nido con nadie, solo conmigo misma.

La expresión de Marcos se tornó ladina.

—¿Ah, no? ¿Y qué me dices de la cara que puso el tal Sergio cuando me vio contigo? ¿La de «quién eres tú y qué haces con ella»?

Me reí e intenté ocultar la revolución interior que habían ocasionado sus palabras.

—Sí, ya…

—Entonces dime qué hace el nieto del dueño en el hotel que regentas como si fuera un huésped más.

Suspiré y apagué el fuego. El arroz estaba perfecto y lo dispuse en un cuenco hondo decorado con flores de colores vivos. Seguro que era herencia de la abuela de Sergio.

—Siéntate y te lo cuento todo.

De nada me servía esconderme con Marcos. Serví unas porciones del aromático arroz y mi hermano abrió un vino blanco que había enfriado para la ocasión. Tras su gemido gutural, me metí una buena cantidad de arroz en la boca y le conté lo que ocurría entre el heredero de Ayala y yo.

—Es como una especie de competición para ver quién tiene la última palabra —finalicé, untando el pan de maíz con una mantequilla de gofio y sal que servíamos en el comedor—. A él no le hace ni pajolera gracia que yo me haya metido a destrozar sus recuerdos infantiles, y a mí que me obstaculice con sus tonterías. Menos mal que su abuelo me ha dado manga ancha para todo lo concerniente a La Bianca, porque de lo contrario...

—Pero a ti te gusta ese tira y afloja, ¿o no? Te conozco, y si no te hiciese tilín, ya habrías cortado por lo sano.

Resoplé sin ganas de responderle.

—No lo sé. Supongo que sí. Pero es un tipo de hombre que me enerva y me saca de mis casillas con sus chulerías. Y ahora encima lo tengo que ver todos los días.

—¿Y cómo crees que le está yendo con todo ese mundo espiritual y de introspección de La Bianca? Porque tú no das puntada sin hilo, y si has conseguido que se meta de conejillo de indias en el hotel, es porque, en el fondo, crees que lo necesita.

Me quedé callada. Maldito Marcos, siempre tan perspicaz.

—Hay algo en él que me dice que su mala baba viene de algún lugar. Me encantaría desentrañar sus nudos y ver qué hay debajo.

Marcos se carcajeó en mi cara.

—Sí, sí, eso también.

Lo fulminé con la mirada.

—No te rías tanto y mírate más el ombligo, que bien

que te costó abrirte a alguien. Yo, en cambio, ya lo hice y mira cómo salió.

—De eso hace mucho y no eras la Nora de ahora. Lo de Reed te cambió para siempre, pero como lo hacen todos los sismos de la vida.

Me cogió de la mano y la apretó.

—Deja que entre, Nora. No te prives de una nueva historia por aferrarte al pasado.

—No me aferro al pasado, al contrario, lo que no quiero es perder esta maravillosa tranquilidad que he logrado y con la que me siento fenomenal. Más bien, rehúyo de que esa serenidad se rompa.

—Pero es que la vida es así, Nora. La realidad actual se fractura para dejar entrar otra nueva.

—¿Y si lo nuevo es peor que lo anterior?

—No será peor, será diferente. Además, ¿no estás ya en esa ola del cambio? Has vuelto de Bali, estás liderando un proyecto, tu faceta de psicóloga disfruta con lo que haces aquí... ¿No ves que esto ya es otra etapa?

—Claro que lo veo. Y me encanta. Pero no sé qué pinta Sergio Fuentes en medio de todo.

—Es lo que tienes que averiguar. Y para eso está tu hermano el *superhacker* aquí, así que úsame para descubrir qué tipo de porno le va y si se pone tanga para estar por casa.

Me tuve que reír. Marcos era así: te ametrallaba con lo complicado y luego te ofrecía la solución en bandeja de plata. Pero me negué a que escarbase en la vida de Sergio, ya bastante había tenido con leer lo que ponía Google sobre él y la tragedia que, seguramente, lo había moldeado para convertirse en quien era.

Con las palabras de Marcos y los descubrimientos virtuales sobre Sergio en mente, el domingo me dispuse a incorporarme a la actividad de La Bianca tras haber ejercido de anfitriona con mi familia. Mi madre y mi abuela habían venido con Victoria y su prole a conocer mi casa, aunque habíamos comido en un bar de pescado en Tajao para no armar la jarana que sabía que se formaría si los metía a todos en mi cabaña. Tomamos café y un digestivo en La Bianca, colonizando mi porche, y se fueron felices y llenas de aire frío de pinar. Gala, la hija mediana de Victoria, se comprometió a llevar a Marcos al aeropuerto con su carnet de conducir recién estrenado, y me pidió disponibilidad para el puente de diciembre en una de las cabañas. Su grupo de escritoras jóvenes quería hacer un retiro de unos días y Gala se había enamorado del lugar. Le aseguré que le haría un hueco; la promesa de sangre joven en La Bianca durante unos días me llenaba el corazón de alegría y de ganas de echarles una mano. Y, además, tenía libre la cabaña grande, la de los grupos. Qué mejor oportunidad para inaugurarla.

Tras despedir a mi familia, me acerqué a lo que llamábamos la plataforma dos, que era en la que practicábamos la meditación de tarde al estar más pegada al pinar y su silencio. Esa noche la plataforma cobraba otro tipo de vida al recibir a la profesora de baile, que venía a hacer una exhibición y a sacar a alguno de los alumnos de sus clases de durante la semana. Me encantaba comprobar cómo, a través de la buena salsa, el merengue o la bachata, hasta los más rígidos rompían sus barreras mentales. Era un placer ver a Barbara y Devon uniendo las caderas en un baile que me apostaba lo que fuese a que había animado su vida sexual, o a Raquel volviendo a sentirse sexy y llena de sensualidad, recuperando la autoestima que su divorcio había hecho añicos. La profe, como ellos la llamaban, añadía una chispa diferente a la serenidad de su estancia, convirtiendo en terapéutica una actividad de pura alegría de vivir.

Esa noche yo me sentía feliz y llena de una energía que ojalá hubiese podido embotellar para cuando la necesitase. No tenía hambre, nos habíamos dado un festín de calamares, almejas y fritura de pescado al mediodía, así que me puse a un lado de la plataforma, disfrutando de las sonrisas de quienes se habían aventurado a bailar en esa ocasión. Elena y Marilís demostraban lo mucho que habían aprendido en clase marcándose una cumbia y luego Gianna y Andrew —¿Andrew?— protagonizaron un chachachá un pelín anquilosado pero lleno de ganas. Supuse que Ariana terminaría la actuación con ellos, pero entonces anunció que tenía una sorpresa final.

—He visto entre todos ustedes a un alumno muy aventajado que se ha escondido para que no le pida un baile, pero lo conozco desde hace demasiados años. Sergio, sube a la plataforma y vamos a enseñarles lo que hacemos todas las semanas en nuestras clases.

Una oleada de aplausos y vítores secundó al nieto de Ayala, que, con cara de circunstancias, no pudo negarse y acabó por entrar en la pista de baile. Y, curiosamente, pareció revivir bajo los focos. Hizo una reverencia a su entregado público y creí identificar un brillo extra que lanzó hacia la esquina donde yo estaba. Me crucé de brazos divertida, y conecté con su mirada con cierto desafío.

«Venga, nietísimo. A ver si logras sorprenderme más allá de un *Dirty dancing* megaensayado».

Hubiera apostado lo que fuese por que esa sería la pieza que bailarían. Era la que más pegaba por el entorno y por lo conocida que era. Por eso, me asombré al escuchar los inconfundibles acordes de «Vivir lo nuestro» de Marc Anthony y La India.

El resto fue pura poesía. No pude despegar mi mirada de ellos, de la mezcla entre salsa y baile moderno que habían ideado para que aquella maravillosa canción hiciese vibrar a todos los que nos movíamos al son de la melodía. Ariana y Sergio se enlazaban como si fueran uno para luego romperse en dos llamas que crepitaban aparte, y después volver a tentarse y dotar de sentido las palabras que los cantantes entonaban con la voz a flor de piel. El baile hablaba de sensualidad, de sentimientos vivos y humeantes, de lucha cuerpo a cuerpo para existir juntos... Mi vello permaneció erizado mientras bailaron y, cuando finalizaron, sudados y sonrientes, me escabullí entre las sombras.

Si Sergio Fuentes me atraía por la batalla mental tan sublime que protagonizábamos cada vez que nos encontrábamos, lo peor que había podido pasarme era presenciar el potencial sin límites de su sensualidad. ¿Cómo leches me iba a quitar de la mente la elasticidad y el control de sus movimientos, cómo deslizaba sus grandes y alargadas manos por el cuerpo de Ariana y la oscuridad concentrada de sus ojos, como si solo buscasen el disfrute de su compañera?

Antes de irme observé al resto de las mujeres del público y asentí para mí misma.

«Sí, lo ha conseguido. El cabrón de Sergio Fuentes ha logrado que todas y cada una de las huéspedes tuviesen sus bragas en un puño para lanzarlas al escenario, si eso hubiese estado permitido en una vida paralela».

Y, por desgracia, yo también lo habría hecho.

Por eso la gran pregunta que se formó en mi pecho y que no fui capaz de responder en las siguientes horas fue por qué Sergio no sacaba toda esa energía y belleza en su vida normal, en vez de estar beligerante y a la defensiva la mayor parte del tiempo.

«¿Por qué no te muestras, Sergio? Tienes tanto que ofrecer...».

Pero por muchas vueltas que le di, no encontré la respuesta.

19

Sergio

Mi estancia en La Bianca se había alargado considerablemente y, por mucho que me pesase, tuve que comenzar a prestar algo de atención al trabajo. Se estaban acumulando unas cuantas cosas que requerían de decisiones por mi parte, y necesitaba destinar algunas horas al día a reuniones y análisis de datos. No me apetecía lo más mínimo, pero mi sentido de la responsabilidad con el legado del abuelo inclinó la balanza.

El resto de las horas, me escabullía a La Bianca como un adicto en busca de su dosis diaria. Porque en eso se había convertido lo que antes era mi patio de recreo de la infancia: ahora se trataba del reino de Nora Olivares y la prescripción de pura serenidad en vena. Me había subido al carro de las rutinas tranquilizadoras de los huéspedes y hasta me había hecho fan de los terribles zumos verdes mañaneros. Era como si mi cuerpo hubiese bajado de revoluciones y se mostrase más abierto, más consciente. Estaba en carne viva, aunque eso solo lo sabía yo, porque un roce inesperado podía doler y mucho.

Así que seguí haciendo vida en La Bianca como si

fuese mi segundo hogar. En aquel espacio conseguía la paz que necesitaba —por primera vez en más de veinte años— y, además, allí se encontraban mis nuevos amigos. Todos sabíamos que aquel era un tiempo robado a la vida, y quizá por eso no perdíamos los minutos hablando de tonterías ni banalidades. Muchas veces compartíamos silencios en calma, y otras, retazos de nosotros que nadie juzgaba. De esa forma, supe cosas que me sentí honrado de atesorar, aunque yo no llegué a abrirme nunca. Quizá alguna vez manifestase lo que significaba ser el heredero de algo que, por sí mismo, no daba la felicidad. Aquel imperio había sido el sueño del abuelo, no el mío, aunque me resarcía al poder manejar la parte más primaria, la que, de alguna forma, revertía en las islas todo aquello que le quitaba el turismo de masas.

Y desde que mantenía mi mente en un suave vibrato que huía de altibajos, había empezado a soñar con él, con el Jairo de antes de que ocurriese lo que acabó con su vida, el chico lleno de chispas de colores y de talento, con el que me sentía a salvo y al que admiraba por encima de todo. Eran sueños bonitos, no como los que habían poblado mis noches durante muchos años, como si la imagen de su muerte a las puertas del Macao Lounge fuese lo único que pudiese recordar de él. No, esta vez soñaba con nosotros tres, unidos como nunca tras la muerte de nuestros padres en un accidente, y me despertaba invadido de felicidad, de motas doradas de alegría y recuperando vestigios de la energía adolescente llena de espuma de mar y la sensación de ser invencibles.

Y a todo ese cúmulo de experiencias nuevas se sumaba la marejada que me provocaba la presencia de Nora a mi alrededor. Porque siempre estaba cerca, a un tiro de piedra, o por lo menos yo lo percibía así: en el yoga mañanero con sus mallas de colores pálidos; como la silueta inmóvil que vislumbraba en su despacho durante las mañanas, o la presencia benévola que tenía una palabra amable con cada uno de los que habitaban La Bianca, ya fueran huéspedes o trabajadores.

Había algo en ella que me hacía seguirla con la mirada como un perro a su ama. Y, al cabo de los días, entendí que se trataba de admiración. Era una gerente seria y enérgica, que tenía atados todos los cabos y con planes B, C y D para cualquier situación, y que había dotado de contenido a un establecimiento que, si no, se habría convertido en un hotel spa sin más. Mis dudas iniciales sobre su filosofía se estaban disipando con rapidez, porque ahora comprendía que la armonía entre su propia ayuda y la que emanaba de la espiritualidad de las actividades era lo que distinguía a La Bianca.

Sí, la admiraba. Y me gustaba. No podía cerrar los ojos a lo que había latente entre nosotros, por mucho que lo disfrazase con discusiones provocadas por mis ganas de verla sulfurarse. O quizá me estimulase muchísimo encontrar a alguien que me hiciera frente y que me viese realmente. A mí, a Sergio, no al nieto de Ayala o al hermano de aquel chico que murió de sobredosis justo después de haber ganado el Goya a mejor actor revelación.

Tal vez por eso comencé a bajar la guardia ante ella. Poco a poco, capa a capa, sin darme cuenta de que me estaba rindiendo y que acabaría mostrándole mi maltrecho interior para que me ayudase a sanarlo. La diferencia con todo lo anterior era que no estaba asustado. Nora Olivares me llenaba de tanta energía contradictoria que no quedaba hueco para estar acojonado frente a lo que ocurriría, fuera lo que fuese.

También era consciente de que no le era indiferente y que nuestros encuentros se saldaban con cada vez menos discusiones. En cambio, habíamos entrado en una nueva dinámica: nos metíamos el uno con el otro pero con buen humor, con una sonrisa, sin querer hacer daño.

Aquello parecía cada vez más un coqueteo disimulado. Y yo no podía dejar de entrar en el juego si se trataba de gravitar a su alrededor.

La noche en la que dimos un paso más en lo que fuera que estaba ocurriendo entre nosotros fue Nora la que vino a mí. Yo había terminado de cenar y me sentía la mar de bien arrebujado en mi plumas, alejado de las setas calefactoras y sintiendo el aire frío pellizcarme la cara. El resto no se alejaba del calor, algunos jugaban a las cartas y otros leían un libro, aunque la bajada de temperaturas ya había hecho que los mayores se refugiasen dentro del edificio principal.

La vi acercarse, también cubierta por una chaqueta mullida, y sus rizos rubios se asemejaron a un halo alrededor de su cabeza cuando se sentó frente a mí.

—Hola —me saludó con una sonrisa amigable—. ¿No tienes frío?

—Qué va. Este es el tiempo que más me gusta, el fresquito. No echo de menos el calor.

Ella levantó la mirada hacia las copas de los pinos.

—Y también es cuando mejor se ve el cielo. Es todo un espectáculo.

—Lo es todo el año, menos cuando hay calima.

—Hablando del cielo… —Cambió de posición y clavó sus ojos en mí expectante—. He pensado en incorporar una actividad nocturna, quizá cada quince días, o si tiene éxito, una vez a la semana. Hay mucha gente que se hospeda en el Parador del Teide atraída por el astroturismo, y se me ha ocurrido que puede ser un gran complemento para la oferta de La Bianca.

—Es una gran idea, Nora —la felicité, pero me callé al observar que no había terminado de hablar.

—Lo que necesito es encontrar un guía astronómico que quiera venir aquí a dirigir la observación. Y dar con el lugar perfecto para ello.

Busqué conexiones rápidas entre mis contactos y me rasqué la barba.

—Conozco a gente en el Instituto de Astrofísica de Canarias, o por lo menos sé cómo llegar a ellos. Y juraría que la Fundación Starlight tiene guías reconocidos y formados en astroturismo. No te preocupes, yo me ocupo. Y en cuanto al lugar, tenemos uno perfecto en la finca. ¿No lo conoces?

Nora negó con la cabeza y me levanté. Al ver que me miraba, le tendí la mano y me reí.

—Hay que ver, señora directora. Pensé que tenías controlados todos tus dominios, pero veo que no.

Se encogió de hombros y me lanzó una de las suyas.

—Para eso te tengo aquí, ¿no? ¿Creías que te iba a funcionar lo de vivir de gorra para siempre?

—Y yo que pensé que me dejabas quedarme por mi cara bonita...

—Menos lobos y sé útil por una vez.

Seguí sonriendo y comprobé la batería del móvil para ver si tenía suficiente para encender la linterna.

—¿Preparada para una caminata a la luz de la luna, directora?

—No será la primera de mi vida.

—Pero te aseguro que sí la más inolvidable, ya verás.

—¿Sabes que eres un creído? —me dijo mientras tomábamos la senda del Camino Real. La luna apenas representaba un arco en el cielo nocturno y millones de estrellas nos observaban impertérritas.

—Forma parte de mi gran encanto. Si nadie me regala los oídos, tendré que hacerlo yo, ¿no?

Nora se rio por lo bajo.

—No seré yo quien lo haga, así que sí.

La miré. Me llegaba a la altura de la nariz, era una mujer alta, pero verla caminando a mi lado enfundada en aquella enorme chaqueta hizo que algo parecido a la ternura chispease en mi pecho. Y ese mismo sentimiento ocasionó el que me acercase un poco más a ella, para rozar mi hombro con el suyo.

—¿No te doy pena, Nora Olivares? Creo que te he demostrado que soy un buen tipo y un mejor alumno, si cabe.

Volvió a reírse, esa vez con mayor estruendo.

—Aquí la que ha demostrado algo he sido yo, y creo que te he ganado por goleada.

—¿Ah, sí?

Entonces volvió su rostro hacia mí y por enésima vez pensé en lo asombrosamente bella que era.

—No te hagas el tonto que no va contigo, Sergio Fuentes. Estás tan a gusto en La Bianca que ni te has acordado de nuestras reuniones de los jueves en las que supuestamente iba a recibir un informe con todo lo que tenía que arreglar en el hotel.

Me encogí de hombros y dejé caer mi sonrisa ganadora, la del hoyuelo.

—He preferido ahondar más en la propuesta actual y, en vez de hablar de arreglar cosas, ayudarte a conseguir las que necesitas.

—Mmm —musitó ella con tono triunfal—. Entonces ¿ya te has curado de espanto de mi rollito hierbas, o como fuera que lo llamases?

—No del todo. Lo siento, pero me gusta demasiado un entrecot medio hecho para sustituirlo por todo eso que sugiere la dieta ayurvédica.

—No es tan simple —empezó ella, pero me vio la cara y alzó las cejas fingiendo desesperación.

—Si no es simple, mejor lo dejamos esta noche. Además, ahora entramos en el sendero que nos llevará al lugar que te digo. No es complicado ni largo, pero estate atenta a tus pies, por si acaso.

Avanzamos durante unos minutos que parecieron eternos hasta llegar a uno de mis lugares favoritos en el mundo. Y al que hacía mil años que no iba.

El firmamento se abrió ante nuestros ojos, rodeándonos como una esfera llena de infinitos puntos brillantes y salpicada de la blancura luminosa de la Vía Láctea. Guajara vigilaba como un antiguo faro rocoso y el elegante pinar parecía acariciar el mar nocturno, donde las pequeñas luces de los pescadores rompían su oscura quietud. La sensación era de estar en el interior de una cúpula transparente, abrazados por la naturaleza más primitiva, al margen de lo que conocíamos como civilización. Escuché a Nora coger aire con rapidez, como si el espectáculo que teníamos ante los ojos hubiese sido demasiado para ella, y me volví hacia atrás. En su rostro había una especie de respeto sobrecogedor, la mezcla entre un temor reverencial y el alivio de reconocer un lugar afín a su ser. Como si, de pronto, Nora Olivares hubiese encontrado su lugar en el mundo.

Dio unos pasos cortos por el saliente de rocas, respirando a grandes bocanadas, y noté que cerraba los ojos. Sus dedos se alargaron hacia la tierra, como si quisiese ponerse en contacto con ella y, cuando se volvió hacia mí, vi en sus ojos las decenas de estrellas fugaces que caían sobre nuestras cabezas. La suave brisa me trajo sus palabras, ocultas en un susurro.

—¿Estás seguro de que quieres compartir este lugar con más gente, Sergio? Conociendo esto, hasta yo me volvería egoísta y avariciosa.

No pude desprender la mirada de ella. Ahí estaba la Nora de verdad, la que se emocionaba con cosas que se le escapaban al resto del mundo, la que, en algunos aspectos, también se hallaba perdida.

Entendí aquello en los cinco segundos que duró nuestra conexión. Y eso me hizo cogerla de la mano y tirar de ella para sentarnos en el suelo rocoso. Desde esa perspectiva, parecíamos estar sumergidos en el universo. La sensación de ser infinitos era indescriptible.

—Nunca he traído a nadie antes aquí. Era una especie de lugar secreto para mis hermanos y para mí. Así que hoy he dado el paso para abrirlo al resto de las personas que necesiten esto.

Y describí un arco con mi mano, como si quisiese abarcar toda aquella naturaleza que nos acogía como parte de ella.

Ella parpadeó, con los ojos ligeramente humedecidos, y me dedicó la sonrisa más increíble que había nacido de sus labios, por lo menos hacia mí. Era una de las de verdad.

Porque esa noche, por fin, éramos de verdad.

—Te honra, Sergio. Contemplar y sentir esto puede hacer mucho más por alguien que una vida entera de libros de autoayuda.

«¿Te ha pasado a ti también, Nora? ¿Es lo que ha ocurrido hace unos segundos?».

Pero no se lo pregunté. En cambio, una necesidad dura y directa me hizo querer contarle cosas sobre mí. Como si también una llave secreta hubiese abierto mi armadura, esa costra que llevaba acumulando durante años.

—Veníamos aquí los tres: Emilia, Jairo y yo. Incluso lo hacíamos de mayores. La última vez que Jairo estuvo aquí subimos con luna llena. Ahí ya sabía que las cosas no iban bien, que no era el hermano que conocía. Pero yo también estaba metido en la vorágine que imperaba en ese momento en mi vida, intentando labrarme una carrera como actor en Madrid, así que pensé que era normal. Emilia fue la que más preocupada se quedó ese día. No lo veía tan a menudo como yo y el cambio que percibió en nuestro hermano le resultó más chocante. Pero esa noche… fue la última vez que vinimos nosotros, los tres, los de siempre. Después de eso, ya no volvimos a acercarnos por aquí. Jairo murió y Emilia y yo no hemos tenido el valor de subir siendo solo dos.

Nora me escuchó en silencio y su serenidad me alcanzó en forma de ondas suaves. Apaciguó mi volcán interior, la explosión de palabras que por fin llegaba a mis labios después de tantos años.

—Quizá deban hacerlo. No sé si como despedida o para homenajear el recuerdo de ese hermano que tan importante fue para ustedes.

—Lo que todavía no entiendo es cómo he logrado venir aquí esta noche.

Ella me miró calibrando sus palabras. No me había costado nada proponerle conocer el lugar, fue algo natural y espontáneo como si no hubiese habido otra opción.

—A veces es mejor no analizar por qué hacemos o decimos algo, solo dejarlo salir.

Entonces noté que nuestras manos seguían enlazadas, como si ese vínculo nos sostuviera en la ingravidez de aquella noche. Por primera vez en mucho tiempo, sentía que flotaba, que mi interior no era una piedra que me anclaba a la tristeza y a la indiferencia, sino que, por fin, me daba permiso para volver a probar las alas.

—Gracias —pronuncié en voz baja, y ella me apretó la mano en respuesta.

No le hizo falta decir nada más, no era una noche para llenarla de palabras. Y así nos quedamos envueltos en esa especie de dimensión paralela, donde las estrellas volaban sobre nuestras cabezas y el silencio era una voz ancestral que retumbaba a nuestro alrededor. Nos llenamos de brisa fresca, de aroma a pinos y de la rotundidad de la tierra volcánica, pero, sobre todo, de una poderosa sensación de cercanía.

Por llamarlo de alguna forma.

Por si me apetecía engañarme.

20
Nora

Cerré el ordenador, exhausta y satisfecha. Los índices de ocupación de La Bianca estaban asegurados para los próximos meses. La estrategia de publicidad digital basada en palabras clave muy específicas y una exquisita gestión de nuestra red social principal habían hecho que la apuesta de venta directa a través de la web estuviese funcionando con el ritmo necesario, sin tener que ceder márgenes a las plataformas.

Eso significaba que, si unos entraban, otros iban diciendo adiós a aquel *impasse* en La Bianca. A finales de noviembre le tocó a Raquel, que había logrado reconectar con las musas y se hallaba disfrutando de un proceso de escritura más lento, más acorde con lo que le pedía el cuerpo. Habíamos hablado mucho y se iba con herramientas y creencias nuevas que deseaba de todo corazón que la ayudasen. Y ya solo por esa luz que comenzaba a chisporrotear en sus ojos, decidí hacer algo especial la noche antes de su partida, que, además, coincidía con una fecha importante en la isla: San Andrés, el día de la apertura de las bodegas y la fiesta del vino nuevo.

Sondeé la idea entre el resto de los huéspedes, para saber si les apetecía una noche con un poco más de jarana de lo habitual, y todos aceptaron con una sonrisa, incluso los cada vez menos envarados americanos y el también menos taciturno Andrew. Hasta Yadira, la influencer hastiada, pareció revivir un poco con la idea de tomar unos vinos y escuchar música en directo.

A Raquel se le pusieron los ojos como platos cuando llegó a la cena y vio la gran mesa de la palapa llena de comida típica canaria, con oferta para todo tipo de dietas, y a los nietos de la bodega de al lado preparando las degustaciones del vino nuevo que esa misma noche su familia estaba abriendo para el resto del mundo. Además, había contratado a un timplista y a un guitarrista para amenizar la velada con una pequeña parranda canaria, llenando así la noche de isas, folías y seguidillas.

Al ver a todos luciendo sus mejores galas y poniendo de su parte para que la noche fuese inolvidable, me convencí de que era importante también celebrar, que la diversión no se daba de bruces con la tranquilidad y la introspección habitual en La Bianca. Y al verlos brindar y moverse al son de la música, me reí para mis adentros.

«Acabo de establecer un precedente. Ahora tendré que hacerle fiestas a todo el que se vaya».

Mi mente voló libre diseñando celebraciones estrambóticas para cada uno de los actuales huéspedes, pero entonces alguien llegó a la palapa y mi tranquilidad sufrió un pequeño sismo que movió el suelo bajo mis pies.

«Hoy viene más Maluma que nunca, el muy desgraciado».

Se había recortado la barba y el bigote, y vestía unos vaqueros rotos a juego con una chaqueta vaquera forrada de borrego y llena de parches de colores. Debajo, una camiseta blanca de manga larga que le quedaba de miedo. Desvié la vista ante su sonrisa y las miradas apreciativas del sector femenino. Lo observé abrazar a Raquel y felicitarla, y no pude sino reír al ver cómo la escritora ponía los ojos en blanco cuando él se dio la vuelta.

«De aquí directo a protagonista de la siguiente novela *hot* de Lara Varens, lo estoy viendo venir».

Desde la noche en el mirador de las estrellas, las cosas habían cambiado entre Sergio y yo. Seguíamos con nuestras diatribas verbales, pero ahora había algo diferente en su tono. Tras el momento compartido aquella noche, habíamos creado una especie de complicidad que se desplegaba entre nosotros como una manta mullida y cálida, una nueva cercanía que resultaba tan cómoda que me llegaba a preocupar. No sabía adónde nos llevaría esa situación, pero no era tonta e intuía que las emociones que nos sobrevolaban acabarían por convertirse en algo más.

Y eso no estaba dentro de mis planes, nunca lo había estado.

Bastante tenía con lidiar con la sensación de no pertenecer a ningún lado.

Algo se removió en mi pecho y bajé la cabeza para obviar aquello que había sentido ante la deslumbrante naturaleza nocturna que me había mostrado Sergio.

«Lo notaste, Nora, no puedes hacerte la loca. Fue la primera vez en tu vida que conectaste con un lugar tanto como para querer enraizar en él».

Cerré los ojos para ahuyentar la sensación de peligro, de atisbar un cambio de paradigma tan concluyente que tras él mi vida jamás sería igual.

«Ya lo estabas sintiendo en Bali, sabías que esto iba a ocurrir. Así que tienes dos opciones: o levantar las defensas para resistirte o dejar que ocurra y despertar en la orilla despeinada tras el revolcón de la marea».

Me desprendí de mis pensamientos, demasiado profundos para una noche de alegría, y volví a observar a los huéspedes. De alguna forma eran especiales, quizá porque se trataba de los primeros que confiaban en La Bianca. Estaban disfrutando con la música animada que los dos señores vestidos de traje típico —o de mago— entonaban con alegría, y la comida iba disminuyendo poco a poco, sobre todo las papas arrugadas y los cuencos humeantes de garbanzas. El estómago me gruñó y decidí ir a buscar un poco de carne de cabra y escaldón de gofio. En cuanto llegué, Gianna me hizo sitio a su lado y Barbara me sirvió una copa de vino tinto con una sonrisa de oreja a oreja que nada tenía que ver con el gesto con el que había llegado a La Bianca apenas dos meses antes.

Comí escuchando la agradable conversación y busqué con la mirada a Sergio. No podía evitarlo y eso me molestaba, pero debía ser honesta conmigo misma. Deseaba su compañía, de alguna forma había lazos entre nosotros que trascendían los que había creado con los huéspedes.

El pelo rubio de la influencer brilló bajo las luces festivas, compitiendo con su conjunto invernal con tiras de lentejuelas. La estudié durante unos segundos: todavía no había querido hablar conmigo y la frustración por estar incomunicada digitalmente se la comía. Su problema coincidía con el de todos los de su sector: la disminución de los likes y el desgaste de una vida irreal que debía documentar paso a paso habían hecho mella en su salud. No era de las que creaban contenido de valor o de interés general, aunque se tratara de tips de belleza para mujeres adultas; @Yadirapopcrush enseñaba lo que hacía en su día a día, la ropa que le enviaban las marcas y sus planes de fin de semana. No había grandes viajes ni recomendaciones de lectura, es decir, era una influencer típica a la que cada vez le costaba más llegar a nuevos seguidores.

Sus largas uñas de gel con pequeñas piedras brillantes se posaron sobre la chaqueta vaquera de Sergio y ahí fue cuando me di cuenta de que llevaban un rato hablando a solas, ella haciendo parpadear sus pestañas postizas y él con una sonrisa divertida en el rostro. Los miré como si se tratara de dos desconocidos y descubrí con horror que no me estaba gustando nada el panorama. Sergio tenía el modo seductor activado y Yadira le dejaba claro que sería una presa fácil. Se tocaba el cabello, se erguía para evidenciar aún más el bonito pecho que se escondía bajo su ropa y, por lo que vi en la cara del nietísimo, no le desagradaba lo que captaban sus ojos. Al contrario que yo, que me descubrí mordida por unos celos tan feroces como absurdos que me dieron ganas de reírme, si hubiese sido capaz de emitir un sonido.

«No creo que sea tan burdo como para liarse con una huésped, y así, delante de todo el mundo».

A pesar de intentar convencerme, no pude dejar de observar el cortejo y me bebí la copa de vino de un tirón. El calor del vino tinto recorrió las venas de mi cuerpo como lava volcánica. Eché un último vistazo a la pareja y me obligué a combatir aquello que me encendía por dentro. Estaba siendo una tontería y más me valía poner cara de póquer, porque tenía la enorme desventaja de que todo lo que sentía se reflejaba en mi rostro sin vergüenza alguna.

Me levanté y di gracias a los nietos de los bodegueros. No quería retenerlos más, seguro que querían disfrutar un rato de su fiesta familiar. Los chicos se fueron con alegría y me quedé observando cómo las luces de su coche se perdían entre el pinar para resurgir al cabo de un rato en la ladera al norte de La Bianca. Tras unos minutos, di la vuelta para encaminarme hacia la celebración, que ya estaba mostrando sus últimos coletazos, y me topé de bruces con Sergio. Me llevé un susto de muerte y eso, unido al resquemor secreto que me había producido su coqueteo con la influencer, hizo que le ladrara más agudo de lo habitual.

—Joder, avisa si vas a andar por ahí a lo ninja.

Se rio sin poder evitarlo.

—Perdona, pensé que me habías oído. No imaginaba que estuvieras tan desconectada.

Le hice un gesto impaciente, en plan «sí, sí, ya puedes dejarme en paz» y resolví encaminarme hacia la palapa.

—Nora —lo escuché llamarme—. ¿Qué te pasa? Venía a preguntarte si...

Me mordí la lengua hasta hacerme sangre, pero no pude evitar el comentario.

—Esta noche estoy ocupada, ¿no me ves? Búscate otra compañía, que seguro que la hay más predispuesta que yo.

El hombre ató cabos demasiado rápido, lo vi en su cara de *latin lover* pagado de sí mismo, y chasqueé la lengua.

—No te veo demasiado ocupada, la verdad. Y juraría que te retirabas ya a tu cabaña.

No le dije nada y siguió a mi lado, caminando como si diéramos un paseo mientras sonreía a cada paso que daba. Y yo más me sulfuraba, tanto con él como conmigo misma.

«Pero ¡qué me pasa! Parezco una idiota, una niña de instituto».

Busqué en mi interior todas las herramientas mentales para tranquilizarme y tragué saliva para no acabar riéndome como una descerebrada por lo estúpido de la situación. Cuando hube invocado la suficiente serenidad para hablar con calma, lo miré para intentar despacharlo con rapidez, pero todavía no conocía a Sergio Fuentes y su perseverancia cuando deseaba algo.

—De verdad que no estoy de humor esta noche, discúlpame.

—Razón de más para intentar sacarte de ese mal humor. Venga, directora, te pasas la vida escuchando y dando soluciones a todo el mundo. Deja que esta vez sea yo el que te rescate de la mierda.

Me paré en seco ante sus palabras.

—¿Y por qué crees que debes ser tú el elegido y por qué supones que estoy en la mierda?

Hizo un ruido tranquilizador, una especie de ronroneo que se me deslizó en la piel, y sus ojos oscuros fueron francos.

—Vamos, Nora, no te hagas de rogar. Empiezo a conocerte un poco y sé cuándo necesitas ser más tú y menos la directora.

—A veces ser la directora es un escudo mejor que ser yo misma.

—Quizá eso te funcionase antes.

—¿Antes de qué?

—Antes de llegar aquí.

Resoplé con impaciencia.

—No tengo el ánimo para jueguecitos de palabras, Sergio. Estabas bien acompañado en la fiesta. ¿Por qué vienes entonces a buscarme? Y el mal humor se me quitará con una buena noche de sueño, sin más.

Él meneó la cabeza y no picó el anzuelo de Yadira.

—Creo que te vendría bien un poco de luz de estrellas y silencio, que nadie te pida nada y puedas estar contigo misma.

—Pensaba que tú formabas parte de ese paquete. ¿Dónde quedas tú en este... ofrecimiento?

Sergio se rio muy bajito y, sin pedirme permiso, pasó el brazo por encima de mis hombros, con un gesto tan amistoso que no pude sino dejarme llevar.

—Yo estaré en la retaguardia, por si hago falta.

Crac, crac, crac. Así se rompían mis prejuicios y esquemas mentales sobre los chuloplayas que resultaban ser hombres decentes.

—¿Quién eres tú y dónde has dejado al tocahuevos de Sergio Fuentes?

Se quedó callado un momento, como si estuviese meditando mucho la respuesta.

—Se ha ido de vacaciones a un lugar donde puede relajarse y dejar de tomarse las cosas tan en serio.

Sonreí mientras mis ojos seguían nuestros pasos acompasados. Un-dos, un-dos..., sin romper todavía el abrazo con la excusa silenciosa de paliar el frescor de la noche con el reconfortante calor de nuestros cuerpos.

Y no tuvo que irse a la retaguardia, al contrario: Sergio y yo nos sentamos juntos en el saliente rocoso y dejamos de nuevo que el silencio y las estrellas hablasen por nosotros.

Aquel lugar se estaba convirtiendo en mi sitio favorito

en el mundo, y lo comprendía. Tenía demasiada magia en cada uno de sus rincones.

Y el hombre que se sentaba a mi lado y que lidiaba con sus propios demonios estaba ganando papeletas para convertirse también en ello.

21

Nora

2012

Nairobi era un crisol de culturas y etnias que acogía a los forasteros con una sonrisa. El caos de sus calles, la diferencia entre sus barrios ricos y la inmensidad de sus suburbios, la variedad de animales africanos que casi vivían dentro de la ciudad... Aquello formaba una nueva realidad para Nora, una que estaba viviendo con todas sus fuerzas. Cuando se levantaba por las mañanas en su pequeño estudio en uno de los barrios más seguros y trazaba el recorrido hacia la clínica donde trabajaba, aspiraba el aire de la ciudad satisfecha de estar allí y no recorriendo las calles de La Laguna, rumbo al despacho de psicólogos que había acabado detestando.

Y eso que su trabajo resultaba muy duro. Daba apoyo a mujeres y niñas víctimas de violencia sexual y física en su entorno. La clínica era un lugar de sosiego y reposo, un refugio para la terrible estadística del país, donde la mitad de las mujeres sufría violencia. Nora había tenido que aprender a defenderse en swahili y en otras lenguas como le kikuyu, a pesar de que el inglés era uno de los idiomas oficiales. En aquel lugar lleno de profesionales sanitarios y de la salud mental aprendió la importancia de los silencios, de la escucha, de solo estar presente para que una persona se sintiera segura y reconfortada. Al principio, le partía el corazón no entender lo que las niñas le decían, y tomó como costumbre darles lo único que podía: un hombro sobre el que llorar y gritar. Hizo un curso acelerado de las lenguas principales y poco a poco se adaptó al vocabulario habitual de aquella casa.

En los primeros meses se dijo que aquella realidad difería abismalmente de las problemáticas que había tenido que tratar en su isla, que se le antojaron de primer mundo y mucho menos dramáticas que lo que veía en Mathare. Solo al cabo de mucho tiempo se daría cuenta de que, en esencia, los sentimientos eran universales, y que una vida humana valía lo mismo en todos lados y que los problemas eran igual de graves para alguien en Madrid o en Botsuana. Lo que establecía la diferencia era la mayor probabilidad de morir o no. Y eso parecía algo demasiado grave como para pasarlo por alto.

Tenía esa discusión muy a menudo con Reed y el resto de sus amigos. El americano la había incluido en su círculo sin preguntarle, proporcionándole un grupo con el que poder tomarse una cerveza y reírse para desintoxicar su mente de las tragedias que veía día a día. Solían quedar en un bar frecuentado por trabajadores de las diferentes ONG que operaban en la capital, una especie de ONU en miniatura donde el inglés era el idioma oficial, a no ser que se reuniesen varios hispanoparlantes. En el grupo de Nora había suecos, indios, canadienses, franceses y varios chilenos, casi todos ellos médicos, como Reed.

Y también se estableció como costumbre que, después de la noche en el pub, Reed y Nora caminasen juntos a casa; las primeras veces porque vivían cerca el uno del otro, pero luego porque deseaban prolongar el tiempo juntos. A Nora le encantaba el humor y los valores del alto americano y cada vez más ansiaba sentir aquel cuerpo enorme y musculado contra el suyo. Y a Reed le fascinaba la seguridad y desenvoltura de aquella bella mujer, la más inteligente que había conocido en su vida.

La noche en la que dieron rienda suelta a las ganas que llevaban acumulando demasiado tiempo, se besaron hambrientos contra la puerta de la casa de Nora, ardiendo de deseo por meterse en la piel del otro. La larga noche se convirtió en día y pasaron aquel domingo entre sábanas, admirando el contraste entre la oscuridad de la piel de él con la dorada claridad de la de ella mientras se hundían el uno en el otro, incrédulos de que, por fin, aquello hubiese sucedido.

Reed y Nora se enamoraron con la fuerza de un huracán, con una pasión que asoló cualquier conveniencia social y con la certeza de que habían encontrado a la persona de sus vidas. Fue un amor construido hebra a hebra al refugio de los parques nacionales y del hedor de las chabolas, un amor de colores limpios y vivos. Ninguno hizo amago por hacerlo oficial con sus familias, querían vivirlo como aquello que se atesora oculto de la realidad. Porque, en el fondo, Reed y Nora sabían que cuando el tiempo en Nairobi se acabase, deberían tomar decisiones. Nora lo tenía más fácil, pero algo le decía que él no.

Ella sabía que la familia de Reed estaba bien posicionada en Washington y que su estancia en Kenia había sido una suerte de rebelión contra lo esperado de él: hospitales de renombre, un puesto en la sociedad, un matrimonio beneficioso para los intereses de la familia. Lo notaba en las llamadas semanales que le hacían sus padres, en cómo se le cerraba la habitual expresión amable y en la sutil crispación de los músculos de su espalda. A veces también hablaba por teléfono con sus amigos, pero solía ser en los momentos en los que no estaban juntos. Por eso, nunca supo si realmente el otro mundo de Reed tenía conocimiento de su existencia, pero tampoco le importó. Ella vivía el presente, la magia de Kenia en todas sus dimensiones —las buenas y las menos agradables para un europeo— y después de anhelar durante tantos años volar lejos de su casa, no quería enquistarse en pequeños detalles.

Fueron años de trabajo duro pero satisfactorio, donde Nora se curtió ante muchas situaciones trágicas. En la clínica, en determinados casos, no se limitaba solo a su territorio de salud mental, porque si venía una emergencia o había que salir a recoger a alguien en peligro, muchas veces se prestaba voluntaria para ayudar en la parte más física. Con el tiempo, aprendió las prácticas de primeros auxilios y de curas, porque la clínica a veces andaba escasa de gente y requería todas las manos posibles.

Reed, en cambio, sentía que necesitaba un poco más de acción. Su trabajo en una de las estaciones médicas de la ONG se le había hecho rutinario y sabía que hacían falta sanitarios en las misiones a las aldeas en el interior del país. También era consciente del peligro inherente a aquel trabajo: conocía a compañeros que tenían que ver a sus pacientes con el kalashnikov apoyado a los pies de la cama. Lo sopesó con calma pero, finalmente, decidió presentarse voluntario a una estancia en el hospital de la capital de la zona de Turkana, al noroeste del país, donde había una carencia brutal de cirujanos y desde el cual se organizaban visitas médicas a las aldeas más alejadas.

Se lo contó a Nora una noche mientras cenaban, dispuesto a sentir la preocupación de la mujer que se había convertido en su amiga y amante. Pero Nora Olivares solo sonrió y le dijo que hiciera lo que debía. Identificaba en Reed las mismas ganas de ella de volar por el mundo y seguir sus instintos, así que se tragó el nudo que se le formó en la garganta y lo apoyó con serenidad. Reed la miró y se prometió a sí mismo volver de una pieza, porque no podría soportar romper la mirada de confianza en los ojos de su chica.

Así, Reed se incorporó a su nuevo proyecto a principios del año 2013 y Nora se quedó en Nairobi, con una presencia cada vez más sólida en la clínica de Mathare. Al tener más tiempo libre, aprovechó para viajar por los alrededores, ya conocedora de la cultura keniata y de cómo moverse de forma más segura por el país. Quería empaparse de recuerdos, de sensaciones y aromas para cuando hiciese su siguiente movimiento.

Porque algo había cambiado en ella.

Se negaba a admitirlo, pero de alguna forma su cuerpo había activado la cuenta atrás desde que Reed se había ido. A pesar de que sabía que volvería, algo en su interior se había inquietado, como si intuyera que las épocas felices habían llegado a su fin y que, en breve, ocurriría algo que sacudiría de nuevo los cimientos de sus planes.

Pero Reed regresó intermitentemente en los siguientes meses y nada extraño sucedió. Ella comenzó a relajarse y cuando él volvió a finales de agosto a Nairobi, se dijo que había sido una falsa alarma, que, por primera vez, su detector de tsunamis vitales se había atrofiado.

Hasta que llegó septiembre y todo se fue a la mierda.

22

Sergio

En la vida a. H. —o antes de la hierbas, como lo había bautizado cuando todavía no salíamos del modo bofetones verbales— habría utilizado el tiempo de relajación que me regalaba La Bianca para hacerme preguntas irrelevantes tipo qué habría sido de Skype y por qué Batman era considerado un superhéroe si no tenía superpoderes reales. Esto habría desembocado en una comparación de artilugios con Ironman y demás frikadas que habrían poblado mi mente como pensamientos colgantes y plácidos, de esos a los que podías darles vueltas y vueltas sin desgastarlos un ápice.

Pero el haberme integrado con el resto de los huéspedes y escuchado sus historias más personales y dolorosas había fisurado una de mis capas más gruesas, la que nunca se había quebrado, y ahora esa fisura se extendía como una grieta en un lago helado. En el fondo, sentía envidia de toda aquella gente que se estaba enfrentando a sus miedos y límites autoimpuestos para avanzar y sacar el mayor partido posible a la vida que les quedaba. Asomarme a mi propia realidad era como oscilar sobre un acantilado muy alto y ver el mar lleno de tiburones muertos de hambre. Demasiados años ocultando y buscando la tibieza de una vida que no doliese. Pero las grietas se extendían, a veces ahondadas por un silencio consciente bajo una noche transparente, y otras, como respuesta interior a algo que escuchaba. Era como si de pronto me hubiese quitado unos tapones de los oídos y percibiese con mayor nitidez los ruidos que hacía la vida. Y, por primera vez desde la muerte de Jairo, no corría a volver a ponérmelos. Sentía curiosidad y ganas de saber si para mí también habría una luz al final del túnel.

El día en el que di otro paso más hacia lo que fuese que estaba ocurriendo conmigo había quedado con Emilia para almorzar. La tenía abandonada y mi hermana no lidiaba bien con ello, así que para dejar de escuchar sus ladridos quedamos en vernos en un italiano de la zona de San Telmo. Emilia pidió su pasta favorita, con calabacín, gambas y tomates cherry, y yo me conformé con unas verduras a la plancha. Mi hermana levantó las cejas y pensé que se iba a mofar, pero no fue así. De hecho, lo pasó por alto y me rogó que le contase cómo estaba yendo el experimento hierbas, como lo habíamos bautizado. Y fui brutalmente sincero con ella.

—Emi, ya no es un experimento. En realidad me gusta lo que ocurre en La Bianca, me sienta bien. Es como si algo se hubiera abierto dentro de mí y no quisiera cerrarlo porque está saliendo todo lo mohoso y oscuro. Hasta he vuelto a soñar con Jairo y no en plan pesadilla.

Emi se estremeció y me enseñó el vello de sus brazos, levantado como los suricatos en la sabana.

—¿Te das cuenta de la importancia de lo que me acabas de contar?

Nos miramos y percibí sus ojos húmedos y brillantes al estilo de los mangas japoneses. Sonreí con el amor que solo ella me inspiraba, esa hermana tan fuerte y valiente, y, a la vez, tan especial y sensible.

—He conocido a gente de la que estoy aprendiendo mucho en todos los sentidos. Quizá nunca antes me haya abierto a escuchar las historias de otras personas. Siempre he estado en mi mundo y sin ganas de dejar entrar a nadie.

—Sí, como un burro con esas cosas que les ponen para que no miren hacia los lados. Cazurro, que eres un cazurro. Ha hecho falta una inversión considerable y romper tu mundo infeliz para que te dieses cuenta.

—Eh, no te pases.

—No me paso, son verdades como castillos, Serch. Pero me alegro de que haya sido así y espero que sigas con ello. Si algo es bueno para ti, no lo dejes.

—No podría aunque quisiese.

Algo en mi forma de expresarme hizo que me mirara con mayor atención y una sonrisilla sabelotodo inundó sus labios.

—¿Qué es eso que percibo en tu voz, hermanito?

Tomé un trago de cerveza y tironeé de la servilleta de tela.

—Nora Olivares. Eso es lo que percibes. No he hecho sino pelear con ella casi la mayor parte del tiempo, pero últimamente hemos encontrado una sintonía que me descoloca.

Emi cruzó los brazos sobre la mesa y la sonrisa se intensificó.

—El efecto Nora Olivares.

—Ese mismo. Incluso… —tuve que confesar— la llevé a nuestro mirador.

—¡Sergio!

La consternación de su rostro mezclada con una incipiente alegría me sorprendió. La cogí de las manos.

—Lo sé, lo sé, y perdona. Sé que debías ser tú la primera persona con la que volver a visitar nuestro lugar. Pero de alguna forma se dio, y para ambos fue... una experiencia.

Ella me apretó las manos.

—Si te hizo bien, no tengo nada más que añadir. Solo que ya que has superado tus reticencias, podremos ir más a menudo.

La miré suspicaz: me estaba ocultando algo, la conocía como si la hubiese parido. La señalé con un gesto acusador.

—Tú ya habías subido antes de que fuese yo, ¿no?

Emitió un sonido ininteligible y las comisuras de sus labios se curvaron hacia abajo.

—No podía esperarte. Yo sí que necesitaba reconciliarme con aquel recuerdo y lo necesité mucho antes que tú.

—Vale —rezongué e intenté ponerme en su lugar—. Te entiendo. Cada uno tiene sus propios tiempos, y el mío ha durado demasiados años.

—Exacto. Y me alegra que por fin te hayas quitado el miedo y podamos volver al mirador para disfrutarlo como merece.

Me reí sintiéndome algo culpable.

—Bueno, Nora está proyectando hacer allí observaciones astronómicas para los huéspedes. Es un lugar estupendo para ello.

—Lo es. Puedo darte el contacto de una persona que se dedica a eso y lo hace muy bien.

—Genial —le respondí con una sonrisa.

Mi hermana me guiñó un ojo y saboreó la aromática pasta con ganas. La imité, sintiéndome más ligero de lo que recordaba en muchos años, y me prometí a mí mismo que la próxima persona con la que subiría al mirador sería ella.

Alargamos la sobremesa juntos más de lo acostumbrado. Siempre tenía mil asuntos que atender, pero esa tarde parecía que lo único que le interesaba era yo. Hablamos también de trabajo, de decisiones que quería tomar pero que iban en contra de algunas directrices del abuelo, y al final de la tarde hicimos una videollamada con él porque llevaba varios días desaparecido. Nos respondió con cara de culpable satisfacción, y por lo que vimos estaba tendido en una camilla bajo un techado lleno de flores y hojas. Unas manos morenas le estaban dando un masaje y cortamos la llamada riéndonos, después de acordar con él hablar un rato al día siguiente.

Subí a La Bianca con ganas de ir a casa y ducharme. Habíamos entrado en diciembre y el calor no daba tregua, a pesar de que, por las noches, en Vilaflor bajaba la temperatura. Pero el monte estaba seco y en la costa la humedad era perenne, como si estuviésemos en pleno agosto. Me cambié de ropa y me encaminé hacia la zona trasera, donde algunos de los huéspedes charlaban en tranquilos grupos. Nora salió a mi encuentro, y mis ojos recorrieron su voluptuosa figura, a la que el color aguamarina le sentaba de miedo.

—Sergio —dijo como saludo, y noté que tenía el ceño fruncido—. ¿Podrías asegurarte de que Andrew está bien? No he coincidido con él en toda la tarde y es raro no verlo ya en su rinconcito habitual.

—No te preocupes, me acercaré a su cabaña.

El anciano inglés y yo habíamos forjado una camaradería extraña y solíamos reunirnos por las noches para comentar las cosas más variopintas. Siempre con pocas pero certeras palabras, el señor York me había desvelado mucho de sí mismo.

Tomé el sendero hacia la cabaña de Andrew y creí verlo sentado en su porche. A medida que me fui acercando, corroboré que era él quien estaba allí, pero no levantó la cabeza al oír que me aproximaba. Parecía muy inmóvil, demasiado.

Cuando lo tuve delante, vi que no respiraba.

Andrew York se había dormido en calma en la mecedora de su porche, con las manos entrelazadas sobre su barriga, como si se estuviese echando un sueñecito reparador. No había nada a su alrededor, solo un libro que había caído a sus pies. Y a pesar de que el hallazgo me había dejado congelado en el sitio, con esa incomodidad que provoca el miedo cuando no se está acostumbrado a tratar con la muerte, sonreí con tristeza.

«Ahora ya estás con Andy y Elsbeth. Buen viaje, *old friend*».

Incliné la cabeza en señal de respeto y pensé en Nora. Iba a ser un disgusto enorme para ella.

Volví a La Bianca tras realizar las comprobaciones pertinentes —o más bien las que había visto hacer en las películas— y en cuanto vi a Nora, le hice una señal para que saliese. Se acercó a mí con gesto preocupado y deseé no tener que contarle lo que había pasado.

—¿Lo encontraste, Sergio? ¿Está bien?

Le puse las manos en los hombros con suavidad.

—Andrew se ha ido, Nora. En calma y en paz en su porche.

Ella se llevó una mano a la boca y sus ojos se humedecieron con la rapidez de una lluvia tropical.

—¿Estás seguro?

—Ya he llamado al 112. Yo no soy sanitario, pero sí, estoy seguro de que no está entre nosotros.

Cerró los ojos con fuerza y luego me miró con determinación.

—Gracias. Voy a ocuparme de todo esto ya mismo.

Vi que su mente iba a mil por hora, seguramente estaría decidiendo cómo proceder con el resto de los huéspedes. La apreté en los hombros para que me mirase.

—Yo me ocupo del tema de los sanitarios, la policía y todo lo que tenga que venir. Tú céntrate en los demás.

—No, Sergio, es mi trabajo. Tú no has gestionado nunca una situación así.

La miré a los ojos con una seriedad que creo que jamás había visto en mí.

—Yo también soy parte de esto, y quiero ayudar. Además, conozco el negocio y cómo funciona. He echado los dientes tras un mostrador de recepción. Déjame hacerlo, por favor.

Parpadeó y vi que transigía.

—De acuerdo. Te lo agradezco.

Asentí y de mutuo acuerdo nos separamos: yo hacia el frontal de La Bianca, donde esperaría a la ambulancia y a las autoridades, y ella hacia la zona de la cena, donde vi que estaba dando instrucciones de mover toda la comida al interior.

La noche fue larga: tras certificar la muerte de Andrew, tuvimos que esperar al juez para el levantamiento del cadáver. Y parecía que justo ese día el hombre tenía bastantes frentes que atender, porque no llegó hasta la madrugada. Mientras tanto, Emilia se hizo cargo de las gestiones con el consulado británico y estuvo en contacto directo con Nora en todo momento.

El resto de los huéspedes se habían retirado a sus habitaciones tras conocer la noticia. Nadie tenía ganas de sobremesa después de haber perdido a uno de los suyos. Nora se metió en su despacho para organizar el papeleo y allí la encontré, con los ojos enrojecidos del cansancio y de la tristeza. Bajó la tapa del portátil cuando me vio y apoyó la cabeza en sus manos.

—¿Ya han terminado? Quisiera estar cuando se lo lleven.

—Vamos entonces, están a punto de hacerlo.

Salió de detrás del escritorio y se acercó a mí. Sin pensarlo, la rodeé con un brazo y caminamos juntos al exterior. Escuché su voz amortiguada por el cansancio.

—Me han dicho que la sobrina de Andrew ya está avisada y que cogerá el primer vuelo que haya mañana.

—Sí, yo también me he enterado. Vaya noticia para la pobre mujer.

Fuera las luces de emergencias seguían dotando a la noche de un ambiente de serie de *true crime*. No era agradable, y noté que Nora se estremecía. Permanecimos allí de pie hasta que todo estuvo preparado para llevarse el cadáver de Andrew, y tragué saliva al presenciar su salida.

«Adiós, mister York. Gracias por todo lo que compartiste conmigo. No sabes lo que me has ayudado».

No pude evitar emocionarme y me limpié la humedad de los ojos. La mujer a mi lado bajó la vista temblando y no pude frenarme. Me puse frente a ella y la abracé con fuerza, intentando transmitirle tranquilidad y consuelo, y tras unos segundos de indecisión, Nora Olivares se apretó contra mí, respirando agitada, presa de unos sollozos que probablemente llevase conteniendo toda la noche.

Acuné su cabeza con mi mano y me mecí mientras no dejaba de abrazarla, maravillado por lo suave que era y cómo se acoplaba a la perfección a mi cuerpo. Su olor cálido característico aún flotaba a su alrededor, a pesar de todas las horas que llevaba despierta, y pensé que era el aroma más sabroso del mundo. Su pena me abrió en canal, pero no dejé de acariciar su cabello a la vez hundía mi rostro en sus rizos, intentando estar lo más cerca posible para darle calor y fuerza.

Se separó al cabo de un rato, más calmada, y se pasó las manos por la cara antes de mirarme con una mezcla de agradecimiento y tristeza.

—Gracias, Sergio. Me hacía falta ese abrazo.

A pesar de todo, sonreí para sacarla de donde estaba, de aquel terreno lleno de dolor.

—Siempre me han dicho que soy un buen abrazador.

Conseguí que se riese un poco.

—Vaya ego que tienes. Baja, Modesto, que ya sube Sergio.

—Forma parte de mi encanto, directora.

Miré mi reloj y era bastante tarde. Nora necesitaba dormir, al día siguiente, La Bianca demandaría un extra de esfuerzo para disipar de forma suave el ambiente triste, y ella supondría una pieza clave en ello. Hice un gesto hacia su cabaña y me puse firme cuando negó con la cabeza.

—Debes dormir, Nora. Mañana será un día complicado.

No rechistó, solo comenzó a caminar. Me mantuve a su lado hasta que llegamos a su cabaña, esa que tan familiar me resultaba, pero que, ahora, se mezclaba con la impronta de la mujer que se paró frente a su puerta indecisa. Supe que iba a decirme algo importante y me puse alerta.

—He estado en contacto con la muerte muchas veces. Incontables. Demasiadas para lo que escogí como carrera. Pero en Kenia la muerte era una compañera habitual. Aprendí a respetarla pero, también, a insensibilizarme. —Cambió de pie y continuó hablando—: Pero lo de hoy... No sé por qué me ha dado tanta pena. Quizá porque, después de tanta tristeza en su vida, Andrew estaba aprendiendo a aceptarla y a querer avanzar. Y ha tenido tan poco tiempo para disfrutarlo...

Un sollozo se atascó en su garganta y mi mano le acarició el cabello, intentando proporcionarle consuelo.

—Andrew dejó este mundo en el mejor lugar donde podía estar: tranquilo, en medio del pinar, siendo apreciado por mucha gente. Yo firmaría una muerte así.

—Lo que deseo es que se haya ido habiéndose congraciado consigo mismo.

—Nora, no puedes cargar con eso como si fuera cosa tuya. Cada persona es dueña de sus emociones y también de gestionarlas. Sé que lo ayudaste mucho, quédate con eso.

Bajó la vista de nuevo, y algo dentro de mí cobró vida. Una avalancha enorme de ternura asoló mi interior y no pude contenerme a pesar de que no sabía si estaba cometiendo una locura. Le pregunté si quería que durmiese con ella esa noche, y sus ojos parecieron el mar nocturno cuando escudriñó los míos. No dijo nada, solo abrió la puerta y me dejó entrar.

Su cama era un paraíso de sábanas frescas de color violeta, y caímos en ella sin quitarnos la ropa. Ella suspiró, muerta de cansancio, y se puso de lado mirando hacia mí. Yo hice lo mismo, contemplando su rostro en la penumbra hasta que se durmió.

Y pensé que no me hacía falta estar más cerca de ella, porque con saber que podía tocarla era más que suficiente.

Nunca había deseado proteger a alguien tanto como a Nora Olivares aquella noche. Aunque desde hacía tiempo sabía que no se trataba solo de deseo de protección.

23

Nora

Los planes bonitos de La Bianca en los días del puente de diciembre menguaron un poco el bajón espiritual que arrastraba desde la muerte de Andrew. No sabía por qué aquel señor taciturno se me había metido en el pecho como un dolor sordo. Intenté disipar aquella energía negativa con una vigilia emotiva la noche posterior a su fallecimiento, y la visita de su sobrina Keyla también debería haber contribuido a ello.

—Hablé con mi tío varias veces antes de que ocurriese, y lo noté feliz. Dentro de lo que él mostraba, claro está, pero fue muy obvio para mí.

La mujer observó el entorno de La Bianca y me sonrió, a pesar de sus marcadas ojeras.

—No me extraña. Este lugar es maravilloso. Me alegro mucho de que pasase sus últimos días aquí.

—Para nosotros fue un regalo ver cómo se fue abriendo poco a poco. Espero que haya encontrado algo de paz.

—Seguro que sí, miss —me dijo apretándome el brazo con calidez.

Sonreí como despedida y la mujer se fue, dispuesta a

acompañar a su tío en su último viaje hasta el cementerio de Mánchester, donde ya descansaban su mujer y su hijo Andy, aclamado delantero centro del United, que había fallecido de muerte súbita el día de su retirada de los campos de fútbol.

Me quedé viendo cómo se iba en el *transfer* que le había asignado y suspiré. En teoría aquella tarde empezaba mi día libre, pero no tenía ganas de ningún plan. Victoria había amenazado con ir a buscarme si no levantaba cabeza, y me constaba que había reservado una mesa para dos en La Tasca de Castro. Traté de hacerle la cobra.

Luego estaba Sergio, en quien no quería pensar mucho ahora. La noche que dormimos juntos había creado una intimidad entre nosotros a la que no tenía fuerzas de ponerle nombre. Recordé el momento en el que abrí los ojos y tuve que contener la respiración. La luz dorada que se filtraba a través de las ventanas, el canto de los pájaros en el pinar y la mirada oscura de Sergio sobre mí, frágil e intensa a la vez; su inmovilidad ante mis parpadeos y la barba oscura que no logró tapar el hoyuelo de la sonrisa que fabricó solo para mí, como si aquel hubiese sido el lugar más increíble del mundo donde despertar.

Una reverberación del aire, como si el mundo se hubiese contenido durante unos segundos para darnos espacio a nosotros, para crear un instante donde fuimos de verdad.

Sergio lo habría llamado un fallo de *Matrix*. Yo preferiría no ponerle nombre. Por eso, cuando se paró con el coche frente a mí de camino a su casa, tuve que controlar el aleteo de algo en mi interior —no, no era el corazón, no podía serlo— y le ofrecí mi cara más serena.

—¿Cómo estás? —me preguntó, parapetado tras sus gafas de sol.

Me obligué a sonreírle.

—Bien, dispuesta a sacarle el jugo a mi día libre.

No veía sus ojos, así que no sabía si se había tragado mi mentira.

—¿Vas a hacer algo en especial?

—Iré a cenar con Victoria. Como Gala viene con su club la semana que viene, querrá darme sus directrices de jefa de la manada.

«Hala, decidido. Un poco de la técnica del avestruz no me va a hacer mal».

Sergio sonrió.

—Me alegro. Esta noche se acercarán a casa unos amigos. Pásate si no terminas tarde.

Asentí y se fue, dejándome removida. Me había invitado a su casa. Por primera vez. Y eso hizo que me convenciera de que alargaría la velada con Victoria todo lo que pudiese.

Mi hermana me regaló unas horas que me sentaron muy bien. Habíamos quedado en el restaurante de una conocida suya, Eugenia Castro, donde nos trataron a cuerpo de reinas. Nuestra mesa daba a las maravillosas vistas de la playa y la misma Eugenia nos estuvo surtiendo de diferentes bocados sublimes. Todo aquello, regado con vinos de la comarca de Abona y un aromático café palmero, me ayudó a relajarme y a disfrutar de la conversación con mi hermana, fiel a su dicotomía cañera y amorosa a la vez.

Me había acercado más a Victoria en los últimos años, ya de mayores. Ella me llevaba seis años y eso, cuando éramos pequeñas, significaba una diferencia considerable.

Además, siempre fue la más independiente de todos, la que tenía a sus amigos fuera de la familia, no como por ejemplo Marcos y Elisa, que iban a todos lados juntos.

Pensé en nuestras relaciones familiares mientras conducía de vuelta a La Bianca. Elisa y yo siempre habíamos sido más afines, quizá por esa sensibilidad que compartíamos y camuflábamos cada una a nuestra manera. Marcos estaba presente en la vida de todas como un amuleto de la suerte, y nosotras en la suya. Solía regalarnos las palabras perfectas para hacernos avanzar; incluso a veces su perspicacia daba hasta miedo. Hice una mueca, molesta conmigo misma. La única vez que había precisado de mi ayuda no pude estar, y eso me corroía. Su *burnout* dio paso a una nueva y mejor etapa en su vida, pero me enfadaba no haber participado en la operación rescate que organizaron mi madre, mi abuela y Victoria en verano, durante su estancia en Famara.

Las luces de casa de Sergio seguían encendidas cuando llegué, pero decidí que sería mejor irme a mi cabaña. Eran casi las dos de la mañana, no me parecían horas de visitar a nadie. O esa fue la mejor excusa que se me ocurrió. Cogí mi móvil y le escribí un mensaje rápido, dándole las gracias por la invitación y contándole que acababa de llegar y que no aguantaba despierta. Me metí en la cama, cerré los ojos con fuerza y me entró la risa. Parecía una niña de quince años.

El móvil se iluminó en la oscuridad, como el mensajero de los dioses, con un wasap de Sergio dejándome caer una relajada invitación para ir a desayunar.

Mis amigos se quedarán a pasar la noche, viven
en el norte y ya no es hora de conducir hasta allí.
Si te apetece venir a desayunar, estás más
que invitada.

Gracias. Puedo llevar unos zumos verdes
de esos que tanto te gustan.

Me mandó el emoticono de la cara sonriente sudando.

Son malos pero sientan bien, no puedo negarlo.
Ven sobre las 10, no creo que mis amigos
se levanten antes.

Puse el móvil bocabajo en la cama y cerré los ojos, decidida a dormir. Ya bastaba de mensajitos nocturnos.

Por la mañana combatí el cansancio con una buena dosis de yoga, esta vez yo sola. Me resistí a la tentación de ir al lugar de Sergio, el de las estrellas, y me conformé con una explanada del Camino Real que daba hacia el pueblo de Vilaflor. De alguna forma, no me sentía con derecho de ir allí sin él, como si fuera de su propiedad espiritual.

La mañana era fría pero resplandeciente, y alineé mi mente y mi cuerpo mediante el control de las respiraciones y la tranquilizadora cadencia de las asanas. Terminé con una gran sensación de paz, solo envuelta en silencio y una brisa que no llegaba a agitar las copas de los pinos. Estuve un rato disfrutando de aquel momento en el que nadie requería nada de mí, no me sonaba el teléfono ni llegaba ningún wasap. Me duché con agua templada, me puse mis cremas y luego me vestí a mi estilo, feliz de desterrar por un día el uniforme del hotel. Elegí un chal calentito para ponérmelo por encima del vestido largo de colores y me acerqué a las cocinas de La Bianca, donde cogí dos botellas de cristal llenas del zumo del día.

Sergio y sus amigos se encontraban ya sentados en el porche de su casa, que era mucho más grande de lo que había imaginado. La vivienda estaba construida en madera oscura y tenía encastradas muchas cristaleras gruesas que ofrecían unas vistas maravillosas sobre el pinar y la rojiza tierra volcánica. Sergio se reía de algo que le decía un hombre a su lado, y frente a ellos, una mujer de melena castaña meneaba la cabeza. En cuanto aparecí por el sendero, se puso de pie y una sonrisa afiló su mandíbula de una forma deliciosa.

—Bienvenida a mi casa, Nora —pronunció al darme un abrazo.

Por un nanosegundo deseé poder quedarme ahí, cerca de su calor, pero me obligué a separarme y ponerle las botellas de zumo en las manos.

—Aquí tienes tu droga.

Sergio se rio y las dejó en la mesa.

—Debo confesar que, aunque me sabe a bosta de vaca, este zumo es lo único capaz de lograr que empiece el día bien.

Sentí dos pares de ojos curiosos sobre mí, y les sonreí mientras Sergio nos presentaba.

—Así que tú eres la artífice de que a Sergio le haya cambiado la cara —dijo el hombre con expresión pícara. Aquello podía entenderse de varias formas, y me hice la tonta, adoptando la expresión de amabilidad serena que no me costaba nada utilizar.

—Por lo menos he conseguido que se haya cogido unas vacaciones de verdad y que se escuche un poquito más a sí mismo. O eso creo —concluí riendo.

Sergio me sirvió un vaso de zumo y algo que no entendí revoloteó en la zona de sus labios.

—Ha sido todo un descubrimiento. Y eso que iba con las garras afiladas contra todo ese rollo hierbas que se trae la directora Olivares.

—¿Te apellidas Olivares? —me preguntó la mujer, de rasgos exóticos y sensuales como una pantera—. ¿Eres familia de Victoria Olivares?

Asentí con una sonrisa. Aquella mujer me había impactado, vibraba en una onda diferente. Y me gustó.

—Sí, es mi hermana. ¿La conoces?

Malena Vergara sonrió y toda su frialdad desapareció dejando un reguero de cubitos de hielo.

—Sí, claro. Es parte de nuestra asociación de mujeres empresarias y directivas. Tengo muy buena relación con ella y, de hecho, hacemos negocios juntas.

El marido de Malena nos miró y se llevó las manos a la cabeza.

—Mierda. Ya las hemos perdido.

Su mujer le dio una patada por debajo de la mesa.

—No seas exagerado. Pero no negaré que me encantará que me enseñes La Bianca. Sergio nos ha contado todo lo que has hecho aquí y me muero de ganas por conocerla.

El desayuno se prolongó hasta después del almuerzo, con visita a La Bianca incluida. Los amigos de Sergio eran una pareja inteligente y divertida, con un humor particular y bastante chispa entre ellos que no dudaban en regar a su alrededor. Reconozco que disfruté mucho durante las horas que pasamos juntos, pero hubo un momento en el que tuve que retirarme.

—Esta noche entra un grupo de jóvenes para hacer un

retiro de escritura. Una de ellas es mi sobrina Gala, la hija de Victoria, y quiero que esté todo perfecto.

Malena y Jon me dieron un abrazo afectuoso y solo entonces miré a Sergio. Durante toda la mañana había notado la cercanía que nos invadía, esa que se intensificaba al pasar tiempo juntos, y que era como pequeñas gotitas doradas que refulgían al compartir una sonrisa o un roce fortuito. De pronto, ya no existía el juego de pullas iniciales que tanto nos enganchó. Ahora se trataba de otra cosa, como si ambos nos estuviésemos tomando las medidas para elaborar el traje más perfecto posible, en el que los dos nos sintiésemos cómodos.

—Nos vemos luego —le dije mientras me obligaba a dar pasos que me alejasen de él—. Gracias por esta mañana. Toda ella.

Asintió con una sonrisa y me fui sin mirar atrás. Pero la sensación de calidez se perpetuó en mi cuerpo hasta bien entrada la noche, cuando Gala y su grupo de escritoras —y un escritor muy tímido— ya se habían instalado en la cabaña más grande de todas, que inaugurábamos con ellas.

Había albergado dudas sobre cómo un grupo de gente tan joven casaría con la dinámica tranquila y espiritual de La Bianca, pero tuve que reprenderme por prejuiciosa. Gala y algunas de sus amigas asistían al yoga mañanero, luego desayunaban en el comedor y comenzaban sus dinámicas y ejercicios que hacían durante toda la mañana hasta el almuerzo. Después descansaban, cada uno donde le apeteciese, y volvían a reunirse para un par de horas más de escritura. Por las noches, solían cenar con el resto de los huéspedes y participaban en las actividades diseñadas, y solo una sola noche pidieron los *transfers* para irse a tomar unas copas a Las Américas. Tampoco llegaron muy tarde, todo sea dicho.

Con aquella energía juvenil flotando en cada esquina no pude obviar que el resto de los huéspedes pareció contagiarse. Las viejas damas y Gianna estaban encantadas y parecían buscar su compañía en los momentos comunes; Yadira los evitó en un principio, quizá temerosa de que la reconociesen, pero cuando se dio cuenta de que aquellos jóvenes no tenían intereses en común con ella se relajó y acabó entablando conversaciones animadas; los americanos, aunque de naturaleza distante, trataron con cariño al grupito, y el jueves de esa semana recibimos a Arminda Acosta y a Derek Grant, una pareja de amigos ya mayores que, a mi juicio, tenían bastante chili entre ellos.

El viernes, toda esa efervescencia me animó a organizar una fiesta de fin de retiro para Gala y sus amigos, y pregunté al resto de los huéspedes si les apetecía que la hiciésemos al día siguiente en las zonas comunes. Todo el mundo estuvo de acuerdo y cuando el sábado me desperté con un frío especial y Guajara coloreada de blanco, me convencí de que suponía un buen augurio. Era la primera nevada del año en el Teide, y eso se merecía una fiesta prenavideña de las buenas.

Luces festivas, un coctelero, vino especiado tipo *glühwein*, un DJ prestado de los hoteles Ayala, una cena sencilla pero especial... y gente con ganas de sonreír, de bailar temazos de ABBA y Camilo, brindar con *virgin* mojitos o un whisky *on the rocks*, y de dejar salir fuera la mala energía y recargarse de la buena. Y a pesar del frío, bailamos bajo el cielo estrellado, tan transparente y nítido que parecía que podíamos tocarlo con los dedos, como si fuéramos parte del universo y del infinito al mismo tiempo.

Bueno, yo no bailé tanto. Me resultaba difícil despojarme de mi rol de directora a pesar de que esa noche no me había vestido como tal, pero era responsable de toda aquella gente, y eso me hacía estar ojo avizor ante cualquier cosa que se saliese de lo normal.

Hasta que mi sobrina rompió todo mi equilibrio.

Las mejillas de Gala eran como dos manzanas navideñas y estaba preciosa con su gorro peludo verde pistacho con borla a juego. Sus ojos brillaron con picardía al ofrecerme beber de su copa y echar un vistazo a un lado.

—Ahí viene Maluma derechito hacia ti. No mires, que se te va a notar.

—¿Tú también estás con eso, Gala?

Mi sobrina se rio ante mi intento de despiste.

—Tengo ojos en la cara y soy escritora. Percibo las cosas antes que el resto del mundo. Aunque en este caso, es bastante obvio.

—No seas boba...

—No seas boba tú y lánzate. Si andan los dos que no saben cómo hacer para que no se les note que están fritos el uno por el otro.

Me tuve que reír. Se notaba que el género de Gala era la romántica *young adult* y escribía en Wattpad. Me guiñó un ojo y desapareció en la noche en dirección a sus amigas. Me mordí los labios para evitar reírme y en ese momento lo noté a mi lado.

—Vaya sarao que has montado, señora directora.

Su voz ronroneó cerca de mi oreja y me excité. Descubrí que tenerlo a unos milímetros me volvía líquida y que eso podía convertirse en algo peligroso.

—Lo están pasando bien, esa era la idea.

—No lo dudaba —volvió a murmurar—. Estás muy guapa hoy, hierbas.

Lo miré entre mis pestañas. Sabía que el plumas blanco con pelillo en la capucha me hacía parecer... lo que fuera que brillaba en los ojos del nietísimo. Nos quedamos inmóviles un momento, en silencio, como si no existiese una ruidosa fiesta a nuestro alrededor, y dando rienda suelta a lo que de verdad nos queríamos decir, lo que nos rebosaba por los poros de la piel.

«Me gustas mucho, Maluma tocahuevos. No sé cómo lo has hecho, pero has roto las barreras tan bonitas que había construido a mi alrededor y que tan fuertes creí».

—¡Sergio!

Un grito femenino provocó que el frágil instante se hiciese añicos, y alcé la vista para ver que sus amigas lo saludaban a lo lejos. Me miró antes de irse.

—Esta noche guárdame un baile, directora.

Y se fue caminando con ese estilo a lo Channing Tatum que hizo que tuviese que cerrar la boca para no inundar la pinocha de babas.

Sergio Fuentes no se olvidó de su petición. Y a las dos de la mañana, cuando ya casi todos los huéspedes estaban de retirada, fue hasta mí y me sacó a bailar. Yo me resistí, muerta de la vergüenza y riendo, y entonces bajó la voz y musitó con mucha suavidad en mi oído:

—Busquemos un lugar donde bailar los dos solos.

Y sin dudarlo, acepté su mano y lo seguí.

24

Sergio

La luna todavía no había aparecido en el cielo, a punto de comenzar a crecer en el último mes del año, y el camino estaba oscuro, pero yo me lo sabía de memoria. Ralenticé mis pasos, aunque lo que me hubiese apetecido era correr para llevar a Nora a mi casa y devorarla entera toda la noche y el día siguiente. Pero algo me pidió frenar, vivir aquel momento con calma y sin prisas, porque después de todo lo que había pasado entre nosotros, tantas emociones contradictorias, quería asegurarme de que lo hacía bien.

Ya no podía luchar más contra la implacable sensación de que lo nuestro no era ni un interés pasajero ni un juego. Las semanas que había vivido en La Bianca, el tiempo que habíamos pasado juntos sin quererlo y queriendo, al final ya buscándonos sin excusas...

Todo lo que ella había logrado iluminar en mí.

Me acercaba al abismo, pero ahora me sentía como en la película de *Indiana Jones y la última cruzada*: si daba un paso hacia el precipicio, habría un puente de cristal transparente que me ayudaría a cruzarlo.

De pronto, había despertado a la vida, a no pasar de puntillas por cualquier cosa que pudiese apestar a arriesgarse y a sentir más de la cuenta.

Y aquello me había llevado a esa noche.

La escuchaba respirar a mi lado, su figura alta y femenina arrebujada en aquel abrigo que solo daban ganas de quitárselo y descubrir el vestido largo de lana gris que lamía sus rotundas curvas.

Tenía tanta hambre de Nora Olivares que me dolía la piel.

Me paré frente a mi casa, donde las lámparas solares de la entrada iluminaban de forma tenue la noche, e hice que girase sobre sí misma. Rio, y el sonido fue grácil en la oscuridad.

—No pretendas que haga las mismas piruetas que Ariana, tengo dos pies izquierdos.

Sonreí en su pelo y la volví a alejar de mí con un movimiento controlado.

—No lo creo.

—Soy de las que bailan mejor solas, Sergio. La reina de la pista, me llamaban.

Me lo imaginaba. Dentro de su calma, Nora Olivares era un ave de fuego. Entonces tiré de ella hacia mí y le pregunté si prefería bailar un lento. Me miró con ojos enigmáticos.

—Nunca lo he hecho. Ya sabes que aquí eso nunca estuvo de moda.

Una imagen dorada apareció en mi mente y se lo conté. Eso de lo que no hablaba demasiado.

—Mis padres siempre bailaban un lento los viernes por la noche. Cuando nosotros ya estábamos acostados, ponían el tocadiscos y se miraban a los ojos sonriendo mientras la música los hacía recorrer la sala. Frank Sinatra, Ray Charles, Jerry Lee Lewis... Y nosotros los espiamos desde la puerta, maravillados y felices, con esa seguridad infantil de que jamás va a pasar nada que rompa ese momento.

La miré a los ojos y sonreí. Por primera vez, ese recuerdo era bueno, no triste ni iracundo.

—Nosotros no tenemos música para bailar.

Subí la mano por dentro del plumas, sintiendo su larga espalda estremecerse.

—Yo la interpretaré para ti, Nora.

Y entonces probé eso que también llevaba décadas sin hacer. Cantar para alguien.

Escuché que Nora cogía aire al oírme carraspear. Y entonces mi voz salió suave pero confiada, como si supiese que ese era el momento perfecto para dejarla fluir y compartirla con alguien después de veinte años. No lo pensé, solo tiré de memoria y de intuición para elegir la canción que me pedía el alma. Yo no tenía la voz de Ed Sheeran, pero podía darle mi sello a ese «Thinking out loud» que era perfecto para contarle a Nora lo que me pasaba con ella.

Aunque fuese arriesgado y quizá demasiado pronto.

A la mierda el riesgo.

Solo sabía que se había convertido en la mitad de un nosotros que estaba comenzando.

Cerré los ojos al hecho de que todavía debía resolver mucha porquería que tenía dentro y que seguro que la cagaría en ese ínterin, pero en aquel momento solo quería llegar a la parte en la que le pediría que me besase bajo la luz de miles de estrellas.

Nora Olivares se hizo de rogar. A pesar de estar a escasos milímetros de mis labios y con sus manos enlazadas tras mi nuca, esperó a que terminase la canción y luego sonrió con chispas en los ojos.

—Qué bonito cantas, Sergio. No sabía que lo hicieras tan bien.

Intenté contenerme, pero las palabras fluyeron sin control.

—Hay otras muchas cosas que hago bien.

Ella se rio y echó la cabeza hacia atrás divertida. Entonces pegó su pelvis a la mía y tomó las riendas.

—Si es así, demuéstramelo ya y deja de hablar.

Y me cogió de la nuca para guiarme hasta su boca suave y mullida. La recibí con ganas de saborearla, y no me sorprendió que sus labios me llevasen a un mundo cálido de miel y especias. Eran como toda ella, una promesa gigante, tanto que no pude evitar profundizar el beso hasta hacernos jadear. No podía parar de besarla, de apretarla contra mí, de sentir su calor incluso a través de la chaqueta abrigada. Y cuando noté que sus dedos se enredaban en mi pelo, le di un leve mordisco en el labio inferior y tiré de su mano para entrar en casa.

Apenas me dio tiempo de cerrar la puerta tras ella. Bajé la cremallera de su abrigo, que cayó al suelo, y fui incapaz de despegar los ojos del vestido estrecho que celebraba sus gloriosas curvas. Nora sonrió peligrosa: sus ojos parecían más oscuros y todo en ella exhalaba aroma a depredadora, de esas que te arrastran a su cueva y hacen de ti lo que quieren.

Y yo era una presa fácil, porque no iba a oponer ninguna resistencia.

Sus dedos subieron para desabrochar los botones de mi chaquetón, que se deslizó al suelo junto con su plumas. Noté sus manos tocándome por encima de la camiseta de manga larga, resiguiendo las curvas de mis pectorales y desplazándose cada vez más arriba, hasta llegar a mis labios, la barba, el cuello... Y yo cerré los ojos disfrutando de aquella suave caricia, llena de algo más que deseo sexual.

«Es como me gustaría despertar cada mañana, con sus manos sobre mi rostro tocándome. Nadie lo ha hecho así en toda mi vida».

Cogí una de las manos y la besé en la palma y en el dorso, y entrelacé mis dedos con los suyos. De cerca, Nora Olivares era aún más bella, más deseable y más maravillosamente femenina que cualquier otra mujer que hubiese tenido ante mí. Nuestros ojos se fundieron, diciéndose mil cosas que los labios todavía no se atrevían a pronunciar, y el deseo barrió con todo. Nos devoramos con ansia, tambaleándonos, mientras nos íbamos despojando de las prendas que nos sobraban. Tragué saliva al ver el conjunto de ropa interior que llevaba, del mismo turquesa que sus ojos, y con el que sus dos soberbios pechos se ofrecían como en bandeja. Bajé la vista y la braguita mínima fue mi perdición. La envolví en una caricia con todo mi cuerpo y la levanté para llevármela a la cama.

Pero su boca sobre la mía, nuestros sexos presionándose llenos de humedad y sus manos que no dejaban de deslizarse sobre mi espalda me urgieron a dejarla sobre la primera superficie que encontré: el piano de cola que reposaba en un rincón de la sala. Sus ojos me miraron sensuales, como si aquello hubiese sido un acicate para sus ganas, y, lentamente, se abrió de piernas. La braguita estaba ya tan mojada que se había hecho casi imperceptible y tiré de ella con un golpe seco. Con las bragas en la mano sonreí mientras las arrojaba a un lado y ponía las dos manos por debajo de sus muslos. Su sexo palpitaba, era como una flor oscura llena de pétalos que necesitaba saborear para volverme aún más adicto a ella. Porque lo sabía: una vez hubiese catado a Nora Olivares, me convertiría a su causa sin pensarlo, cualquiera que fuese y sin preguntar.

Su gemido fue agudo, casi agónico, y la tuve que sujetar por las piernas para que no se derrumbase cuando la lamí por primera vez. Di un toque con los dientes al haz de nervios hinchado y volvió a emitir aquel sonido que me hizo ponerme más duro que nunca antes en mi vida. Y me tomé mi tiempo, sí. Creo que nunca había visto un espectáculo tan exuberante como el de Nora Olivares presa de un deseo que desdibujaba sus facciones sensuales y las convertía en las de una diosa dura y sedienta de sangre. La llevé al límite, y solo cuando de su garganta surgió un «por favor» casi ininteligible, se lo di. Un bocado certero y un movimiento de dedos que hicieron que sus piernas se desplomasen sobre las teclas del piano, llenando la noche de acordes discordantes. No la dejé reaccionar, solo recogí su cuerpo laxo de encima del piano y la llevé a mi dormitorio.

Sus ojos se agrandaron al verse rodeada de estrellas y de recio pinar. Las paredes y el techo de cristal de mi habitación habían sido una extravagancia, pero valió la pena al ver su sorpresa. Ya en la cama, levantó los brazos por encima de su cabeza, disfrutando de las vistas y estirándose como una gata satisfecha, e hizo que me empapase de la sensualidad de su cuerpo. Pechos rotundos, vientre redondeado y caderas carnosas, piernas largas y firmes y una piel besada por el sol, la más suave que había acariciado en mi vida. Nora Olivares era la mujer más hermosa que había tenido el privilegio de ver. Y, aunque sonase mal, había observado a muchas en esa misma posición.

Levantó un pie y trazó un sendero con su dedo por todo mi pecho, esbozando una sonrisa seductora. Cogí su pie y lo mordí con suavidad, para luego asirla de ambas piernas y engancharlas a mi cintura. Ella se arqueó, buscando de nuevo el contacto, y mis manos fueron a aquellos pechos pesados y erguidos, una fantasía hecha realidad. Nora tiró de mí y me deslicé sobre ella, que volvió a besarme con posesión. La sensación de mi piel sobre la suya, pecho contra pecho, piernas sobre piernas, era sublime. Mi piel comenzó a arder, mi boca no parecía tener suficiente de sus labios y de su cuello, y el frenesí también se apoderó de ella. Jadeamos, ansiosos, y entonces Nora se dio la vuelta y se puso sobre mí. Cerré los ojos y gemí muy alto cuando deslizó su coño empapado sobre mi brutal dureza. Si no lograba estar dentro de ella en los próximos minutos, iba a correrme solo con ese movimiento. Alargué la mano a la mesilla de noche y luché por encontrar un preservativo. La escuché reír por lo bajo y fue ella la que lo cogió y me lo puso, mirándome a los ojos y relamiéndose mientras me apretaba la base de la polla de una forma que tuve que rogarle que no continuara. Fui a levantarla, pero puso una mano en mi pecho y me paró.

—Quiero hacértelo yo.

Asentí como un idiota, en ese momento hubiese acatado cualquier orden suya. Ella sonrió y pasó una pierna sobre las mías para ponerse a horcajadas y empapar mi entrepierna con su humedad. Me mordí el labio y la expectación casi pudo conmigo. Nora fijó sus ojos en mí y algo nos golpeó, una especie de certeza de que aquello era lo que nos reservaba el destino desde la primera vez que nos vimos. Apoyó las manos en mi pecho y comenzó a bajar, a llenarse de mí con lentitud, a la vez que nos decíamos mil cosas frágiles que todavía no podían materializarse en palabras. Y solo cuando llegó al final, cuando ya no cabía nada más en ella, se acercó a mi oído y musitó:

—He fantaseado mucho con esto, incluso a escondidas de mí misma.

La devoré, asolado por la avalancha de emociones que provocaron sus palabras, y moví la pelvis. Ella lo recibió como una invitación, el punto de inicio de una vorágine de besos y jugosos mordiscos. Yo no lograba saciarme de sus pechos y ella se movía jugando con la cadencia; a veces aceleraba y otras frenaba para buscar otro ángulo de fricción. La sensación rayaba lo insoportable, pensé que iba a explotar de las ganas de correrme, de morir de placer y quemar la cabaña hasta sus cimientos, hasta que vi en su mirada que iba a derramarse. Lo tomé como una señal: apreté sus carnosas nalgas mientras el ritmo se volvió frenético y sentí que me paralizaba cuando el orgasmo empezó a recorrerme toda la médula y me hizo estallar como no recordaba haberlo hecho nunca. Escuché el grito de Nora y percibí cómo su cuerpo se convirtió en una brasa humana, y me bebí sus sonidos boqueantes a medida que nuestros cuerpos dejaban de moverse.

«Nada será igual después de esto».

Alargué los brazos y la envolví entre ellos, hundiendo mi cara en su cuello, sin ser capaz de emitir un sonido. Aquello había sido demasiado increíble para poder vestirlo con palabras. Pero debería haber imaginado que Nora Olivares siempre lograba sorprenderme.

—Pues sí que sabes hacer bien otras cosas aparte de tocarme la moral, Sergio Fuentes.

Su voz llegó a mí sofocada por sus rizos y comencé a reír. Levanté su rostro, peinándole el cabello con los dedos, y no pude contener una sonrisa espléndida.

—El problema es que soy muy caprichoso y ahora querré repetir esto muchas más veces.

Ella puso las manos tras mi nuca y su mirada fue abiertamente coqueta.

—No le veo ningún problema a eso.

—Perfecto —gruñí, y la besé en el cuello mientras nos deshacíamos del nudo que todavía formábamos.

Me levanté para quitarme el condón y volví a la cama, donde ella me sonreía como si aquella no fuera nuestra primera noche juntos. Su expresión me hablaba de calidez y de cercanía, de sentirse tan bien que solo le apetecía lo mismo que a mí: abrazarnos y besarnos toda la noche hasta caer rendidos. Y eso hicimos.

Desperté con su suave cuerpo pegado al mío y con el aroma de sus rizos dándome los buenos días. El cuarto todavía estaba a oscuras gracias al dispositivo programable de los cristales, e ignoraba qué hora podría ser. Volví a cerrar los ojos. Qué más daba. Era domingo, tenía a Nora Olivares en mi cama y muchas horas por delante para poder disfrutar de ella. Le preguntaría qué le apetecía hacer y la complacería. Trabajaba mucho y se cogía pocos días libres, por lo que se merecía pasar aquel domingo como ella quisiese.

Por un momento tuve miedo de que deseara irse. Nora era muy independiente y quizá ya dispusiera de un plan antes de todo lo que había ocurrido durante la noche y parte de la madrugada. Sonreí sin poder evitarlo y sentí que volvía a endurecerme solo con recordar algunas de las escenas que se habían grabado a fuego en mi mente. Nora debió de percibirlo también porque noté que meneaba su culo contra mí, pegándose con gestos insinuantes. La estreché entre mis brazos, anclado a su espalda, y le murmuré los buenos días.

Su respuesta fue darse la vuelta y abordarme de frente con una sonrisa pícara.

—Necesitamos un poco más de luz aquí, nietísimo. Con estos cristales tan modernos que se oscurecen parece que estemos en el castillo de Drácula.

—¿Nietísimo? —me carcajeé mientras manipulaba el mando y aclaraba la opacidad de las ventanas—. ¿Me llamas así?

Hizo un mohín perverso que me obligó a darle un beso mañanero de esos sin pudor alguno. Se rio sofocada y me pellizcó un pezón.

—Uf, ese es uno de tantos motes que te he puesto. Con lo que me has tocado los cojones, como para quedarme solo con uno.

No pude parar de reír y de besarla. Ahora que podía hacerlo, no había fuerza humana que me hiciese desistir.

—Seguro que tú también tienes alguno para mí —dijo tirándome de la lengua—. No creo que te hayas quedado en lo más obvio.

—¿En cuál?

Alzó las cejas, sabihonda, y metió una pierna entre las mías.

—Hierbas, cuál va a ser.

—Pues sí que soy básico, sí. Porque así te bauticé y así te quedaste.

Meneó la cabeza fingiendo desesperación, pero luego

se refugió en mi pecho. Y a pesar de que mi mañana comenzó con una erección de caballo, con rapidez mutó a eso que me nacía del pecho cuando la tenía así conmigo: la ternura, la protección, el querer saber más de ella para poder estar a su lado cuando me necesitase.

Nora conocía más de mí que yo de ella, y necesitaba revertirlo. Y no lo conseguiría con atarla a mi cama.

—Si pudieras pedir cualquier cosa, ¿cuál sería tu plan perfecto de hoy? ¿Qué te gustaría hacer? Y cierra los ojos a tu papel de directora, que sé que no tienes que volver hasta la tarde, cuando Gala y su grupo se vayan.

La mirada turquesa se abrió pensativa, y luego se puso bocabajo, apoyando la cara en sus manos.

—Iría a bucear. Hace mucho que no lo hago. En Bali era mi rutina semanal con Enoc y Nuria, mis amigos de la escuela de buceo. Y aquí todavía no he puesto una aleta en el agua.

Asentí. Eso no sería difícil organizarlo.

—¿Y luego?

Su expresión pensativa se derritió en una sonrisa expectante.

—Con comer y beber bien ya me tienes. No soy una mujer de gustos complicados.

Volví a besarla. No sabía qué me pasaba, no podía dejar de hacerlo.

—Eres una mujer preciosa e increíble. Eso es lo que eres.

—Y tú tienes demasiada labia. Tanta que no escuchas. Porque a esta mujer de comer y beber bien no la has invitado ni a un café.

Se incorporó en la cama, permitiéndome ver de nuevo su espalda salpicada de lunares, y me miró tras su cascada de rizos.

—Voy a buscar tu cafetera, que seguro que será una de esas de última generación, pero creo que me apañaré. Mira a ver si consigues lo del buceo y me concedes el capricho.

Y se levantó de la cama contoneando su cuerpo alto y curvilíneo, perfectamente consciente del poder que tenía sobre mí. La vi entrar al baño unos minutos y salió de él con mi bata, mientras yo seguía sentado en la cama, mitad aturdido y mitad divertido, diciéndome que no estaba en absoluto preparado para lo que Nora Olivares traería a mi vida.

La llamada que llegó a mi teléfono justo antes de la inmersión en Las Galletas también me descolocó por completo. Ya me estaba poniendo el neopreno cuando escuché el sonido y decidí mirar, por si acaso. Desde que habíamos perdido a la abuela, siempre permanecía pendiente del móvil por si era el abuelo quien me llamaba. Pero esa vez era otro nombre el que aparecía en la pantalla, uno del que hacía mucho tiempo que no sabía nada.

Decidí no cogerlo. Si Armando Rus, mi antiguo mánager, había podido vivir sin mí durante años, seguro que aguantaría unas horas más. Y fue por la noche, tras una jornada maravillosa llena de mar, sol, sushi y cervezas, además de una ración de Nora Olivares —tan adictiva que no sabía cómo aguantaría sin tenerla cerca durante las horas en las que estaríamos separados— cuando repitió su llamada, y esa vez descolgué.

Si Armando me llamaba, era para algo concreto. O para sacudirme a ver si me quitaba de encima la desgana de volver a lo que fue mi mundo durante poco tiempo, o para proponerme algo. En los últimos años, siempre había sido lo primero.

En esa ocasión, venía con una propuesta. Y, por primera vez en mucho tiempo, me detuve a escucharlo.

25

Nora

Mi gran miedo a dejarme llevar con Sergio había sido que despertase antiguos fantasmas que había trabajado muy duro para mantener enterrados.

Me subestimé.

Lo que estaba ocurriendo con el nietísimo era algo nuevo, limpio y exento de contaminación. Me sorprendí a mí misma sonriendo como una tonta tras la noche que pasé en su casa, y esa cálida alegría me envolvió durante todo el día posterior, incluso cuando me despedí de Gala.

No obstante, no me hacía ilusiones. Sabía que Sergio debía enfrentarse a muchas cosas consigo mismo, y que yo tampoco me había abierto del todo a él. Pero me había dado cuenta de que en la vida las cosas que ocurrían poco a poco, a su debido tiempo, eran las más fructuosas. Así que intenté controlar a los caballos desbocados de mis ansias y apelé a todo lo que había aprendido para tragarme las ganas de correr a su cabaña en cuanto perdí de vista el coche de Gala. En cambio, me puse mi traje espiritual de directora y fui a supervisar el servicio de cena, intentando calmar ese chisporroteo de hormonas y algo que se revolvía en mi interior.

Se parecía demasiado a eso que siempre auguraba la rotura de algo viejo para dejar entrar algo nuevo.

La ruptura del *statu quo*.

El día que habíamos pasado juntos me había descubierto a un Sergio diferente de todos los que había conocido hasta la fecha. No hubo rastro del tocahuevos ni del escéptico, tan solo hallé a un hombre sonriente con el que me sentí más cómoda de lo que recordaba en mucho tiempo. Fue simple y sencillo, fluimos en una sintonía que no nos hizo falta impostar. Conduje hasta el pueblo costero de Las Galletas mientras Sergio hacía las gestiones para la inmersión, y en menos de media hora me encontré subida en una zódiac. El mar brillaba, el viento era fresco y yo me moría de ganas de meterme en el agua, tan profundamente azul que parecía de postal. El océano nos acogió con calma, pero bajo el agua la vida se fue multiplicando a medida que descendíamos metros. Mi cuerpo vibró tranquilo, volviendo a la energía pausada del buceo que tanto había añorado, y durante los cincuenta minutos que duró la inmersión dejé que mi mente vagase libre y receptiva ante el espectáculo de los chuchos y las morenas que nos encontramos por el camino.

Cuando volvimos a subirnos a la zódiac, bajo la luz del sol y el graznar de las gaviotas, volví a sentirlo. Ese crujido que hacían las piezas cuando encajaban. Y la sonrisa que compartí con Sergio las afianzó aún más en su sitio.

Después pusimos rumbo a Playa de Las Américas, donde almorzamos en un restaurante decorado con motivos marinos muy modernos y con una carta donde no hubiese esperado encontrarme platos japoneses. Pero los elaboraban a su estilo, con una irreverencia que daba en el clavo. Y nos pegamos un festín regado de vino blanco seco de Güímar, envuelto en anécdotas y pequeñas porciones de nuestras vidas que, por fin, nos estábamos abriendo a contar.

Todavía nos quedaba mucho, pero era un primer paso.

Me dije que ya no éramos jovencitos, y que quizá eso nos imbuía la sensación de que no había que jugar a nada ni fingir para hacernos más interesantes de lo que éramos. Las cosas resultaban, a la vez, más sencillas y más complicadas: sencillas, porque disponíamos de más herramientas para salvar los obstáculos e ir al grano, y complicadas, porque justamente ese bagaje que facilitaba, también podía frenar si no se superaban los miedos en el momento que tocaba afrontarlos.

Quizá eso último fuese lo que, cuando nos separamos tras nuestro primer día juntos, me hiciera besarle con las ganas que se me habían ido acumulando en las últimas semanas. Tal vez deseaba sellar con un beso ese resquicio de temores, una fisura que habíamos rellenado con una frágil confianza.

—Tengo que hacer cosas en La Bianca —musité contra sus labios al sentir que no me soltaba, y noté cómo se curvaban en una sonrisa.

—No seré yo el que te mantenga alejada de tus obligaciones, por mucho que me apetezca.

—¿Vendrás a cenar?

—No me lo perdería por nada del mundo —murmuró sin dejar de abrazarme.

Me reí divertida.

—Como llevas haciendo ya ni sé cuánto tiempo. Anda, que tienes un morro...

Sin embargo, esa noche, cuando volvimos a vernos, supe que algo había ocurrido. No lo camufló, su expresión llevaba el ceño ligeramente fruncido a pesar de que su mirada era la nueva que tenía conmigo. Me acerqué a él, ocultos en la penumbra del jardín de atrás, y con disimulo toqué su mano con mis dedos. Él atrapó la mía y la llevó contra sí dándole calor. Estaba tan guapo que me costó Dios y ayuda no darle el beso que cosquilleaba en mis labios.

—Hoy he recibido una llamada que me ha dejado bastante trastocado. No es nada grave —se apresuró a decir, al percibir la súbita tensión en mi postura—. Pero es algo que tengo que procesar.

Bajó la vista y, cuando la levantó, me sorprendió ver una sombra parecida al temor en sus ojos.

—No es que no quiera...

Le puse una mano sobre los labios y le sonreí tranquilizadora. Su mirada desvelaba en su brillante oscuridad que había cosas que necesitaba resolver él solo.

—Ya lo sé. No te preocupes.

Un movimiento que percibí con el rabillo del ojo me hizo separarme de él con suavidad. No quería que nadie anduviese cuchicheando tan pronto sobre nosotros; lo que comenzaba a existir era demasiado frágil para crecer bajo el escrutinio de más miradas. Sergio asintió y me rozó los nudillos antes de internarse en las sombras que llevaban hasta su casa.

No supe nada de él esa noche ni en todo el día siguiente. Esperé. Era muy consciente de que cada persona necesitaba su tiempo. Pero Sergio no apareció por La Bianca en tres días. Ni siquiera participó en las actividades, algo que no ocurría desde que se tomó aquellas vacaciones a regañadientes. Yo proseguí con mis rutinas, pero empezaba a preocuparme. Y también me notaba molesta. Una cosa era que necesitase tiempo, pero otra bien distinta que no hiciese aunque fuera una señal de humo desde su casa.

Supuse que se estaría quedando con Emilia o en algún hotel de su abuelo. Pero no quería preguntar, y eso me angustiaba. Por lo que había podido intuir, Sergio seguía llevando dentro mucho de lo que vivió con su hermano, y a saber lo que podía inducirle a pensar.

Así que dejé de retorcerme las manos y pasé a la acción. Si Mahoma no iba a la montaña, estaba claro lo que debía hacer.

> Esta noche haré lasaña. Te espero a las nueve y media para cenar.

No volví a consultar el móvil. Fui a Vilaflor a comprar las láminas de lasaña y luego me sumergí en varias sesiones. Dirigí una meditación, comprobé la elaboración de la cena del comedor y dejé la actividad encaminada. Esa noche no actuaría de perro guardián. Hacía falta en otro lado.

Había dejado montada la lasaña, solo quedaba cocinarla. Añadí un poco más de queso por encima y la introduje en el horno. Metí una jarra de agua con rodajas de limón en la nevera y abrí unas aceitunas con jalapeños que mordisqueé distraída mientras leía el chat de la familia, donde mi madre estaba intentando convencer a todos los que vivían fuera de que viniesen a pasar la Navidad a la isla. Marcos ya había claudicado, ahora solo faltaba Eli, aunque ella lo tenía más complicado al vivir tan lejos. Un viaje desde Finlandia con una niña pequeña y el gasto que conllevaba, después de haber estado en verano en la isla, no sería fácil de cuadrar, pero no dudaba del tesón de mi señora mi madre y su poder de convicción.

La cosa se estaba poniendo interesante cuando escuché unos toques en la puerta. Dejé el móvil sobre una mesita auxiliar y me apresuré a abrir. A pesar del frío de la noche, me llegó su aroma cálido antes de encontrarme con su mirada. Llevaba un grueso *trench* verde militar y una bufanda *beige* alrededor del cuello. Me tendió un paquetito envuelto en grueso papel turquesa, y cuando entró, me di cuenta de que se había cortado el pelo. Ya no había melena recogida en aquel moño ridículo que, en el fondo, me encantaba.

Le pasé la mano por la nuca, acariciando el pelo corto, y me atrapó con la bufanda de la que se estaba despojando. Su beso tenía sabor a sonrisas y a ganas, pero lo empujé poniéndole las manos en el pecho.

—Soo, fiera. Que se me quema la lasaña.

Me asomé al horno y lo apagué justo a tiempo. Abrí un poco la puerta y dejé que saliese el aire caliente. Me volví hacia Sergio. Se había quitado la chaqueta y llevaba una camiseta de manga larga de cuello amplio, muy a lo Maluma y sus acólitos. Sonreí. Incluso esa horterada le quedaba bien.

—¿Este cambio de look significa algo? —quise saber.

Él eludió la pregunta y cogió el paquete turquesa de mis manos para ponerlo lejos del horno.

—Es chocolate del bueno, no me gustaría que se derritiera.

Me apoyé en la encimera con los brazos cruzados. Se acercó a mí cauto.

—¿Estás enfadada?

Me tuve que reír. Aquello sonaba a niño pequeño culpable de alguna travesura.

—No. Más bien preocupada.

—Por eso me hiciste venir. O, más bien, me ordenaste venir. ¿Esto significa que estabas muy pero que muy preocupada?

El hoyuelo apareció, canalla.

«Oh, Dios, tiene ganas de jugar y me va a costar resistirme».

—Un poco.

Decidí ser franca. No ganábamos nada con dar vueltas alrededor del tema. Pero antes necesitaba crear un ambiente que no tuviese que ver con el deseo que flotaba como una nube entre nosotros y que era consecuencia directa de saber a la perfección lo increíble y asquerosamente bien que se nos daba la cama. Le pedí que se sentase y saqué la bandeja de lasaña. La coloqué encima de la mesa y, mientras se atemperaba, nos serví unos vasos de agua. Esa noche no habría alcohol. O, por lo menos, no de entrada. Necesitaba la cabeza y el cuerpo frío para poder ayudar a Sergio.

Si hacía falta, claro. No lo estaba viendo excesivamente preocupado.

—¡Qué buena pinta tiene todo! —exclamó observando el bol de tomates aliñados que había preparado para contrarrestar el sabor intenso de la lasaña.

—Sírvete —le dije—. Cocinar me relaja, y hace bastante que no preparaba nada. Desde que me visitó Marcos, creo. Lo cierto es que me gusta más hacer de comer si estoy acompañada.

—Te entiendo, me pasa lo mismo.

Me puso una fragante porción de lasaña en el plato y luego se sirvió él mismo. La probé: había quedado buena. Sergio hizo lo propio y cerró los ojos relamiéndose.

—Perfecta. Como me gusta, sin demasiado pringue pero lo bastante jugosa.

—Me alegra que esté rica.

Su sonrisa pareció acariciarme y todo mi cuerpo comenzó a latir.

—Come —le ordené, y casi se atraganta de la risa.

—¡Sí, señora! —logró decir.

Le tendí un vaso de agua y se lo bebió entero a grandes sorbos. Esperé a que se sosegase y comencé a hilar mi telaraña.

—¿Dónde has estado estos días? Te hemos echado de menos en las clases de yoga.

—Lo creas o no, he intentado hacerlas por mi cuenta aunque no estuviese aquí.

—A saber cómo te habrán salido esas asanas.

—No creas, me sorprendí a mí mismo. —Esbozó una sonrisa, pero luego su gesto se tornó serio—. Estuve en casa de un amigo. Bueno, realmente es un hotelito *boutique* que tiene en la costa norte, cerca de la playa de El Socorro.

Siguió comiendo, pero cada vez con mayor lentitud. Parecía como si la comida lo ayudase a formular las palabras que necesitaba.

—El domingo me llamó mi mánager, Armando. O el

que era mi mánager en las épocas en las que necesité uno. Me fui a Madrid tras la estela de Jairo, que estaba labrándose un nombre. Éramos muy diferentes: él era el artista rebelde y atormentado, el James Dean de turno, lleno de un talento diferente; yo, el comodín, el que lo mismo cantaba, bailaba o protagonizaba una comedia adolescente. Y así también eran nuestros caracteres. Quizá por eso, Jairo se enganchó más rápido a todo lo que le ponían delante. No te niego que yo no probase cosas, pero Jairo... Se aficionó a ellas junto con unos cuantos más que, si te lo contase ahora, no te lo creerías.

El tenedor estaba inmóvil en el plato y sus ojos, fijos en los míos.

—Yo adoraba lo que estaba haciendo. El actuar y todo lo que lleva aparejado siempre ha sido mi pasión. No me disgusta mi trabajo para el abuelo, al contrario, pero si me dieses a elegir, me quedaría con lo otro. Con eso que no hago desde que murió Jairo.

Se miró las manos que estaban encima de la mesa.

—Lo hizo en mis brazos, ¿sabes? Empezó a convulsionar y, en lo que llegó la ambulancia, sentí cómo exhalaba por última vez. Fue como si quisiese coger todo el aire del mundo y luego lo soltase casi a disgusto. Y se quedó inmóvil. Como una cáscara vacía. Por mucho que se lo llevasen al hospital con el propósito de reanimarlo, yo ya sabía que se había ido. Así, de pronto, en una noche que debería haber sido gloriosa. Acababa de ganar el Goya, le habían ofrecido un papel importante en la siguiente película de Trueba y decían que Almodóvar ya lo había fichado. Yo solo hacía películas chorras para jóvenes, pero era feliz en mi tesitura. Eso también se acabó ahí.

—Entiendo que, en ese momento, hubieses querido alejarte de todo. Pero si es tu pasión, como dices, ¿cómo has podido mantenerte distanciado de ella tanto tiempo, Sergio?

Se quedó callado y reanudó la cena. Comimos en silencio, él, rumiando su contestación, y yo, dejando que su interior se revolviese. Probablemente nadie le hubiese preguntado aquello de una forma tan directa. Al menos, nadie ajeno a su familia.

—Al principio lo hice como una especie de castigo, de culpa terrible. Si Jairo ya no estaba, yo no pintaba nada jugando a la estrellita. No me lo merecía. O quizá sintiese que, en el fondo, valía menos que él, que mi talento no era tan descomunal como el suyo. Pero creo que tuvo más que ver con sentir que, si hubiese permanecido más atento, Jairo no se habría metido en todo aquello.

Me bastó una mirada para entender que ya no era así. Y me lo confirmó negando con la cabeza.

—Me ha costado muchos años comprender que yo no habría podido hacer nada. Jairo ya estaba enfangado en mierdas antes de llegar yo a Madrid. Y lo que ocurrió la noche de los Goya fue un cúmulo de cosas que salieron de la peor forma. Alguien le dio algo adulterado, o que no era lo que le dijeron que era... No lo sé. Murió y ya está.

»Yo no volví a Madrid, me quedé en casa con los abuelos y con Emi. No quería estar solo allí. Tuve miedo y tampoco creo que hubiese soportado la presión de los medios y la prensa del corazón. Era una historia demasiado jugosa. Así que lo enterré todo, Nora. Mis ganas de volar y de vivir mil vidas a través del cine y del escenario.

Levantó la mirada y otro Sergio más se asomó entre las pestañas oscuras: uno doliente y resignado.

—Se puede llevar una vida a medias, disfrutando de cosas tibias y que resultan fáciles. Se llama sobrevivir con indiferencia. Pero siempre se necesitan respiraderos, y eso es lo que consigo yo con las clases con Ariana. Y alguna otra cosa más que hago cuando nadie me ve.

—¿Por qué lo ocultas, Sergio? ¿Por qué no lo vives como te lo pide el cuerpo? Ha pasado mucho tiempo desde lo de Jairo, y lo que creas que hayas tenido que purgar lo has pagado con creces.

—Siempre pensé que mi momento había pasado, que ya no valía la pena lamentarse por lo que pudo haber sido y no fue.

Su expresión se alteró y se pasó la mano por la nuca. Supe que estábamos llegando a lo que lo había hecho alejarse de La Bianca durante tres días enteros.

—Armando me ha llamado para contarme que tiene algo para mí. Van a rodar una serie en Fuerteventura, del estilo de *Hierro*. ¿Sabes cuál te digo, la que protagonizó Candela Peña?

Negué con la cabeza. Estando en Bali, no había hecho mucho caso a la actualidad de las series españolas.

—Deberías. O mejor, si quieres, la podemos ver juntos. Pero espera, que me distraigo de lo que te iba a contar. Es una coproducción, con dos o tres actores grandes nacionales y el resto serían actores canarios. Me ha dicho que hay un personaje en el que yo encajaría a la perfección. Y sé que hay tortas para llevárselo.

Dejó de mirarse los nudillos, que descansaban sobre la mesa al lado del plato vacío.

—Es una buena noticia, Sergio —dije con suavidad—.

Que después de tantos años te tengan en cuenta es algo fantástico.

—¿Crees que debería considerarlo? ¿Que debería dar el paso, por lo menos para quitarme el mono de esto que llevo anhelando desde...?

Lo observé con detenimiento. Y supe qué decirle, lo leía claramente en su rostro.

—Tú ya lo has decidido. Y lo vas a hacer. Vas a probar.

No dijo nada, y sus dedos tamborilearon sobre la mesa. Puse las manos sobre las suyas y las apreté con suavidad.

—No te sientas culpable por eso. Si tu cuerpo te lo pide de verdad, es el momento de hacerlo. Concédete esa oportunidad de volver a vivir a manos llenas. No tienes que rendir cuentas a nadie, solo a ti mismo. Y ni eso.

—A ver, no es que el papel sea mío. Necesito pasar un *casting* primero.

—Por supuesto. A ver si te crees que te lo van a dar por tu cara bonita.

Le sonreí y conseguí que se contagiase. Me levanté y me senté en su regazo. Algo inenarrablemente bonito contrajo mis entrañas y puse mis manos a ambos lados de su cara, admirando su obvia belleza masculina.

—Hazlo, aunque estés muerto de miedo. Porque el miedo ha sido tu acompañante durante demasiado tiempo. Por una vez, ve y disfrútalo. Dalo todo, echa los restos, no dejes nada en tu interior. Y luego se verá el resultado. Pero por lo menos tú te habrás dado el gustazo de verte de nuevo haciendo lo que más te gusta.

Y aunque lo escuché musitar que ahora mismo había otras cosas que le ponían mucho más, como una hierbas sexy y mandona, supe que Sergio había dado un paso de gigante.

Era consciente de que ese paso podía alejarlo de mí de varias formas muy reales. Pero también sabía que las cosas irían encajando, ya lo estaban haciendo de forma paulatina e inexorable, y el tiempo diría cuándo sería el turno de que la pieza llamada Sergio Fuentes lo hiciera en mi vida. Para siempre.

26

Nora

2013

Algo había cambiado entre Nora y Reed desde que él se había ido a pasar periodos relativamente largos en Turkana. No era un distanciamiento, al revés: por lo menos para Nora el no tenerlo cerca hacía que quisiese, de alguna forma, afianzar los lazos que los unían. Como si, con eso, fuese capaz de desactivar esa cuenta atrás interna dándole más dosis de realidad a su relación.

Cuando Reed le preguntó a qué se refería, fue franca.

—No me siento integrada en tu entorno. No en el de Kenia, sino en el tuyo real, el de Estados Unidos. Tú ya conoces a mi hermano Marcos y al menos mi madre te ha saludado por Skype. Yo, en cambio, no conozco a nadie.

—¿Y crees que eso supondrá algún cambio?

—No lo sé. Pero si algo en mi interior lo está pidiendo, será que es un tema que se ha convertido en importante para mí.

No podía entender por qué la expresión de su novio se cerraba tanto cuando le hablaba de su vida en Estados

Unidos. Y mientras batallaba para evitar que un sentimiento de inferioridad se adueñara de ella una vez más, dejó sin pronunciar las palabras que ambos sabían que se estaba callando.

«¿Te avergüenzas de mí? ¿Por qué me ocultas?».

Aquella discusión había tenido lugar justo el día en el que él recibía a unos amigos americanos y le había dicho a Nora que no vendría a cenar. Ella se quedó con la boca abierta incrédula, agarrando el teléfono como si fuese su salvavidas en medio de aquella tormenta repentina. Pero no pronunció palabra e intentó buscar una explicación lógica a que Reed no le hubiese pedido que fuese con él.

«Quizá sea una noche de chicos, de reencuentro. Debo respetar eso. Seguro que los conoceré en la siguiente».

Pero no ocurrió así. Pasaron unos días y Reed no hizo un solo gesto para incluirla en los planes con sus amigos. Nora tragó sapos y culebras hasta que decidió ponerle las cosas claras. Lo llamó por teléfono en un momento de descanso del trabajo y él se lo cogió al tercer tono. Su voz sonaba jovial, diferente a la de los últimos días.

—*Honey*, justo iba a llamarte. ¿Te vienes a cenar hoy? Quiero presentarte a mis amigos.

El alivio fue como una cascada caliente y Nora se mordió la mejilla por dentro hasta hacerla sangrar. Y, a la vez, se enfadó consigo misma.

«¿Ya estoy otra vez dependiendo de la aprobación de otros para darme valor?».

Pero no pudo evitar sonreír y aceptar.

—Estoy en el Westgate, voy a comprar unas cosas y si quieres nos vemos en mi casa a las seis. Necesito tu ayuda para preparar los entrantes.

—Allí estaré —dijo ella, y por último susurró un «te quiero» muy suave, tanto que no estuvo segura de que Reed lo escuchara. Colgó y dejó el teléfono en la sala de descanso. Sabía que había una nueva llegada de varias niñas del oeste de Mathare. Cerró los ojos cogiendo fuerzas. Las niñas pequeñas la afectaban especialmente.

Por eso, por estar atareada con recibirlas junto al equipo médico y activar todos los protocolos necesarios, no se enteró de lo que había pasado. Era el 21 de septiembre de 2013, un día aciago para el país. Un grupo de hombres armados entró en el centro comercial Westgate y disparó indiscriminadamente a quien encontró por el camino, además de tomar rehenes de diferentes nacionalidades.

Los terroristas no pararon de sembrar el caos y la muerte durante lo que pareció una eternidad, buscando a los llamados infieles para ejecutarlos sin piedad alguna. El ejército y la policía keniana mantuvieron rodeado el centro comercial durante casi tres días, sin poder acceder a él y siendo testigos de cómo incluso parte del inmueble se derrumbaba por un incendio provocado por los asaltantes.

Nora se aferró a sus amigos, que la acompañaron en su casa mientras la televisión daba las últimas novedades acerca del atentado. No durmió, no comió y gastó todo el saldo de su móvil llamando a Reed una y otra vez, sin conseguir hablar con él. La ansiedad la devoraba, porque no hay cosa peor que la incertidumbre sobre un ser querido. Su esperanza oscilaba de la absoluta seguridad de que Reed habría sabido cuidar de sí mismo, hasta la oscura certeza de que no había sobrevivido.

«Es un grupo extremista islámico, y Reed es la personalización de todo aquello que odian».

El miércoles, cuando comenzaron a identificar a los muertos una vez terminado el asedio, Nora se plantó en el sofá y decidió no levantarse hasta saber qué había pasado. Pero sus ansias pudieron más que ella y se vistió para salir a la calle. Si tenía que asaltar algún lugar para conseguir información, lo haría.

Por suerte, la tecnología le facilitó la vida. Cuando iba caminando a toda prisa por su barrio, una alerta de Google le saltó en el móvil. Paró junto a una farola y casi se derrumbó contra ella cuando leyó la noticia.

> El norteamericano Reed Parker, uno de los primeros identificados como víctimas del ataque terrorista. Su acompañante, Verity Johnson, ha resultado ilesa al creer los atacantes que había muerto junto a su prometido. El fallecido es hijo de uno de los congresistas más eminentes del Partido Demócrata...

A Nora se le cayó el móvil de las manos del temblor que inundó todas sus terminaciones nerviosas.

«¿Muerto?».

«¿Prometido?».

Aquello no podía ser. Era su pareja, no la de aquella mujer. El corazón comenzó a golpear su pecho como un martillo percutor y se lo agarró, como si temiese un infarto. Le faltaba el aire y la ansiedad le nubló la vista.

«No puedo permitirme entrar en pánico. Necesito averiguar la verdad».

Se masajeó las sienes intentando pensar. Y la idea cayó sobre ella como un rayo.

«La embajada americana. Es allí donde debo ir».

Pero no fue tan fácil. Si no era ciudadana americana, no tenía derecho de pedir nada a los funcionarios que la miraban con pena. Incluso el embajador, a quien consiguió ver de refilón, le sugirió que se fuera a casa.

—El muchacho ha muerto, miss. No hay nada más que hacer.

—Pero quiero...

—No lo van a enterrar aquí. Su familia se lo llevará a Washington.

Sintió que se quedaba sin fuerzas. Intentó disimularlo, pero fue superior a ella. El hombre le puso una mano en el hombro consolador, y ella se mordió los labios hasta hacerse sangre.

—Quiero verlo.

—No creo que deba hacerlo. Su cuerpo ha permanecido demasiados días en el centro comercial. Quédese con la imagen que tiene de él.

«¿La de mentiroso compulsivo?».

Entonces se le ocurrió otra vía para acceder a aquello que su corazón y su mente demandaban.

«Necesito ver a sus padres, decirles que yo le quería. Que estábamos juntos y que me dejen llorar junto a ellos».

—¿Y dónde está ingresada la señorita Johnson? Quisiera darle el pésame y ver cómo se encuentra.

—Lo siento, eso es información que no puedo facilitarle.

Pero ella sabía que no le costaría demasiado conseguirla. Movió hilos en el tejido sanitario capitalino y descubrió que estaba en el Aga Khan. Y de allí no se movería en unos días, así que hizo caso de su sentido común y se fue a casa. Se duchó, comió algo poco nutritivo y dormitó unas cuantas horas hasta que los rayos del sol keniata inundaron su habitación, tan vacía y llena a la vez.

Vacía de Reed, de su gran y acogedor cuerpo, de su risa alegre y de la voz grave que solo se suavizaba con una taza de buen café del país.

Llena de sus cosas, de ropa encima de las sillas, de un libro sobre la mesilla de noche y repleta de dudas, ira y decepción.

Nora se vistió con cuidado y decidió gastarse el dinero en un taxi. Ya volvería como pudiese. Llegó al Aga Khan a las diez de la mañana, después de comerse las uñas en un atasco interminable, y entró tras recibir un mensaje de su contacto.

Está en la planta cuarta, al final del pasillo.
Habitación 412.

Nora se sacudió el pelo y miró su reflejo en la puerta de aluminio del ascensor. Las ojeras eran visibles incluso en aquella superficie desdibujada. Bajó la vista y se apeó en la cuarta planta.

Delante de la puerta de la habitación 412 había un hombre con traje y pinta de gorila. La miró y meneó la cabeza.

—No se puede pasar.

—Por favor, quisiera ver a la paciente. Era... amiga de Reed Parker.

—Lo siento, no está autorizada.

Le dieron ganas de darle un puntapié. No había imaginado esa clase de obstáculo. Y con la cara de mala leche que tenía aquella mole humana, ni siquiera podía camelárselo con armas femeninas.

Entonces la puerta se entornó y Nora dio un respingo. De la habitación salió un hombre alto con los ojos enrojecidos. Su calva oscura brillaba tanto como sus gemelos y sus zapatos de cordones, y llevaba del brazo a una mujer blanca muy delgada, vestida con elegancia y con un rictus de amargura permanente en sus labios. Él levantó la vista cuando vio a Nora, y fue quizá la expresión de sus ojos lo que lo hizo pararse.

—¿Quería algo?

Nora suspiró nerviosa. Tenía ante ella a los padres de Reed, se hubiese jugado el cuello a que eran ellos.

—¿Señor Parker?

El hombre asintió y sus ojos castaños se enfriaron, como si lo tuviese ensayado.

—¿Quién es usted?

—Soy Nora Olivares.

Ella esperó que mostrase algún tipo de reconocimiento, pero no fue así. Ni él ni la garza que estaba a su lado. Y su corazón se estremeció de frío. Tragó saliva, pero sacó fuerzas para pronunciar las palabras que tenía en la recámara.

—Su hijo y yo manteníamos una relación. Éramos pareja. Por eso estoy aquí.

Sus ojos se inundaron de lágrimas, pero ni siquiera eso logró conmover al hombre. Negó con la cabeza y levantó la mano, como ahuyentando un mosquito.

—Nunca nos habló de usted. Y la novia de mi hijo es la chica que está ahí dentro. Así que deje de molestar y permítanos vivir nuestro duelo en paz.

Entonces, a la desesperada, sacó su móvil y les mostró una foto de Reed y ella, abrazados y brillando de felicidad. El hombre volvió a ignorarla, aunque la mujer sí se quedó observando la imagen.

—No nos importune más. Hemos perdido a nuestro hijo.

Pero Nora no lo miró a él, sino a la mujer, que tragaba nudos y no se movía de delante de la foto. Parecía luchar contra las ganas de decirle algo. Sin embargo, el hombre tiró de ella y casi la arrastró por el pasillo, haciendo que sus tacones repiqueteasen en un rápido *staccato*.

—Por favor, debe irse —le dijo el gorila, y ella asintió devastada. Solo entonces levantó la vista y miró dentro de la habitación. Allí, una mujer afroamericana que se parecía a Michelle Obama de joven tenía la vista clavada en ella.

Nora se sintió mortalmente cansada, como si todas las fuerzas la hubiesen abandonado a su suerte. Se fue arrastrando los pies del hospital y llegó a su casa como una zombi. Pasó la noche llorando desconsolada, pero cuando el sol coloreó de dorado su cama, se secó la última lágrima que se prometió verter por Reed Parker.

Ese día dejó su trabajo y compró un billete al primer destino que le pareció lo bastante lejano: Bali, con su promesa de serenidad y olvido, de palmeras danzarinas y cócteles en los que ahogar las penas. Podría haber sido cualquier otro, pero la convenció el precio del billete y el vuelo directo. No sería capaz de deambular por mil aeropuertos, necesitaba ser práctica.

Nora cambió de país y de vida como quien se amputa un brazo. Pero la estancia en Bali no resultó como ella esperaba.

Necesitaba sanar, y no sabía cómo hacerlo. Volvía a sentirse insuficiente, a no tener valor como persona, y ahora no contaba con nadie que la ayudase a superarlo.

Con el tiempo, se daría cuenta de que debía ser ella misma la protagonista del cambio. Pero al principio se refugió en su choza sin ganas de volver a la vida, hasta que no le quedó otra que hacerlo.

27

Sergio

Lo que había en mi interior era una marejada. Y de las grandes.

Visto desde fuera, quizá no pareciese un gran drama. Pero todo lo que llevaba sucediendo desde que La Bianca se convirtió en un lugar que removía el interior de quien cayese dentro de su capullo de seda era *heavy*. Como si de un efecto dominó se tratase, las fichas habían comenzado a caer y ahora no sabía cómo sentirme. Me encontraba ante una encrucijada y estaba cagado.

Supongo que, para alguien que ante las cosas duras de la vida optaba por esconder la cabeza, el tener que decidir y enfrentarse a todo aquello que había escondido durante años no era plato de buen gusto.

Y eso que lo más difícil estaba hecho.

Tenía claro que iría al *casting* y que, si salía bien, me embarcaría en la serie.

Lo que no sabía era qué hacer con el resto. Cómo configurar mi vida combinándolo todo.

Acabé poniéndome de un humor de perros. El no tener las cosas controladas, siempre a mano con mi pose de indiferente diversión, me descuadraba totalmente. Y lo estaba pagando con quienes me rodeaban.

Me aislé de forma voluntaria y me convertí en ermitaño durante unos días. Quería resetear, entender quién era ahora. Visité todas las fincas de las empresas del abuelo, esas donde había empleado tiempo y esfuerzo para hacerlas lo más productivas y sostenibles posibles, mis favoritas. Pasear entre huertas y frutales me calmaba y me hacía recordar por qué me había volcado tanto en todo lo que tuviese que ver con el sector primario. Después de tanto oropel, la competitividad, las puñaladas y las fiestas que había vivido en Madrid, el olor de la tierra húmeda y observar cómo la vida se abría paso en las fincas había sido sanador.

Ahora tenía cuarenta y dos años y veía las cosas de otra forma. Ya no era un adolescente crecido que miraba todo con ojos maravillados. Si quería embarcarme en un proyecto relacionado con aquel universo, era porque me lo pedía el cuerpo. Quizá saliese o quizá no. Tal vez luego no hubiese más propuestas, o sí, a saber. Pero tenía que comenzar por la primera.

Visité las otras empresas de servicios, los hoteles, los terrenos en el Puerto de la Cruz donde el abuelo quería construir un hotel que devolviese el brillo a aquel enclave turístico.

¿Me apetecía realmente gestionar todo aquello? ¿Me llenaba como lo hizo en su momento?

No me gustó enfrentarme a eso porque la cruda realidad era que no, que aquello se había tornado en algo que hacía por lealtad al abuelo. Todo funcionaba sin mí, había gente competente al mando. Yo ya no aportaba nada. Pero no podía dejar en la estacada a Juan Ayala, eso significaría no asegurar la sucesión, la continuidad de las empresas. Sí, estaba Emi, pero ella sola no podría con todo cuando el abuelo faltara.

La idea se cruzó por mi mente como un cometa que iluminaba el cielo nocturno y causó el impacto de un meteorito. Me deslumbró tanto que me lo guardé, lo enterré bajo capas hasta que fuese capaz de interiorizarlo.

Porque tenía demasiadas cosas en las que pensar. O tal vez no. Lo que habitaba en mi cabeza se resolvía sintiendo, no pensando. Y ahí entraba en juego eso que llenaba mi ser con una fuerza inexplicable y que me hacía sonreír como un tonto en medio de toda la mierda que me rodeaba: las ganas de vivir con Nora en La Bianca y mandar a tomar por culo el mundo, solo disfrutando de lo que fuera que había entre nosotros y que vislumbraba que no era un calentón pasajero.

Joder.

Sabía que estaba poniendo a prueba su paciencia, esa serenidad que parecía proporcionarle siempre las palabras perfectas para resolver cualquier cosa. Pero ella también era humana, y supongo que el tener que aguantarme mustio y antipático hizo que la última noche antes de irme a Madrid se hartase de mis silencios pesados.

Me cogió de la mano y me sacó a la fría noche de diciembre. Su mirada se congeló al observarme.

—Ya vale, ¿no? No te veo en varios días y, cuando vuelves, estás como para regalarte. ¿Qué leches te pasa?

Cerré la boca obstinado. La luz de la luna bañó su pelo y parecía una reina de hielo dispuesta a convertirme en muñeco de nieve.

—Levanta la cabeza y mira lo que pasa a tu alrededor, Sergio. No seas niño. Estás delante de un cambio en tu vida, de algo que has deseado siempre, ¿y qué es lo que haces? Convertirte en una nube negra.

—No es fácil, Nora...

—Claro que no lo es. Los grandes cambios nunca son un camino de rosas. Suelen estar acompañados de miedo, tensión, ansiedad y una gran dosis de inmovilismo. Está en ti gestionarlo y afrontar todo esto con una actitud mejor que la que has decidido adoptar.

Me cayó mal. ¿Quién se creía que era, la dueña de la verdad absoluta?

—No tienes ni idea de todo lo que se me pasa por la mente, así que no me juzgues.

—No te estoy juzgando. Y no sé qué son todos esos pensamientos porque no los compartes conmigo. Joder, Sergio, yo te puedo ayudar.

—No necesito que hagas de psicóloga conmigo.

—No es mi propósito. Quiero ayudarte como amiga tuya que soy.

La voz le vibró un poco más alta de lo normal y supe que se había guardado mucho de no seguir con la frase.

«No eres solo mi amiga. Eres mi amor, y yo soy tan gilipollas que no te lo digo».

Me pasé la mano por la cara, pero no fui capaz de emitir una palabra. Ella esperó y luego miró hacia otro lado.

—Tú ya sabes lo que quieres, Sergio. Solo tienes que decírtelo en voz bien alta. Ve a Madrid y saborea eso que tanto anhelas. Y cuando vuelvas, pregúntate si sigues queriendo lo mismo.

Se dio la vuelta para irse, pero la cogí con suavidad de la muñeca para hacer que me mirase.

—Hay cosas que tengo mucho más claras que otras.

Y le acaricié el rostro. Ella se estremeció, pero quitó mis manos con tranquilidad.

—Cuando vuelvas, hablamos. Lo único que te digo es que yo voy a seguir aquí contigo o sin ti. He vivido demasiado para estar con tonterías. Aclárate, Sergio, y después veremos si esto tiene sentido. Y yo también pensaré en cosas que son solo mías. A ver si crees que eres el único que guarda nudos dentro.

Entendí que era mejor no seguirla y dejar que volviese a su cabaña. Yo hice el camino de regreso a la mía, molesto y algo cabreado, aunque tras una ducha esos sentimientos se diluyeron en una vergüenza que escocía. Me estaba comportando como un idiota. Y después de mucho tiempo tuve que tomarme una pastilla para dormir, porque mi cabeza iba demasiado rápido y necesitaba descansar para el día siguiente.

Madrid me saludó con un precioso día invernal que nos regalaba placas de hielo en las aceras y todo un despliegue navideño en cada rincón del centro. Armando me había reservado una habitación en un hotel de moda de la Gran Vía, donde paramos para dejar mi equipaje, y luego tomamos un almuerzo rápido en Huertas, uno muy liviano y aderezado con agua, porque tenía la prueba en las oficinas de la productora por la tarde.

—¿Te han dicho algo del material que les envié? —le pregunté a Armando mientras intentaba no fijarme en que se le había quedado enganchada una hoja de espinaca en un colmillo.

—Si estamos aquí, es que les gustó. Es la prueba final, Sergio. Esta gente no se anda con chiquitas. Así que tú hazlo como sabes y saldrá.

—Te recuerdo que llevo fuera de todo esto más de veinte años —comenté, por si se le había olvidado.

Armando frunció el mostacho y rumió su respuesta.

—Cuentas con la ventaja de que tuviste un nombre. Y actores canarios en esa tesitura tampoco hay tantos. Solo espero que hayas explorado el personaje, no es sencillo.

Me encogí de hombros. A decir verdad, no lo había preparado como debería. Había tenido bastante con lidiar con mi marejada. Pero el personaje de Pedro estaba hecho para mí. Lo había ensayado alguna vez con diferentes registros y me había sentido muy cómodo. Por eso no estaba nervioso.

No tardamos mucho en ir hacia el *casting*. Entré en la habitación donde estaban el director y dos personas más, dije mi nombre y la cámara comenzó a grabar.

El personaje era el del hijo del protagonista, un hombre hosco y cansado de los tejemanejes de su padre, un cacique isleño. Me habían mandado una separata donde la escena se desarrollaba con un monólogo de Pedro, en el que dejaba entrever sus emociones de una forma sutil. Me metí en el personaje, en esa forma de ser dura y hacia dentro pero que dejaba vislumbrar un punto de sensibilidad, y el texto fluyó con confianza, como si realmente me hubiese convertido en Pedro.

Noté cómo me hacía dueño del lugar y del espacio, y cómo una callada euforia me recorría las venas. Esa sensación... era la que tanto había echado de menos.

Tuve que parpadear varias veces al terminar, intentando no dejar entrever mi emoción. Y el director, tras echar una rápida ojeada a su equipo, me pidió que lo volviese a hacer, pero esa vez dándole un matiz totalmente diferente a Pedro: ahora debía ser un perdonavidas al que casi nada le importaba, un canalla que, en el fondo, poseía algo de conciencia. Cogí aire y lo sentí: cómo otra identidad me inundaba, cómo todo aquello que aprendí tanto tiempo atrás me ayudaba en ese nuevo ejercicio.

Era como meterme en las costuras de un traje hecho de forma expresa para mí, suave y recio a la vez.

Me pidieron que leyese otra escena, un diálogo con un personaje al que dio vida una de las mujeres de la sala. Lo leí con rapidez para captar su esencia y vi que el tono que debía usar era seco y esquivo. Por primera vez, sentí que sudaba bajo el foco pero intenté controlar la situación. Ya estaba al final, lo notaba, solo debía asegurar que quedaba redondo.

La prueba terminó con el consabido «ya te llamaremos», aunque lo percibí más afectuoso de lo que recordaba. O quizá fuesen mis ganas de que así fuera. Porque sí, aquellos momentos bajo la luz del foco y rodeado de gente me habían sabido a gloria. Como si se hubiese avivado algo muy aletargado en mi interior, un caimán con dientes afilados que quería romper las telarañas que envolvían mi instinto.

«¿Y si no te cogen? ¿Qué vas a hacer con esto ahora, con el hambre que no podrás saciar con otra cosa?».

Armando me dejó en el hotel, pero no me apetecía quedarme encerrado entre cuatro paredes. Necesitaba moverme, soltar la energía que se había quedado zumbando en mi interior tras la catarsis en el estudio. Poco a poco me fui tranquilizando mientras el Madrid más castizo pasaba ante mis ojos. La prueba había sido como un chute, la confirmación de que mi pasión interpretativa seguía viva, pero no podía caer rendido ante aquella reacción tan visceral. No era tonto, sabía que aquello se sentía así porque se parecía demasiado a cuando en las clases con Ariana dominábamos una coreografía.

Caminé y caminé sin pensar en un destino concreto, hasta que me di cuenta de dónde estaba. Allí, a mitad de calle, había estado el Macao Lounge. Ahora era una lavandería y un minimarket. Al dividir el local, ni siquiera habían preservado la puerta donde Jairo había agonizado hasta la muerte. Me quedé de pie allí, en el punto exacto en el que suponía que había ocurrido todo, y me di cuenta de que ya nada de eso existía. La vida había pasado por encima de aquel escándalo y ya no quedaba nada de él. Solo mis recuerdos y la añoranza de quienes quisimos a Jairo.

No era la primera vez que me presentaba en aquel lugar, pero sí hacía bastante tiempo de la última. Ahora todo estaba irreconocible, y cuando me vi reflejado en un escaparate, me dije que yo también. Ya no era el niño asustado que vio morir a su hermano.

No, yo no era el mismo, y eso significaba que necesitaba empezar a vivir de forma diferente, como realmente deseaba y no como me había impuesto, guardando luto a una vida a la que era imposible volver.

Di media vuelta y regresé sobre mis pasos, meditabundo. Y a cada metro que dejaba atrás, también lo hacían mis dudas y las antiguas certezas.

Cancelé la cena que tenía con un antiguo conocido y seguí caminando sin rumbo fijo, callejeando por todo aquel asfalto que fue escenario de mis ansias adolescentes de comerme el mundo. Me senté a degustar un colorido sándwich coreano y luego pedí un *smoothie* muy verde que me hizo sonreír.

«Nora Olivares y sus hierbas».

Se me retorció el estómago de las ganas de verla y me dije que aquel echar de menos era del bueno, del que daba vida y no del que se enquistaba.

Y allí, con las piernas estiradas bajo la mesa y con la ciudad en pleno bullicio navideño, decidí varias cosas.

La primera, que si me ofrecían el papel, lo aceptaría.

La segunda, que contrataría a un gerente para sustituirme y desvincularme del día a día. Y, con el tiempo, hablaría con Emi sobre cómo quería hacer la sucesión. Me adaptaría a lo que ella dijese. Al final, ella era la heredera del espíritu empresarial del abuelo. Yo podía tener unas cuantas buenas ideas y podía asesorar en determinado momento, pero la joya de la corona era mi hermana.

La tercera, que quería seguir haciendo yoga por las mañanas y ver el cielo salpicado de estrellas por la noche.

Y la cuarta y la más importante, que estaba enamorado como un loco de Nora Olivares y que lo que más deseaba era poder despertarme a su lado todas las mañanas, zumos verdes incluidos.

Sonreí y me levanté de la mesa. De pronto, el mundo parecía más nítido y lleno de colores. Como si fuera más fácil respirar. Y quizá fuese así.

28

Nora

2013

Había algo en el olor de Bali que sosegaba el alma. La humedad, las especias chispeantes, la sabrosa acidez de las frutas y la mezcla de aromáticos inciensos conformaban una atmósfera única, propia de la inmensa isla de rostros sonrientes que rodeaban a Nora como un recordatorio de que la vida seguía y que no valía la pena sufrir por algo como lo que le había ocurrido.

Esa era la teoría, claro.

Un mismo hecho podía percibirse abismalmente diferente por dos personas dependiendo de su ánimo y de sus experiencias anteriores.

A Nora se le volvió a caer el mundo encima después de lo acontecido en Kenia. De nuevo, las garras afiladas de la insuficiencia y de la culpa se cebaron con ella, rescatando dolores antiguos como el que nunca se mitigó tras la muerte de su padre y la tragedia de Elisa. Y a esos dolores se sumaba en aquel momento la sensación de que tampoco para Reed había sabido ser lo bastante importante.

Fue una época de miseria espiritual y dejadez física, de una depresión como la copa de un pino que nadie diagnosticó ni trató a pesar de encontrarse en el lugar que le hubiera podido ofrecer mil y una herramientas para ello. Tampoco ayudaba que Nora apenas saliese del bungalow que había alquilado en Canggu. Y eso que estaba en un lugar rodeado de gente, de servicios, y, sobre todo, de mar. Se levantaba por la mañana y ni siquiera la visión del paraíso que se extendía desde su ventana era capaz de levantarle el ánimo. Eso la enfadaba: se estaban gastando sus días de visado y lo único que hacía era mirar hacia el infinito y sentirse inútil.

Nora conocía las fases del duelo, las había estudiado de pe a pa, pero en su caso estaban bailando la lambada con toda la alegría del mundo; la depresión había llegado antes que la ira, y la negociación brillaba por su ausencia. Sus sentimientos eran erráticos, descoordinados, primitivos, sin una pauta que ella misma pudiese analizar y trabajar.

Una mañana se levantó presa de una ira que le dio ganas de romper algo; una sensación que la empujó a salir de su casa sin siquiera lavarse la cara, solo con ganas de hacer algo hasta cansarse y sacar de dentro ese alien que amenazaba con devorarla. Pensó en correr y convertirse en la Forrest Gump balinesa, meterse en el mar y nadar hasta no tener fuerzas, o golpear el tronco de una palmera hasta hacerse sangre en los nudillos.

Y decidió hacerlo todo. Salir de su inmovilismo y reventarse hasta que no le quedase un solo cable eléctrico que la amenazara con electrocutarse por dentro.

Sin embargo, tres elementos externos se dieron casi a la vez para que Nora no despilfarrase la poca energía que atesoraba en actividades que no la iban a ayudar a largo plazo.

El primer elemento fue Bridget. Tan magullada como Nora pero, en el fondo, deseosa de dar y recibir cariño, la perrita de tres patas apareció en la puerta de Nora justo una tarde en la que escuchaba por enésima vez «All by myself» y emulaba a Bridget Jones comiendo helado medio derretido. Asqueada de sí misma, tiró el bote a la basura y abrió la puerta para salir a la calle y emprenderla a pedradas con algo. O lo que fuera que la ayudase para sacarse de dentro toda la mierda que la apestaba.

La perra no era bonita, le faltaba media oreja y una de las patas traseras. Pero su mirada era noble y compasiva, y fue ese espíritu bondadoso el que dejó clavada a Nora en su huida hacia la violencia contra algo que no fuese ella misma. Era como si un humano la mirase a través de unos ojos marrones y le sonriese con el hocico flaco y afilado. Al ver a Nora, se sentó y emitió un ladrido corto a modo de saludo. Y algo en ese sonido hizo añicos su coraza. Se puso de rodillas delante de la perrita, sucia y probablemente llena de parásitos, y decidió que si había venido a buscarla, era por algo.

Gracias a Bridget, se adentró en la vida de su barrio. Compró champú desparasitador y comida para perro, antiséptico, vendas, esparadrapo, un cepillo de cerdas tiesas y una correa, por si acaso. Bridget movió el rabo contenta, y se fue con Nora a su casa, donde, al cabo de una hora, estaba limpia y con sus heridas más recientes curadas y vendadas. Y ahí comenzó su labor de sanación de Nora: con un par de ladridos y miradas hacia la puerta, su dueña tuvo que abandonar el enclaustramiento y salir a pasear para que hiciera pis y caca. Y así un día tras otro, con la sabia perrita llevándola a lugares donde, al poco tiempo, acabó sentándose en un bar y tomándose un zumo de las jugosas frutas balinesas.

Poco a poco, el tener una responsabilidad y alguien que le daba un cariño incondicional fue haciendo que Nora volviese a mirar la vida de otra forma, ya no teñida del gris de la tristeza. No era de un color radiante, pero, por lo menos, no costaba tanto respirar. Y al ver que aquello le facilitaba la vida en su sentido más primitivo, el de existir, decidió no atormentarse más con los análisis infructuosos de la situación. Un pie delante del otro, día tras día, intentando conformar un camino, junto a las huellas asimétricas de Bridget.

Fue también la perrita la que obró el segundo milagro. Por alguna extraña razón, Nora había evitado la playa. Ella, hija del Atlántico, que había crecido en remojo en agua salada, parecía rehuir su abrazo frío. Pero Bridget tenía otras ideas en su pequeña cabeza canina y, al poco tiempo, la obligó a ir tras ella hasta la playa de Batu Bolong. Era temprano, pero Bridget había estado inquieta y Nora decidió levantarse aunque el cuerpo le pidiera más sueño.

La playa parecía inmensa con la marea baja y el aire marino penetró en los pulmones de Nora como si estuviese cargado de una dosis de oxígeno extra.

«No siento el mar desde hace mucho. ¿Me querrá todavía, a mí, a su amante desleal?».

Bridget correteaba con pequeños brincos que buscaban el equilibrio y ladró un par de veces al notar el agua del mar. Su rabo comenzó a moverse desenfrenadamente y Nora rio con ganas. Eso la hizo pararse sorprendida, y no se dio cuenta de que el océano le acariciaba los pies hasta que notó las salpicaduras de la algarabía de la perra. Se quedó quieta, cogió aire y fijó la vista en el horizonte. Aquel era un lugar muy lejano de sus islas, pero el mar, aunque no fuera el mismo, sonaba igual de familiar. Respiró un rato en silencio, y por primera vez en mucho tiempo no sintió la atroz dualidad de la soledad y la culpa. Como si aquel amanecer hubiese sido una especie de bálsamo para su alma.

Después de aquella mañana vinieron más. Y llegó el día en el que volvió a meterse en el agua, deslizándose entre las olas con un regocijo que creyó perdido. Y, finalmente, claudicó comprándose unas gafas de snorkel para disfrutar aún más de la sensación de ligereza y silencio que solo conseguía bajo el agua.

El tercer momento clave en esos primeros meses de estancia en Bali fue un sonido proveniente de su móvil y al que llevaba dando esquinazo semanas: la melodía de una videollamada de Skype que sabía que provenía de su familia.

Nora había puesto al tanto a su madre y a sus hermanos de lo ocurrido, aunque no había querido ahondar en la parte de la prometida de Reed. Para ellos, Nora estaba viviendo su pena por la muerte del americano en soledad, como necesitaba, a pesar de las intenciones de todos y cada uno de los miembros de la familia de irla a buscar. Pero al final, entre la negativa de Nora y las tropecientas horas de viaje, nadie se le había plantado en Canggu, o por lo menos por ahora. Marcos se hallaba desaparecido en algún lugar secreto y Nora rezaba por que no se le ocurriese hacer una parada en Bali. No quería ver a nadie ni hablar con nadie. Y, sobre todo, que la viesen a ella.

Por eso, el tono de llamada de Skype le puso los pelos de punta de disgusto. Pero cuando miró quién era, se desinfló totalmente. Se trataba de Elisa, y su corazón le debía demasiado para no cogerlo. Deslizó el dedo por la pantalla con pulso tembloroso y allí estaba Eli, pálida y delgada, sin la chispa que siempre la hizo destacar. Nora tragó saliva, pero su hermana se le adelantó fabricando una sonrisa tan llena de amor que sus ojos se desbordaron.

—Ay, Eli... —apenas pudo balbucear antes de que unas lágrimas gruesas inundasen su rostro. A Elisa le tembló la barbilla, pero mantuvo la sonrisa acogedora y cálida, como era ella.

—Llevo queriéndote llamar mucho tiempo, pero no sabía si lo cogerías.

—A ti, siempre.

—No lo creo, Nora. Pero quizá este sea el momento, simplemente. ¿Cómo estás?

Las palabras regurgitaron de su interior, imposibles de contener.

—Perdóname, Eli, por favor. He tardado años en decírtelo, pero espero que puedas hacerlo algún día. Es algo que no me deja vivir tranquila desde que ocurrió todo.

La cara de Elisa denotó sorpresa.

—¿Perdonarte yo? ¿Por qué?

Nora se pasó las manos por la cara resbaladiza de lágrimas.

—Por no haberte ayudado cuando pasó lo de papá y el bebé. No supe hacerlo, no supe... Fui una hermana de mierda, una psicóloga de boquilla que ni siquiera fue capaz de decir lo mínimo cuando todo ocurrió.

Elisa se quedó callada y sus grandes ojos oscuros se entrecerraron pensativos.

—Yo no lo recuerdo así, Nora. Para mí, siempre estuviste. Tampoco es que yo quisiera rodearme de gente en aquel momento. Pero tú estabas, y sabía que podía contar contigo. Eso fue suficiente. ¿Qué más creías que tenías que hacer? Tú también te encontrabas viviendo el duelo por papá, nos dejó a todos destrozados.

—Pero me fui y lo peor es que no me sentí mal por ello. Al revés, fue un alivio.

Elisa se rio brevemente.

—Coño, yo también habría querido escapar de la nube negra en que se convirtió nuestra familia en ese momento. Se trataba de tus planes, Nora, era tu vida y necesitabas seguir adelante. De nada te hubiese valido quedarte en casa como una plañidera. Entiendo que para ti fuese un alivio.

Las palabras se introdujeron en el cerebro de Nora con dificultad, como si no las creyese. Pero conocía a Elisa, y su cara era de estar hablando con total sinceridad. Meneó la cabeza, como negando lo que su hermana le decía, y esa fue pista suficiente para la perspicacia de Eli.

—No me digas que llevas torturándote por eso desde que pasó, Nora. Es que es para matarte. No sé por qué siempre crees lo peor de ti, que lo que haces no tiene valor o que necesitas entregar mucho más que el resto. Mi niña, eres sumamente importante para todos nosotros siendo como eres. No necesitamos ni más ni menos. Eres nuestra y nosotros somos tuyos, leñe.

Ahora ya lloraban las dos, tanto y con tanta intensidad que en algún momento esos sollozos se tornaron en risas nerviosas. Bridget empezó a ladrar, preocupada por su dueña, y al oír el ladrido Elisa se sosegó lo suficiente para mirar con atención el regazo de su hermana.

—¡No me jodas! ¡Tienes un perro! Si te viese la abuela...

Nora se rio trémula, mientras enterraba la cara en el lomo de Bridget.

—No es un solo perro. Creo que es el alma de alguien muy bueno atrapado en una perrita bastante maltratada por la vida y que ha venido a rescatarme.

—Si no lo veo, no lo creo. Eres una caja de sorpresas. Y hablando de eso: ¿qué más me tienes que contar que no sepa el resto? Porque me huelo que eso que veo en tus ojos no es solo lo de Reed.

—Sí y no...

El alivio de poder explicarle todo a alguien que sabía que la quería por encima de todo, sumado a la redención que Elisa le había brindado sin esperarlo, dejó exhausta a Nora durante días. Se movió lo justo de casa, inmersa en sus reflexiones y en entender lo que le estaba ocurriendo por dentro.

Había llegado a un punto de inflexión, a uno de esos momentos de su vida en el que tenía que tomar una decisión que determinaría su futuro más inmediato. Ya se había enfrentado a un momento parecido con lo de su padre y Eli, cuando eligió huir hacia delante, dejando atrás lo que la perturbaba y buscando el olvido con nuevas personas y lugares.

Esa vez el cuerpo le pedía lo contrario: quedarse en Bali para conocerse de verdad, aprender a quererse y desprenderse de todo aquello que llevaba arrastrando desde pequeña. Aquella isla la acogía con su sencillez y naturaleza exuberante, y pronto descubriría la espiritualidad que formaría parte de ella para siempre.

Comenzó a trabajar en un bar de playa en el que poco a poco se fue dando a conocer otras personas que vivían en la zona. De ahí, y gracias a su buen hacer, el dueño la movió a un pequeño hotel *boutique* donde rápidamente ascendió hasta gestionarlo casi todo ella sola. Nora aprendía rápido, tenía mano izquierda y no se le escapaba nada, con lo que marcaba la diferencia con el resto del personal. Pero lejos de enemistarse con ellos, procuró lo contrario y buscó integrarse de una manera lo mas natural posible. Y ahí comenzó la historia de amor de Nora Olivares con el yoga y todo lo relacionado con la sanación del alma y el cuerpo. Ella misma fue la cobaya de su experimento que, al final, se convirtió en parte de su forma de vida.

A los dos años de estar en Bali, Nora se sentía mucho mejor consigo misma, aunque no había logrado quitarse de encima del todo los restos del naufragio con Reed. De vez en cuando, a pesar de encontrarse rodeada de lugares con encanto y atardeceres imposibles de describir con palabras, sentía el latigazo del resquemor por lo que aquel hombre, que tan maravilloso había sido con ella, acabó haciéndole. Y por mucho que se dijese que la situación había sido culpa de él, que había jugado a dos bandas y que las había engañado a ella y a la americana, todavía luchaba con la sensación de ser menos que aquella mujer de color ébano y pátina de Ivy League, como Reed. Aunque comenzaba a salir por las noches, dejando atrás el llanto y el desvelo, y tenía candidatos por doquier para ser sus acompañantes, Nora todavía no confiaba en nadie, ni siquiera para un húmedo revolcón que aplacase sus ansias de sentir otra piel.

Lo que desequilibró la balanza ocurrió poco tiempo antes de aceptar la oferta de Kirana para mudarse a Amed y dirigir el Sandalwood Lodge. Nora había estado en sus clases de mediodía para ser instructora de yoga y se incorporó al trabajo pasadas las seis de la tarde. Al atardecer salió a la terraza del hotel, que daba a la playa y ofrecía un aspecto mágico bajo los rayos naranjas y el cielo rosáceo en el horizonte. Recorrió el lugar para confirmar que todo funcionaba de forma correcta y estaba a punto de irse cuando notó una mirada. Con disimulo entró en la barra y echó un vistazo hacia la mesa que se había llenado de mujeres que parloteaban y reían mientras bebían sus cócteles multicolores. Eran cinco, pero una de ellas no podía apartar sus ojos de Nora. Algo en su rostro oscuro y de facciones fuertes hizo que su interior se sacudiese con la inequívoca sensación de que la conocía. La mujer la miraba como si fuese una aparición, sorprendida y consternada, y con una sombra de temor que desapareció con rapidez de sus ojos.

Un camarero la abordó para hacerle una pregunta sobre un pedido pendiente y Nora intentó despegarse de la incómoda sensación. Solía ser buena para las caras, ¿cómo era posible que no la ubicase?

Solo cuando salió de la barra y entró dentro del hotel se dio cuenta. Y aquello fue como si le cayese un rayo encima. Necesitó apoyarse en el respaldo de una silla y controlar la respiración.

«Es Verity Johnson. De todos los sitios del mundo, tenía que aparecer en este hotel».

Después de aquel pensamiento bogartiano, cerró los ojos e intentó que el centro de gravedad del mundo volviese a su sitio.

«Respira, Nora. Afronta esto con madurez. Ella te ha reconocido, está claro, pero no va a ocurrir nada más. Eres la directora del hotel, no puedes dejar entrever nada de lo que se te pase por la mente».

Cogió aire y se dispuso a irse a su despacho, pero alguien apareció a su lado y le puso la mano en el hombro.

—¿Miss Olivares?

Verity Johnson parecía de su misma estatura y, salvo ese detalle, ahí terminaban las coincidencias. Era de huesos grandes y sonrisa muy blanca, aunque ahora mismo la luciese con boca pequeña. Iba vestida con informalidad, muy al estilo de lo que los turistas creen que es la vestimenta perfecta para Bali.

—Sí, soy yo. ¿Puedo ayudarla en algo?

Los ojos castaños de la mujer la miraron casi con súplica.

—Solo necesito unos minutos de su tiempo. A solas.

Nora asintió mientras el corazón le martilleaba en los oídos. Llevó a Verity Johnson a una pequeña sala de juegos de mesa donde no había nadie a esa hora de la tarde y se paró en medio de ella aguardando. La mujer suspiró y, a pesar de su aplomo natural, Nora supo que estaba nerviosa.

—Reed me habló de usted. No era...

Nora levantó la mano como si quisiese alzar una barrera entre ellas.

—No deseo hablar de él. Me ha costado mucho sobreponerme a lo que ocurrió.

—Lo puedo imaginar. Pero solo quiero que sepa que las cosas no eran como usted cree. —Verity le puso una mano sobre el antebrazo y se lo apretó—. Reed y yo no estábamos juntos. Su familia lo sabía, pero no quería creerlo. Nos conocíamos desde pequeños y salimos unos años, por eso tenían la esperanza de que nos casáramos en algún momento si insistían lo suficiente.

—Pero lo que dijo su padre...

—Patrañas. Reed no estaba enamorado de mí ni yo de él. Llevaba meses hablándome de usted y de lo mucho que la quería. Por eso nos encontrábamos en el Westgate en aquel momento, para comprar los preparativos de la cena de por la noche. Era a mí a quien Reed quería presentarle, a su mejor amiga.

El pecho de Nora volvió a abrirse por la misma cicatriz que se había originado en Kenia, y esa rotura dolió quizá más que la inicial. Cogió aire entrecortadamente y sintió que una mano de fuego pasaba sus dedos por esa marca, cauterizando para siempre sus bordes. Una solitaria lágrima le resbaló por la mejilla pero le bastó solo una mirada a los ojos de Verity Johnson para saber que lo que la mujer le decía era verdad. Tampoco ganaba nada con mentirle.

—Quise contárselo en Kenia pero cuando la pude buscar, usted ya se había ido. Reed no me lo habría perdonado, por eso ahora, en cuanto la vi y la reconocí, me dije que la vida me había puesto delante la oportunidad de redimirme.

Verity sonrió con afecto y le puso las manos sobre los hombros.

—Gracias por escucharme. Esto no traerá a Reed de vuelta, pero tengo la sensación de que ahora sí encontrará realmente la paz.

Luego sonrió de forma pícara y Nora entendió por qué aquella mujer era la mejor amiga de Reed Parker.

—A ver si ahora dejo de soñar con él cantándome al oído canciones de mierda.

Nora tuvo que reír. El oído musical de Reed era inexistente y sus intervenciones en los karaokes, míticas. Enjugó alguna lágrima solitaria y le dio un pequeño abrazo a la mujer.

—Gracias por contármelo. No sabes lo mucho que necesitaba escucharlo.

Ella asintió con un ademán elegante y tras sonreírle como despedida salió a la terraza con sus amigas. Nora se deslizó en uno de los sillones aturdida. Se sentía como si le hubiesen dado un golpe en la cabeza con un mazo. Poco a poco, una alegría y un alivio inexplicables recorrieron todas las células de su cuerpo.

«Reed no me engañó. No, no lo hizo. Siempre fui yo».

Y en vez de dejarse llevar por la pena que ahora sí se sentía digna de sufrir, decidió sonreír al destino y dar gracias por haber podido vivir el amor de verdad con un hombre como Reed Parker.

Ya no iba a llorar más. Ahora celebraría en vez de vagar como alma en pena y sacaría el máximo provecho de todo lo que Bali le pusiese por delante.

El tiempo que fuese.

29

Nora

A pesar de la espantada que le había dado a Sergio, por primera vez en mucho tiempo sentía que empezaba a tener las cosas claras. Sí, le había sugerido que yo también necesitaba pensar, pero era en cosas mucho más bonitas que con las que seguro que estaba lidiando él.

Cosas que habían ido sucediendo poco a poco en los últimos meses.

Al ver cada día a los huéspedes disfrutar arrebujados bajo mantas y tomando chocolate caliente aderezado con canela, mientras la noche cubría de estrellas el cielo invernal, mi interior se apretaba con la sensación de que aquello estaba bien, de que me hallaba donde me correspondía.

Y eso era algo que llevaba buscando toda la vida y que nunca había sentido de una forma tan intensa y genuina.

Intenté entender por qué las piezas de mi puzle particular se habían ido completando en los últimos meses hasta encajarse casi por completo, pero no encontré una razón única para ello.

Bali me empujó a irme, eso lo tenía claro. La isla y su núcleo espiritual amable y sonriente llevaba ya tiempo dándome una palmada en la espalda, como diciéndome «Nora, ya está. Ya terminaste lo que viniste a hacer aquí». Lo que no me imaginaba era que sería otra isla, la que me había visto nacer, la que me acogería de nuevo, pero de una forma diferente.

Me apoyé en la baranda de la plataforma de meditación, desde donde la oscuridad se derramaba hasta la costa. Aquel lugar en las montañas me había proporcionado gran parte de la certeza de querer quedarme, era como si lo hubiese identificado como mi nuevo hogar desde el principio. Pero no se trataba solo de eso: había muchos más factores. Como, por ejemplo, mi familia. El hecho de tenerla cerca era algo que quizá antes no había echado de menos, pero ahora me hacía sentirme... protegida, incluida, parte real e importante de ella. Como si también hubiera encajado, por fin, en ella.

Suspiré. Había sido mi cabeza y solo ella la que me había adjudicado el rol de la última mona, la que no importaba. Con los años de experiencia que atesoraba conociendo a personas y sus problemas, hacía mucho que me había dado cuenta de lo que yo misma había construido en mi mente. Y gracias a lo vivido en el Sandalwood Lodge, con mi propio trabajo para sanar y aceptarme, ahora era capaz de volver al lugar que siempre fue mío y del que nunca nadie dudó, solo yo.

Por eso el regreso a casa era real, porque ahora lo sentía de verdad. No había en mí ningunas ganas de huir ni de buscar sentirme mejor en otro sitio. Todas las células de mi cuerpo me pedían hundir los dedos en la tierra volcánica, echar raíces y florecer como hacían los tajinastes en primavera. Lo había vislumbrado por primera vez la noche en la que visité el mirador de las estrellas. De alguna forma allí, envuelta en la oscuridad transparente de aquel paraje, algo me revolvió por dentro y depositó en mí la semilla de la pertenencia, de saber que ahora sí que había encontrado mi sitio. Ese pensamiento ramificó en mi ser con tiento, se fortalecía cada día que pasaba y lo aceptaba como una de esas mareas que ponían mi vida del revés.

Como había ocurrido también con él: Sergio Fuentes, el de los apodos malsonantes que ahora me sacaban una sonrisa divertida. El hombre que me hacía sentir tantas cosas y tan bonitas que todavía no podía creer lo mucho que lo había detestado en los primeros tiempos, con su pose de perdonavidas y chuloplaya de manual, sus ganas de tocarme las narices y el velado desprecio a lo que proponía La Bianca. Un hombre lleno de contradicciones, de ganas de vivir truncadas por él mismo, con tanto por ofrecer al resto del mundo que me daba la sensación de estar contemplando a un superhéroe cuando se vestía de persona gris. Sergio aún no se enteraba de que no le debía a nadie el contenerse, el no lanzarse a por aquello que realmente lo llenaba, y tampoco era consciente de todo el bien que, incluso estando a medio gas, había hecho. Conocía su labor en el Grupo Ayala, lo mucho que había ayudado a avanzar al sector primario de la isla gracias a su empuje y a sus ideas, el apoyo soterrado que proporcionaba a su hermana y la visión estratégica del grupo que poseía, a pesar de que la cabeza visible siguiese siendo Juan.

Sergio tenía tantas posibilidades por delante que no entendía cómo no se ahogaba de emoción al poder elegir. Él no había estado expuesto a la pobreza, a la falta de oportunidades, a la violencia expresa ni a no poder tener sueños, como había vivido en mis propias carnes al tratar con las mujeres en Kenia. Había sufrido pérdidas importantes, sí, ya no solo la de su hermano, sino la temprana muerte de sus padres. Pero había estado rodeado de amor, con unos abuelos que lo educaron para ser un buen hombre —y se notaba—, y eso era algo que no todo el mundo tenía garantizado en la vida.

Se me aceleró el pulso al recordar los momentos que habíamos vivido en La Bianca, como esa primera noche que compartimos en mi cabaña tras la muerte de Andrew. Cerré los ojos al rememorar su rostro frente al mío en ese silencio en el que las palabras reverberaron entre nosotros diciéndonos esas cosas que no nos atrevíamos a pronunciar en voz alta, cómo nuestros pies se buscaron en caricias temerosas y cuando creí morirme de ganas de deslizarme hasta su cuerpo y apretarme contra él.

No nos habíamos soportado porque, en el fondo, sabíamos que llegaríamos a ese punto. Y por eso me había sentido tan viva dentro de mi enfado. Ni siquiera con Reed había experimentado tantas chispas y revolución interior. O tal vez se debiera a que yo era ya otra mujer. Una que sabía que se había enamorado y que quería vivirlo, estallar como un fuego artificial sobre una verbena que cantaba canciones de amor y vida, sin esconderse ni contenerse, sino abrirse sin barreras a las noches bajo las estrellas y los días entre el sonoro pinar.

Recordé su boca entre mis piernas, húmeda y lasciva, su forma de tocarme, como si no quisiese dejar ni un centímetro de mi piel sin acariciar, y cómo se le oscurecían los ojos al tirarme del pelo para ensartarse aún más en mi cuerpo, posesivo y hambriento de placer. Apreté los muslos y me dije que habíamos tenido muy poco tiempo para recrearnos, que apenas nos habíamos saciado aquella noche y que necesitaría muchas más para hacer más llevaderas las burbujas de excitación que me invadían solo con recordar el roce de su barba con mi piel.

No sabía lo que pasaría con lo de la serie ni si la visita a Madrid lo haría volver más taciturno, pero tenía claro que ayudaría a Sergio para que adoptase la versión más vibrante de sí mismo, y que juntos seríamos mucho más increíbles que separados.

Dejé a los huéspedes apurando el final del día y me refugié en mi cabaña. Necesitaba una ducha caliente, una infusión aromática y meterle mano al nuevo libro que había comprado en una pequeña librería de Los Cristianos. Pero estaba muy cansada, y por eso no escuché que, durante la noche, el viento se había alzado con extraordinaria fuerza.

A la mañana siguiente, el sonido del pinar no era el murmullo acogedor de siempre, más bien un aullido lastimero, y al asomarme por la ventana me dije que aquel panorama no era normal. Abrí la aplicación de un periódico local y un temor caliente me estranguló la garganta. Había previsión de una fuerte borrasca con vientos de vertiente sur y posibles lluvias intensas. Una tormenta tropical estaba pivotando cerca de las islas y, aunque no se esperaba que nos alcanzase, ni siquiera su cola —como ocurrió con el Delta—, todo podía ocurrir y las instituciones estaban pendientes de la evolución del fenómeno.

Busqué el contacto de Emilia y me lo cogió al segundo tono.

—¿Has visto las previsiones del tiempo?

La escuché suspirar, pero fue práctica, como siempre.

—Sí, he estado informándome desde primera hora. Me dicen que actualizarán el modelo al mediodía, yo esperaría hasta entonces para ver qué hacemos.

—De acuerdo. Pero ve preparando un plan de realojamiento de los huéspedes de La Bianca. Si las previsiones son malas, no quiero que se queden aquí. En la costa estarán mejor.

—El equipo ya anda trabajando en ello. No son muchos, con lo que no habrá problema. Creo que en el Isla Azul pueden caber todos, y así no los dispersamos.

Tuve que admirar por enésima vez su capacidad de gestionar cualquier cosa que se le presentase y de adelantarse a los acontecimientos. Reconocí que apreciaba realmente a la hermana de Sergio. Nos despedimos con amabilidad y quedamos en llamarnos a la una para tomar decisiones.

Me vestí y me lavé los dientes. Ya tomaría un zumo en el comedor, no tenía el cuerpo para ponerme a hacer el desayuno. No era la primera vez que me enfrentaba a un fenómeno meteorológico adverso, y quizá por eso estaba más preocupada de lo normal, porque sabía lo traicionera que podía ser la naturaleza cuando se lo proponía.

El viento se fue recrudeciendo conforme pasaban las horas y tuvimos que suspender todas las actividades en el exterior. A los huéspedes se los veía inquietos, lo que se cocía fuera desasosegaba la atmósfera habitualmente tranquila de La Bianca. El cielo presentaba unas nubes extrañas y el aire estaba como apagado, cargado de oscuridad. Yo no podía quedarme quieta: recorrí toda la propiedad observando aquello que podía ser susceptible de caerse o partirse, y una mano fría encogió mi corazón al contemplar el bosque de pinos. Algunos se hallaban bastante cerca de la zona habitada, y si aquello iba a más, podía haber un peligro real.

Al mediodía Emilia y yo decidimos que era necesaria la evacuación. Me ocupé de reunir a todos los huéspedes en el salón y, haciendo gala de mi tono de voz más tranquilizador y unas palabras bien elegidas, les comuniqué que los *transfers* se ocuparían de llevarlos a pasar la noche a otro hotel de la propiedad, ya que no podíamos garantizar su seguridad si permanecían en La Bianca. Les dejé tiempo para que hicieran una pequeña maleta con lo necesario y no me moví de la puerta hasta que vi subirse al último en el coche. Solo entonces volví a entrar y reuní, a su vez, a los trabajadores, y también les pedí que se fuesen a casa. Los convencí de que cerraría La Bianca y que yo también me marcharía, y solo así accedieron a dejar la finca.

Por fin me quedé sola y suspiré de alivio. Todo el mundo estaba a salvo. Revisé de nuevo la situación de las neveras y los arcones; aunque había pedido que utilizásemos como pudiésemos todo lo que teníamos refrigerado, lo cierto era que, si había un apagón, perderíamos bastante dinero con la comida de los frigoríficos. Crucé los dedos para que el tendido eléctrico de la isla aguantase, pero no las tenía todas conmigo. Y la opción de poner a funcionar el motor me daba miedo, sobre todo si había tormenta eléctrica.

El personal había despejado toda la zona trasera del hotel, por lo que, como elemento peligroso, solo quedaba la palapa. Mi vista se dirigió hacia las cabañas preocupada. Estaban en medio del pinar. El personal había recogido también todos los muebles de los porches, pero incluso así me parecieron indefensas y solitarias en medio de aquel vendaval.

Emilia me llamó y respondí resguardada en el gran porche trasero de La Bianca.

—Ya está todo el mundo fuera del hotel —la informé—. Deberían llegar de un momento a otro al Isla Azul.

También he mandado al personal a casa, así que todo controlado.

—¿Y tú? ¿Sigues ahí?

—Sí, estoy haciendo las últimas comprobaciones. No quisiera dejar La Bianca a su suerte, así que no te preocupes, no es la primera vez que me ocupo de una situación similar.

—Ya, pero esto no pinta muy bien. Y, aquí en las islas, cuando sucede algo así, siempre acabamos con algún tipo de catástrofe.

—Bueno, tú tranquila, que tienes más frentes abiertos. Me imagino que el viento ya está causando destrozos en los demás hoteles.

Suspiró y no lo negó.

—Sí, va a ser una noche movida. Hablamos más tarde, Nora, y espero que para entonces estés fuera de La Bianca. Si quieres, ven al Celeste, que sabes que siempre hay alguna suite preparada. No vayas conduciendo hasta La Laguna.

—Sí, lo haré, no te preocupes.

Pero lo cierto era que no tenía intención de marcharme de La Bianca. Prefería estar allí, atenta a lo que pudiese suceder, y siempre resguardada en el edificio principal, que mostraba más garantías de seguridad que las cabañas. Mi responsabilidad no me permitía irme y dejar aquello de la mano de Dios. Ya había pasado algún que otro tifón en Bali, con lo que me creía curada de espanto.

Lo siguiente era hacer las consultas pertinentes en el chat de la familia. Cada mochuelo se hallaba en su olivo, una preocupación menos. Mamá y la abuela estaban resguardadas en La Laguna, rodeadas de velas, chocolate, termos de café y con la radio a pilas retransmitiendo a todo volumen los boletines informativos especiales. Victoria y Bastian estaban también juntos y acompañados de los niños. Mejor así, prefería que estos se encontraran en la casa de La Laguna de Victoria y no en la de su exmarido Leo, que se asomaba a un acantilado, más a merced del viento.

También pensé en Sergio, pero supuse que seguiría en Madrid. No habíamos hablado desde que se había ido, respetando el pacto silencioso de que sería él el que me buscase cuando tuviese claras sus prioridades. Yo sabía perfectamente cuáles serían, pero debía esperar a que lo descubriese él. Sonreí, a pesar de la preocupación. Tenía ese efecto en mí, en mi vida, el de hacerme sonreír a pesar de que una tormenta arreciaba a pocos metros de mí.

Me conecté a X para enterarme de lo que estaba pasando. Las cuentas del Cabildo y del 112 echaban fuego, además de los medios de comunicación y los ciudadanos particulares que narraban qué estaba ocurriendo por su zona. Así me enteré de que acababan de cerrar los puertos y los aeropuertos y que se pedía a toda la población que permaneciese en sus casas porque el viento llegaría a superar los ciento veinte kilómetros por hora en medianías. Me estremecí. La Bianca se encontraba por encima de las medianías, así que allí sería peor.

Al cabo de unas horas, la isla se quedó sin luz y comenzó a llover tanto que, por primera vez, sentí miedo real. Los pinos aullaban y se doblaban casi con dolor y las ráfagas de viento se habían tornado tan fuertes que decidí cerrar las contraventanas, a pesar de que así me quedaba sin saber qué ocurría fuera. Pero fue del todo imposible, no lograba hacerlo desde dentro porque no tenía fuerza para tirar de ellas y cerrarlas. Y cuando salí para intentarlo me cegué momentáneamente con las ráfagas de viento y la lluvia llena de tierra. Así que volví a entrar atemorizada, escuchando el infierno que se había desatado y que, poco a poco, arrancaba elementos del edificio principal. Tejas mal encastradas, alguna contraventana dada de sí...

En ese momento deseé no haberme quedado. No era lo mismo enfrentarse a algo así en un edificio grande y con más gente que en una casita casi incomunicada en medio del monte. Pero ya no podía hacer nada. Solo esperar a que pasasen las horas y que no ocurriese algo peor. Si la situación mejoraba, pero la luz seguía sin venir, arrancaría el motor. Y si no, esperaría en medio de la oscuridad a que aquello terminase.

Solo que no había contado con que quizá allí tampoco estaba del todo a salvo. Me di cuenta en el momento en el que escuché un estruendo que hizo vibrar toda la casa y comencé a ver cómo por la ladera izquierda de pinos comenzaba a bajar una tromba de agua llena de barro hacia La Bianca.

30
Sergio

Recibí la llamada de Armando al día siguiente, y sin pensarlo compré un billete para Tenerife. Necesitaba procesar lo que me había contado y eso solo lo podía hacer allí, en mi lugar, con la serenidad de La Bianca como trasfondo.

El vuelo iba lleno y el embarque fue lento. Había tormenta en nuestro destino y estaban calibrando si los aviones podrían entrar a la hora que tenían prevista su llegada. Al final, tras media hora en la cola de embarque, dieron luz verde y nos montamos en el avión.

Pasé las dos horas y media del vuelo inmerso en una extraña sensación de ingravidez, como la que se tiene antes de ejecutar un salto de trampolín o de *puenting*. El Sergio que había hecho el viaje a la inversa hacía unos días no era el mismo que el que volvía, y lejos de preocuparme, aquello me llenaba de una cosquilleante expectación.

«Todo va a cambiar. He barrido por fin las telarañas».

Según nos íbamos aproximando al Aeropuerto del Sur, el avión empezó a moverse cada vez más. Al principio eran sacudidas pequeñas, pero llegó un momento que hasta yo me aferré con las manos a los reposabrazos. El comandante nos dijo que le habían dado el visto bueno para el aterrizaje, pero que sería complicado. La aeronave se balanceó con violencia a medida que se acercaba a tierra, y justo cuando iba a posar sus ruedas en la pista, volvió a subir de una forma tan abrupta que medio pasaje chilló. Cerré los ojos sudando. Nunca había tenido miedo en los aviones, pero lo que estaba ocurriendo tampoco me había pasado en ningún vuelo. El aparato giró en el aire y llegué a ver Montaña Roja desde un ángulo que instaló un temor punzante en mi estómago. Estábamos cerca de tierra, donde el panorama parecía el de una película de terror.

Intentamos aterrizar y de nuevo el piloto abortó la misión. Parte del pasaje lloraba y la otra rezaba, y yo solo podía pensar en que sería una jugarreta bastante fea del destino matarme en un accidente de avión ahora que, por fin, había decidido cambiar mi vida.

A la tercera aproximación el avión se posó en la pista con estrépito y todavía pasamos unos segundos de pánico al zarandearse hacia los lados. Pero pronto nos dimos cuenta de que, a pesar de ir ralentizando la marcha, el viento tan bestial que azotaba la pista movía el aparato peligrosamente. La maniobra de enganchar el *finger* se dilató durante casi cuarenta y cinco minutos, y solo cuando tuve tierra firme bajo mis pies, me concedí un suspiro hondo. Pero al levantar la cabeza la preocupación volvió a bullir en mi interior. A través de las cristaleras del aeropuerto, el mundo se parecía demasiado al que se vivió durante la tormenta tropical Delta, y saqué el móvil, presa de los nervios. Lo primero que hice fue activar las cámaras de mi casa, cuyo ángulo abarcaba el frontal de La

Bianca. La visión algo granulosa me indicó que arriba el viento arreciaba aún más y que no se veía a nadie en los alrededores. Entonces pasé a la segunda cámara y me cagué en todo. El coche de Nora estaba aparcado en un lateral de La Bianca, pero a ella no se la veía por ningún lado. Llamé a Emi con urgencia.

—¿Sabes si Nora se ha quedado en La Bianca?

—Hola, Emilia, ¿qué tal? Hace días que no hablamos y no sé nada de ti...

Resoplé ante el tirón de orejas de mi hermana y bajé el tono.

—No estoy de coña. Acabo de bajarme del avión, que por cierto casi no lo cuento, y al mirar las cámaras veo que su coche sigue estando en La Bianca.

—Pues no lo sé, Serch, hemos hablado varias veces hoy y me dijo que bajaría también. La última vez me confirmó que ya se habían ido todos los huéspedes y también el personal.

—Joder. Se ha quedado arriba, la conozco. Es demasiado responsable para dejar La Bianca sola.

—Serch...

En ese momento la escuché blasfemar y decirle algo a alguien.

—Se ha ido la luz en parte de la isla, en el sur también. Han caído varias torretas. Te tengo que dejar, he de comprobar que no tenemos problemas en los hoteles.

Y me colgó.

«Cojonudo».

Probé a llamar a Nora, pero no me daba señal. ¿Habría algún problema con las líneas también? Masculló mil improperios y salí del aeropuerto, donde tuve que apretar los dientes para que el viento no me llevase y avancé en zigzag hasta el aparcamiento. Las máquinas no funcionaban y me vi obligado a esperar a que se subiese la barrera, con lo que desperdicié un tiempo de oro mientras escuchaba las noticias en la radio y veía oscurecerse la tarde.

No fue fácil conducir hasta Vilaflor con aquel tiempo. La carretera que comenzaba desde Granadilla era estrecha y de visibilidad limitada, y además necesitaba mil ojos para asegurarme de que nada caía sobre el coche. El asfalto estaba lleno de ramas que se movían con violencia y chocaban contra el vehículo, y una de las veces escuché un estruendo que me hizo sobresaltarme. Me encontré pocos coches circulando y recé por no toparme con la policía, porque sabía que me haría parar o dar media vuelta.

Por fin llegué a la entrada de la pista de tierra que llevaba a La Bianca y activé la tracción en las cuatro ruedas. Cogí aire y comencé a recorrer el camino bajo los pinos, deseando con todas mis fuerzas llegar a salvo arriba. El viento y la lluvia arreciaban, y el coche recibía el impacto de mil pequeñas cosas que componían una melodía siniestra. El camino se estaba embarrando, pero confiaba en que el vehículo se portase y no me dejase en la estacada. A mitad de pista el bosque se abría y ya no había tanto peligro, hasta el punto de que incluso la explanada donde jugábamos al fútbol de pequeños me pareció un buen lugar donde esperar a que amainase la tormenta. Lo anoté en mi mente mientras seguía conduciendo a paso de tortuga hasta llegar a La Bianca.

Allí la situación parecía peor: al estar en medio de dos laderas de suave pendiente, la lluvia había comenzado a arrastrar el barro, que alcanzaba ya las puertas del edificio, y mucho me temía que en algún momento llegaría a entrar en la casa. Apagué las luces y en lo que mi mirada se acostumbraba a la oscuridad, me di cuenta del daño real. Un pino gigantesco se había levantado de raíz y había caído a un lado de la casa, rompiendo cristales y llevándose parte del techo. O eso parecía. Y en lo que me bajé y cerré la puerta del coche, escuché otro ruido que se me asemejó al que hacía el Titanic en la película cuando su casco se rompía por la mitad. Salté por encima del tronco del pino y accedí a la parte trasera de La Bianca, donde pude vislumbrar una cabellera dorada que intentaba hacerse paso entre el fango y alcanzar su cabaña. Allí otro pino se resquebrajaba con estrépito y llegué justo a tiempo de tirar de Nora hacia atrás para que no la aplastase. El pino se dejó caer sobre el techo de la cabaña de la abuela y, a pesar de dónde estábamos y de que no teníamos demasiado tiempo para tonterías, sentí que se me rompía un poco el corazón.

Volví a Nora hacia mí, desesperado por comprobar que se encontraba bien, y sus ojos turquesa parpadearon con total sorpresa y alivio al verme. La abracé con fuerza y luego estudié con rapidez su cara. Bien, no había rasguños ni nada fuera de su sitio. Eso sí, estaba empapada y cubierta de barro por todos lados, y supuse que llevaba un tiempo fuera.

«Joder, qué cabezota es».

Tiré de su mano y comenzamos a movernos entre el lodo que seguía bajando por la ladera y que ya llegaba hasta el porche. Me quedé un momento quieto, pensando en cómo hacer para buscarle una vía de salida hacia el barranco, pero, por mucho que nos pusiésemos a cavar, solo éramos dos personas contra una naturaleza que ahora mismo no nos lo iba a poner fácil.

—Vámonos —le grité al oído—. Aquí no podemos hacer nada.

—¿Estás seguro? ¿Y adónde quieres ir? ¿No es mejor quedarnos aquí hasta que amaine?

Miré sus ojos asustados y cavilé con rapidez. Conducir de vuelta era una opción, pero también suponía un peligro. Y no me apetecía continuar en La Bianca, no mientras se estuviese destrozando poco a poco.

—Vamos a mi casa —dije, sin saber tampoco cómo pintaba la situación allí. En teoría estaba más refugiada del viento, pero se encontraba rodeada de pinar. Ella asintió varias veces, como convenciéndose de que aquella era la mejor opción, y recorrimos con dificultad los metros que separaban el hotel de mi hogar. A primera vista no había demasiados desperfectos; antes de irme había cerrado bien las ventanas y el porche, que contaban con cristales triples para hacer frente al frío y a las heladas del invierno. Y, como había augurado, al hallarse en un codo rocoso por el que el viento pasaba por delante, la sensación de peligro disminuía bastante. Aun así, la situación podía cambiar en cualquier momento y no podíamos bajar la guardia.

Abrí la puerta principal y dejé que Nora pasase. Estaba entumecida por el frío y la lluvia, y la presión de permanecer al cargo de la situación hasta ese momento había marcado unas líneas por debajo de sus ojeras. Le cogí la cara con mis manos, aliviado de tenerla por fin a salvo, y le pasé los pulgares alrededor de aquellos bellos ojos que tanto decían sin emitir palabras.

—No he pensado en otra cosa sino en ti y en tu cabezonería de quedarte aquí desde que aterrizó mi avión —susurré, volviendo a transformarme en ese chaval quinceañero enamorado de la chica más increíble del instituto—. Sé que habrías sido perfectamente capaz de pasar la noche sola en La Bianca, pero, mujer, ¿por qué no puedes pedir ayuda alguna vez?

Ella sonrió felina, y todo el cuerpo se me tensó de la anticipación.

—¿Acaso la has pedido tú? Tampoco me habías dicho que llegabas hoy.

Sonreí sacando a relucir con descaro mi hoyuelo ganador.

—Hay muchas cosas que no te he dicho y que me muero por decirte. Quiero que lo sepas todo, siempre.

Ella sonrió dentro de la burbuja que habíamos creado a salvo de la tormenta.

—Eso tampoco, que luego pierdes el misterio.

Me reí, feliz de poder hacerlo por fin junto a ella.

—Joder, te he echado de menos, hierbas.

—Pues no se ha notado, que al final pensé que recurrirías a una paloma mensajera para dar señales de vida.

Estaba bromeando más de la cuenta y entendí que era su forma de soltar los nervios que atenazaban su delicioso cuerpo. Volví a acariciarla con mis pulgares y noté que se escalofriaba. Y eso me llevó a darme cuenta de su estado general.

—Necesitas quitarte todo eso de encima, Nora. Te vas a resfriar.

Ella sonrió ruborizada.

—He escuchado formas más sutiles de hacer que una chica se desnude.

—Cuando este infierno amaine vamos a vivir en cueros unos cuantos días aquí dentro, pero ahora —pronuncié sonriendo y sin dejar de quitarle prendas— solo quiero que te calientes.

Miré a mi alrededor y supe que no sería tan fácil. La casa crujía y el viento aullaba en las esquinas, y, además, llevaba unos días fuera, con lo que las habitaciones se habían enfriado. La calefacción no funcionaba y no podía calentar agua, pero entonces encontré la solución. Ayudé a Nora a quitarse toda la ropa mojada y la cubrí con una manta mullida, y luego la hice sentarse en el sofá frente a la chimenea que hacía varios inviernos que no encendía. Por eso la leñera estaba llena de troncos secos. Y rezando para que no entrase agua desde el tejado me puse a maniobrar para encenderla. Encontré periódicos viejos a un lado de la leñera y en nada teníamos un acogedor fuego chisporroteando en medio de la furiosa tormenta. Sabía que la casa se caldearía con rapidez: estaba hecha de materiales que lo propiciaban. Me levanté satisfecho, y noté la sonrisa de Nora acariciarme como si fuera algo físico.

—No sé qué tienen los hombres con lo de hacer fuego. Es como si apelase a una parte primitiva que conservan desactivada —murmuró casi para sí misma, y me puse de rodillas ante ella.

—Es la parte de dejar satisfechas a nuestras hembras con el calor de un hogar.

Sus ojos se convirtieron en llamas turquesas, como si absorbiesen una porción de la magia vibrante del fuego, y dejó caer la manta descubriendo un hombro con toda la intención del mundo.

Era como presenciar la reencarnación de un cuadro de Botticelli.

—Pues yo sigo teniendo frío, hombre de las cavernas —suspiró, con sus carnosos labios acariciando la palabra final.

Mis rodillas vencieron y caí al suelo, y nos miramos, llenos de deseo. De pronto me dio igual si fuera se desataba el fin del mundo. Yo solo quería asomarme al abismo con ella.

Nuestras ganas estallaron en un beso devastador, posesivo, lleno de hambre. Ella dejó caer toda la manta mientras me mordía los labios y deslizaba su lengua dentro mi boca, confiada y conquistadora. Mis brazos se elevaron para quitarme de encima el suéter de capucha y la camiseta, y ella se multiplicó entre labios, dientes y dedos avariciosos que me recorrieron el torso haciéndome gemir de placer.

Enredé mis manos en su cabello y seguí besándola, exprimiendo su increíble boca como si se tratase de una fruta madura. Pero Nora no sabía a eso: su sabor era cálido y picante, el de promesas y realidades, el de la mujer que había venido a desbaratar todo en mi vida a medio gas. La escuché emitir un gemido y noté sus manos deslizándose por la cinturilla de mi vaquero hacia dentro. Tuve que contener el placentero sobresalto y me erguí para ayudarla a desvestirme. Nuestras pieles ardían al rozarse, parecían dos imanes a punto de desintegrarse de la inmensa energía de atracción que existía entre los dos. Bajé la cabeza y engullí un soberbio pecho, cuya punta se endureció como si fuera un diamante. Nora boqueó y su pelvis se restregó con la mía, tan húmeda y resbaladiza que gruñí como un animal en celo. La levanté como pude del sofá y la enganché a mi cintura para llevarla al dormitorio.

Allí no paramos de besarnos ni siquiera por la lluvia que barría, furiosa, los ventanales. El mundo se descontrolaba fuera y nosotros perdíamos la razón dentro, sin escuchar nada de lo que la tormenta gritaba con voz sorda. Nos pegamos al cristal, duros y ansiosos, sin tiempo para caricias ni palabras. Alargué el brazo para abrir el cajón de la mesilla de noche donde guardaba los condones y Nora aprovechó para meter la mano entre nuestros cuerpos y agarrarme con fuerza. La mordí en la nuca y se derritió contra el cristal que actuaba de pared con un sonido desde el fondo de su garganta que me enardeció aún más. Amasé su pecho con dedos exigentes y con la otra mano busqué el vértice de sus piernas.

«Joder, estás chorreando, Nora».

Se dobló ante el juego hábil de mis dedos y eso hizo que pudiese untar mi punta en sus jugos. La sentí girar la cadera unos milímetros y aproveché para deslizarme con fuerza en ella. Nos quedamos quietos, jadeando, mientras notaba cómo se apretaba a mi alrededor y cómo me iba haciendo camino en su interior de una forma implacable. Ella puso los brazos contra el cristal, donde el vaho empañaba la superficie resbaladiza, y yo seguí ensartándome en ella sin dejar de tocarla para azuzar su placer. La sensación de tener su generoso trasero contra mí, su saliva en mis dedos cuando los introducía en su boca, el olor de su piel a lluvia y a especias… Éramos todo manos, dientes, piel erizada y sudor, tanto que supe que no me quedaba mucho. Intenté pararlo, pero fue superior a mí. Jadeé más fuerte y susurré en su oído algo ininteligible, pero ella me entendió. Noté cómo imprimía más rudeza a nuestros movimientos y cómo su cuerpo temblaba de anticipación, y eso me hizo follarla más duro todavía, tanto que notaba mis pelotas rebotar contra ella, tanto que supe que jamás había estado tan dentro de alguien ni nunca me había gustado tanto hacerlo.

Gritamos casi a la vez, acallando el ulular del viento con la explosión del placer tan estratosférico que habíamos creado. Yo seguía latiendo, mi cuerpo vibraba en una onda placentera, pero ahora sabía que era mi corazón el que comandaba ese bum, bum que se mezclaba deliciosamente con el de ella. Deslicé los brazos a su alrededor, apretándola contra mí, y Nora dejó caerse hacia detrás, laxa y ronroneante como una gata. Le llené el cuello de besos tiernos, respirando el aroma de su cabello hasta no percibir nada más que eso, y me salí de ella con cuidado. Sentí cómo se daba la vuelta y sus rizos rubios me hicieron cosquillas en la cara. En aquella semioscuridad, sus ojos me parecieron más brillantes que nunca cuando puso los brazos en mi cuello y se pegó a mí.

—No sabes lo mucho que te había echado de menos. A ti y a esto.

Sonreí divertido antes de robarle un beso húmedo.

—Hemos tenido poco tiempo para practicar. Prometo compensártelo.

Percibí su sonrisa contra mis labios y todo ella me envolvió con su calor femenino.

Aquel era el puto mejor lugar del mundo, el que existía junto a ella.

—Deberíamos ir a comprobar que todo va bien con el fuego. Hay que ver, tocahuevos, fuera se acaba el mundo y nosotros solo pensamos en follar.

Nos reímos, pero ninguno hizo el amago de moverse de donde estábamos. La besé goloso, sin ninguna gana de dejar de degustarla, pero luego me obligué a volver a la realidad.

—Ven, te daré un albornoz. Ojalá pudiese ofrecerte una ducha caliente, pero creo que no va a poder ser.

Ella se rozó mimosa, y luego deslizó sus dedos entre los míos.

—De acuerdo. Y ya de paso podríamos buscar algo de comer, que tanto ejercicio me ha dado hambre.

—Seguro que algo encontramos.

Esa noche creamos un micromundo solo para nosotros, donde los peligros de la tormenta se quedaron fuera de las cuatro paredes de mi casa y donde solo nos dedicamos a satisfacer nuestros instintos más primitivos. Nos dormimos con el alba, cuando el viento comenzó a amainar, entrando en el primer día del resto de nuestras vidas.

31

Nora

La tormenta había disminuido en intensidad cuando me desperté en la gigantesca cama de Sergio, abrazada a él y escuchando su suave respiración bajo mi oreja. Sonreí al recordar todo lo que había ocurrido entre nosotros en las horas anteriores, y me sumergí de nuevo en la increíble sensación que me había invadido al ver que había venido a buscarme.

«Ahora sí, todo encaja. Sin fisuras ni fichas rotas. Ya no tengo que hacerme un ocho para quedar bien en la foto de mi vida».

Los cristales estaban oscurecidos, así que no podía saber qué hora era, pero suponía que alrededor del mediodía. Mi móvil andaría atrapado entre mis ropas húmedas y quizá todavía las líneas telefónicas siguiesen mudas, porque no había oído ninguna llamada durante la mañana.

Como si alguien superior hubiese estado escuchándome, el sonido de un móvil hizo que el hombre que descansaba plácidamente bajo mi cabeza se despertase. Gruñó sin ganas y con un solo movimiento me subió hasta tenerme a la altura de su rostro.

Sergio Fuentes sonreía como si llevase esperándome toda la vida. Y no pude sino corresponderle con un beso lleno de tantas cosas bonitas que hasta me parecía soez al estar rodeados de una situación como la de la tormenta. El beso se hizo profundo, lento hasta la extenuación, hedonista y excitante. Pero entonces el teléfono volvió a sonar y Sergio se separó, profundizando las arrugas de la risa que nacían a los lados de sus ojos.

—Voy a tener que cogerlo, no vaya a ser que Emilia esté avisando a los guardacostas y a los de las brigadas forestales para que vengan a buscarnos.

Se levantó de la cama gloriosamente desnudo y paseó su musculoso y ágil cuerpo hasta la sala, donde lo escuché contestar. No fue una llamada larga, más bien una sucesión de murmullos y alguna risa, y luego volvió a aparecer en el dormitorio con una botella de agua. Me la tendió y me refresqué la boca mientras él volvía a meterse entre las sábanas. Me puse bocabajo, apoyada sobre mis codos, y lo miré expectante. Él se recostó contra el cabecero y puso las manos tras su cabeza, como la viva imagen de la despreocupación y la dicha poscoital. Alargué un dedo y se lo incrusté en las costillas, obligándolo a doblarse risueño.

—¡Au! ¿Ahora que ya te has aprovechado de mí me haces putaditas?

Su voz sonaba divertida y añadí un par de dedos más para provocarle cosquillas.

—No, lo que quiero es que me cuentes sobre Madrid. No has dicho ni mu sobre eso que fuiste a hacer allí.

Se rascó la cabeza y su rostro se convirtió en la perfecta máscara de la inocencia.

—¿De qué me hablas, Nora Olivares? Creo que necesito que me refresques la memoria.

—¿Ah, sí? ¿Y cómo crees que debería hacerlo?

Frunció los labios pensativo, mientras yo preparaba mis dedos para atacarlo por los dos flancos. Se dobló de la risa y, al darme cuenta de que tenía cosquillas, no pude sino acordarme de aquel hombre con gesto hosco que me montó en su coche el primer día que estuve en La Bianca.

—Para, para... Te lo contaré, ¡me rindo!

Resoplé divertida, y le pedí que soltase ya por esa boca lo que tenía que decirme. Entonces dejó de sonreír y me miró con una expresión que no le había visto nunca. Era una mezcla de felicidad y orgullo tan superlativa que ninguna duda podía enturbiarla.

—Me lo han dado, Nora. Tengo el papel. Mi agente me llamó ayer para comunicármelo.

Me faltó tiempo para montarme encima de él y comérmelo a besos.

«Ahora sí, Sergio. Ha llegado tu momento».

—No he firmado todavía, ni sé bien los flecos, pero lo he conseguido —pronunció las palabras con lentitud saboreándolas—. No sé adónde me llevará esto ni si va a tener más recorrido que el de la serie, pero estoy feliz. Muy feliz.

—Y yo por ti, Sergio —le dije sonriendo y hundiendo mi nariz en su cuello. Noté su mano en mi pelo y que tiraba de él con suavidad para que levantase la cabeza y lo mirase.

—También he decidido otras cosas, Nora. Y quiero contártelas, pero antes necesito ver si hay algo en casa para desayunar. Que cuando me conozcas mejor, te darás cuenta de que si no desayuno bien, soy una piltrafa humana.

Me reí.

—Pues ya tenemos más puntos en común.

Me senté en la cama y él se incorporó. Me sonrojé al notar cómo sus ojos se desviaban hacia mis pechos desnudos.

—Y también compartimos esto. Voy a besártelas mucho, Nora, porque son demasiado espectaculares para no hacerlo.

Levantó mis pechos con las dos manos y dio un bocado a cada pezón. «Traidores», pensé. Ya estaban erguidos solo con que me mirase. Me estremecí y tras dos lánguidos lametazos alargó el brazo para coger el albornoz que había dejado en el suelo horas antes.

—Ven —me pidió, tirándome del brazo.

Me ayudó a ponerme la prenda y salimos a la sala, donde la claridad atacó sin piedad mis ojos sensibles. Fuera parecía que había habido una guerra, y mi sentido de la responsabilidad hizo que me acercase a la ventana desde la que sabía que se divisaba La Bianca.

Cogí aire de forma entrecortada al ver el desastre que vislumbraba. No alcanzaba a ver toda la zona desde allí, pero lo suficiente para deducir que aquello no se arreglaría en dos días. Sergio me abrazó por detrás, consciente de mi tristeza, y habló cerca de mi oído.

—Emilia está en ello. Debemos esperar a que la tormenta pase del todo, pero ya tiene todos los equipos preparados para venir a limpiar el barro y a reparar lo que se ha roto, si es que se puede arreglar, claro.

Mi cabaña. Recordé el estruendo del árbol que cayó sobre su techo y me pregunté si se podría solucionar. El hecho de que probablemente lo que había en su interior se hubiera estropeado con la lluvia prefería ignorarlo. Eso era lo material. Lo que me importaba de verdad tenía más que ver con la magia de aquel lugar que había sido especial para la abuela de Sergio y también para mí y que esperaba que no se perdiese.

Me di la vuelta y esbocé una sonrisa que pretendía ser tranquilizadora. Sergio me levantó la barbilla y buscó mis ojos, repentinamente serio.

—Está bien que te entristezcas, Nora. A mí no debes calmarme ni adoptar tu rol de fuerte. Tú y yo, hierbas, somos imperfectos, así nos hemos conocido y así seguiremos siendo. Es parte de nuestro encanto y no quiero que lo pierdas. Ya te ocuparás de sanar y equilibrar a tus huéspedes. Conmigo quiero que seas real y que sigas haciéndome frente como de costumbre, aunque me toque los cojones.

Tuve que reírme y mirar hacia otro lado. El malumazo me iba a hacer llorar con tanta palabra bonita. Le di otro beso y luego lo azucé para que buscase algo para desayunar. La noche anterior nos habíamos contentado con unos berberechos y unas almejas con picos de pan, por lo que el estómago me rugía.

Cogí el móvil mientras Sergio rescataba diferentes ingredientes para componer unos sándwiches. En ese momento todos los electrodomésticos emitieron un pitido y la casa se llenó de sonidos cotidianos.

—Perfecto —lo escuché decir.

Me senté a leer los mensajes de mi familia, por suerte todos estaban bien y lo máximo que habían hecho era compartir memes tontos sobre tormentas. A medida que la luz había vuelto se habían ido incorporando al chat, y yo fui la última en llegar. No quise alarmarlos, es más, no les había contado siquiera que me quedaría en La Bianca, así que seguí la corriente hasta que les dije que me iba a desayunar.

Las tripas volvieron a sonarme al ver el desayuno que Sergio había desplegado sobre la mesa. Tostadas, mantequilla y mermelada, un gigantesco aguacate y tomate rallado con aceite de oliva, además de café recién hecho y una selección de infusiones.

—Solo me ha fallado el zumo natural —anunció con gesto contrito, y tuve que reírme.

—Quedas disculpado porque esto es más de lo que cabía esperar.

—Entonces ¿te he sorprendido? —preguntó ufano, y le bajé los humos entre risas.

—Creo que es un buen comienzo, señor Fuentes.

Se sentó frente a mí y me sirvió café. Mi estómago bailó de alegría y le hinqué el diente a las tostadas como una zombi posapocalíptica. Solo cuando hube saciado el primer latigazo de hambre, me acordé de sus palabras en el dormitorio.

—¿Y qué más ibas a contarme? No creas que me he olvidado.

Sergio terminó de masticar y apoyó los brazos en la mesa. Iba sin camiseta y no pude evitar admirar su torso masculino y torneado. Y esos brazos… ¿Por qué me parecían tan eróticos los antebrazos de los hombres?

—He estado pensando mucho en lo que me hace feliz y en lo que no. Y también, en aquello que puedo permitirme apartar porque no me llena y que no supone un trastorno para nadie. Porque al final no somos seres individuales y cualquier cosa que hagamos repercute en el resto, por lo que he cavilado mucho acerca de cómo pueden afectar mis decisiones.

Tomó un sorbo de café y miró hacia fuera, donde la tormenta daba sus últimos coletazos.

—Voy a contratar un gerente para la parte del negocio que controlo yo. Así puedo dar un paso a un lado y no estar metido en la problemática del día a día. Es una fórmula que he visto utilizar en otros negocios similares y he comprobado que funciona. Con el tiempo, veré si realmente quiero seguir en el Grupo Ayala como uno de los accionistas mayoritarios o si, en cambio, Emilia toma el mando con todo el poder de decisión. Ella es realmente el cerebro de la empresa, Nora, la heredera del abuelo. Yo... estoy demasiado lleno de otras inquietudes para poner como primera opción a la empresa familiar.

—Emilia siempre dice que tú eres el verdadero estratega de la familia —apunté, y se encogió de hombros.

—Puede. Pero ella tomará mejores decisiones que yo. Además, le gusta todo eso de hacer *lobby* con el resto del empresariado del sur, las reuniones, el politiqueo y estar en la pomada, como dice ella.

—¿Y qué rol tomarás tú? ¿Controlarás al gerente de cerca o lo dejarás hacer su trabajo?

Sergio me miró con una sonrisa que me llegó al alma.

—Yo voy a vivir, Nora. Probablemente no logre desvincularme del todo porque, en el fondo, lo que he conseguido en estos años es importante para mí, pero... quiero rodar la serie, sentir que disfruto de verdad con algo que hago, beber zumos verdes y practicar la postura del árbol sin caerme, y luego contemplar las estrellas contigo noche tras noche, hacerte el amor, pelearnos por cosas tontas y reconciliarnos con las mismas ganas. Eso es lo que quiero. ¿Te gusta mi plan?

Mi interior se había llenado de aire como un globo hinchado, de pequeñas cosas que revoloteaban y que tocaban no sé qué cuerda dentro de mí que lanzaba latigazos dulces y dolorosos a la vez.

«¿En qué momento he llegado a este punto con mi archienemigo?».

Sergio contempló mi sonrisa y me respondió con una igual.

—No sé por qué, creo que estás tramando algo que no tiene que ver con lo que te estoy diciendo.

Me levanté, sinuosa y consciente de mi poder femenino. Rodeé la mesa y me senté a horcajadas sobre él. Sus ojos se llenaron de sombras ardientes y oscuras al notar mi calidez en su regazo. Puse las manos en su nuca y pensé que echaba de menos su ridículo moño. Hubiera sido perfecto para tirar de él.

—He conocido a muchas personas perdidas, pero a nadie que haya sufrido una metamorfosis tan espléndida como la tuya, nietísimo. ¿Debo preocuparme por un efecto rebote?

Ahí estaban los restos de mis antiguas barreras. Supongo que nunca me desharía del todo de ellas. Sergio me agarró por las caderas y tiró de mis nalgas hacia su entrepierna.

—No. Lo único que debe preocuparte es que me compre por internet una camiseta de esas que ponga «Vivir es urgente».

Me reí emocionada.

—¿Te vas a convertir en un hierbas?

Sergio me besó con ganas y luego cogió mi barbilla.

—He tenido a la mejor profesora. No obstante, lo que intento decirte es que, a partir de ahora, quiero vivir de verdad, compartir contigo lo que nos venga, lo que el camino tenga preparado para nosotros. Y, Nora, no te asustes —su voz reverberó con cierto humor—, pero para mí eso significa no perder el tiempo. Vivir juntos ahora o no hacerlo nunca y tener nuestro espacio, criar perros, guacamayos o churumbeles, marcharnos un año al Tíbet o convertirnos en los ermitaños de La Bianca. Me da igual. Podemos hacer lo que queramos. Sabes que ahora me iré a Fuerteventura a rodar, pero estamos a cuarenta minutos en avión, y luego... ya se verá. Lo que pretendo es que nos acompañemos en este segundo tiempo de la vida que tenemos por delante. He tardado cuarenta y dos años en cambiar las cosas y...

—Ya he captado la idea —lo interrumpí riendo. Sergio estaba en plena catarsis y era un espectáculo ver cómo se le iban cayendo poco a poco las capas de temores y la ira subyacente.

Cogí su boca y le di un beso con sabor a promesas bonitas, un beso lleno del amor que ya sentía por él. Sus labios se movieron sobre los míos, calientes y golosos, pero me obligué a levantarme. Puse una pierna en el suelo y pasé la otra por encima de sus muslos, y lo señalé con el dedo.

—Como has dicho, tenemos todo el tiempo del mundo por delante. Ahora hay mucho por hacer.

Sergio se rio a carcajada limpia y meneó la cabeza.

—A la orden, señora directora. Había echado de menos tus momentos de sargenta.

Fuera ya apenas llovía y el viento era soportable. Sergio me dejó ropa suya y salimos arrebujados en chaquetones. Ante nosotros, el temporal había llenado todo de ramas y en la ladera podía divisar algunos pinos arrancados de sus raíces. La casa de Sergio, como sabíamos, estaba bastante resguardada y sus aledaños no habían sufrido demasiado, pero al dirigirnos hacia La Bianca, el corazón se me encogió en un puño.

El pino gigante había caído justo al lado del edificio principal, rozando milagrosamente la fachada y solo desprendiendo unas pocas tejas y rompiendo algún cristal que otro. Pero la parte de atrás... Tragué saliva. Todo estaba lleno de barro, el techo de la palapa había desaparecido y el huerto tenía al descubierto todos los bulbos, mientras que las plantas aromáticas habían quedado a ras de tierra. Sergio me abrazó y noté que me apretaba contra sí.

—No te preocupes, Nora. Esto es solo un contratiempo. Podemos con esto y más.

Mi mente ya bullía recalculando a lo GPS cómo atajar los diferentes frentes: las reservas, los que ya estaban alojados, los arreglos... Noté que Sergio sonreía contra mi pelo y que murmuraba algo sobre la directora hierbas.

Y al ver que el coche de Emilia junto con otro más del Grupo Ayala aparcaba frente a La Bianca, y que ella sonreía al correr hacia nosotros, volví a sentirlo. Eso tan mágico y bonito de hallarme en el lugar correcto, donde yo era parte de un todo y donde nunca más tendría que sentirme de menos; había conseguido echar raíces y florecer.

Por fin estaba en casa.

Epílogo

Marcos

Mi madre y mi abuela me habían convencido con malas artes para que Amaia y yo viniésemos a pasar la Nochebuena con toda la familia. Tampoco es que hubiesen necesitado hacerlo, pero me hizo gracia el despliegue de artimañas con el que me obsequiaron por el grupo de WhatsApp y con llamaditas de teléfono disimuladas. Yo había vuelto a Madrid después de estar unas semanas en Famara, las mismas que Amaia precisó para finalizar la gran persecución que tenía entre manos y para la que debió emplearse a fondo tanto en tiempo como en energía. Su colaboración con la Policía Nacional era una de las cosas que más la motivaba, el acorralar a los malos, atraparlos y entregárselos a la justicia con un lacito bien pomposo.

Llegué a su piso en el barrio de Las Letras y me encontré a un despojo de mujer que, aun así, fue capaz de sonreír con ilusión al verme. Con las mismas la subí en el coche de alquiler y puse destino a la Ribera del Duero, a un hotel en medio de viñas donde no hicimos otra cosa sino descansar, comer, darnos largas sesiones de spa e invertir muchas horas entre sábanas revueltas.

—Necesito desconectar un poco de todo esto, Marcos —me dijo mientras paseábamos por la orilla de un lago cercano—. Lo que he tenido que ver y hacer me ha acortado la esperanza de vida. Creo que me he dejado cinco años allí.

—¿Y puedes permitirte un descanso?

Amaia se encogió de hombros.

—Yo trabajo con ellos porque quiero, no porque tenga una obligación. Y esta gran misión ha finalizado. Habrá más, por desgracia, y no por mí sino por lo que supone, pero creo que es momento de una desintoxicación en toda regla. —Se estremeció—. Necesito borrar cosas de mi disco duro.

Asentí y le pasé el brazo por encima.

—¿Y qué te apetece hacer?

Rio.

—No es que quiera tumbarme a la bartola un año, porque hay que seguir manteniendo los otros clientes. Pero me gustaría cambiar de aires y trabajar en un sitio donde haya mar cerca.

—Déjame ver cómo podemos solucionarlo.

No le dije que dos días antes me habían contactado de Australia, concretamente desde Brisbane, donde se iba a establecer durante un año un centro de alto secreto dedicado a la ciberseguridad, una especie de lugar de formación para personas que se dedicarían luego a perseguir malos o a defender intereses de empresas. Me habían ofrecido ser uno de los jefes del proyecto y me hormigueaban los dedos de las ganas. Pero antes, necesitaba saber la opinión de Amaia y si concordaba con lo que ella tenía en mente.

La perspectiva de horas eternas de surf en Australia

fue un aliciente más que poderoso para que mi chica decidiera lanzarse a la aventura conmigo.

Por eso, el ir a celebrar la Navidad con mi familia cobraba un cariz más importante, porque estaríamos separados bastante tiempo, y viendo la edad de las Méndez, aquello complicaba las cosas.

Viajamos a Tenerife con Mariana, a quien Amaia no quería dejar sola en las fiestas. A pesar de que su hermana se opuso, asegurando que no pasaba nada y que no quería molestar, al final conseguimos que se subiese al avión con nosotros y, durante el poco tiempo que llevaba cohabitando con las Méndez, la seca sargento de la Guardia Civil se había integrado a las mil maravillas. Se trataba de una mujer que echaba una mano en todo lo que podía, y era lo que necesitábamos para la macrocelebración de ese año.

Miré a Amaia, que sonreía a mi lado mientras mi abuela le enseñaba álbumes de nuestra infancia, y sentí ese apretón en el pecho que solo me ocurría tras haberla conocido.

La historia que habíamos comenzado entre unos y ceros y que, ahora, era la de nuestra vida.

Mariana y Amaia se levantaron al terminar de ver los álbumes y se internaron en la cocina, donde mi madre las puso a elaborar truchas de batata y cabello de ángel, unos dulces típicos que se hacían con masa de empanadillas y se rellenaban para luego freírlos. Las escuché desde la sala y miré el reloj. Todavía disponía de margen para hacer lo que ya tenía en agenda y, también, algo que llevaba en mi mente desde un tiempo atrás.

—Ahora vengo —pronuncié tras meter la cabeza por la puerta de la cocina y ver a las dos hermanas entusiasmadas con la dulcería básica canaria. Amaia me sonrió: sabía adónde iba y me guardaría las espaldas.

Salí a la mañana lagunera de cielo despejado y ambiente navideño, y crucé la zona de La Concepción, llena de terrazas animadas. Me paré dos veces para saludar a amigos de la infancia —hubiera sido raro que no me encontrase a alguien conocido allí el día de Nochebuena— y con paso ágil me interné en las calles de San Honorato.

Todavía tenía tiempo antes de ir al aeropuerto. Era mi cita anual con mi padre, una que solo él y yo conocíamos. Y ahora también lo sabía Amaia. Me encaminé hacia el cementerio con el polvorón guardado en el bolsillo de mi chaqueta. Siempre le habían gustado, especialmente los que hacía mi madre, y me producía una extraña sensación de felicidad el dejarle siempre uno al filo de su nicho.

Ese año tenía mucho que contarle. Más que otros, y mejor.

Victoria

Por primera vez en la historia de los Olivares la Nochebuena no se celebraría en la casa familiar, y eso me tenía contenta y atareada a partes iguales. Ese año seríamos más que de costumbre, porque habría muchas nuevas caras entre parejas y familiares de reciente incorporación y, por eso, había conseguido mudar el festejo a Los Secretos, la empresa que mi amiga Arume y yo habíamos montado un año antes y que se había convertido en lugar habitual de celebración para las fiestas de nuestra familia. Mamá y la abuela no habían estado demasiado de acuerdo con la idea de que también la Nochebuena se hiciera allí, pero no habían tenido otra que claudicar tras mi campaña de acoso y derribo.

«A ver, que somos casi el doble de los habituales y no están ustedes para hacer de comer para todo el rancho».

«Mamá, luego no vas a tener que limpiar, ya lo hará la gente contratada para el funcionamiento habitual de Los Secretos».

«Carmen Delia, ¿no te apetece estar sentada por un año y que tus nietos y bisnietos te tengan como una reina y no al revés?».

«Que sí, que pueden hacer lo que les apetezca de comer, pero no llevar el peso de lo principal. Compraremos la pata a mi proveedor habitual, que las hornea de vicio, y los entrantes se los pedimos a Eugenia Castro, que tiene que servir pedidos ese día por la zona y nos hará el favor de incluir el nuestro».

«Mamá, no te preocupes, podrás hacer el brazo de gitano de cangrejo y la abuela el consomé, no les voy a quitar esa ilusión. Ya sabes que, sin eso, no sería una Nochebuena de las nuestras».

Poco a poco las había ido metiendo por el aro y aquel día, el día D, ya se habían hecho a la idea de que todo saldría bien y que no tendrían que preocuparse como otros años.

La mañana estaba soleada y hacía calor, más de lo habitual para aquellas fechas. Me dije que seguro que mis cachorros se darían un baño en la piscina, y detrás de ellos se tiraría algún adulto. Me recordé poner la sauna a calentar y me di un paseo por la sala, con la gran mesa puesta y engalanada para la ocasión. Habíamos cerrado las puertas poco antes, el mayor flujo de clientas se había producido en días anteriores, así que el 24 nos permitimos el lujo de abrir solo unas horas por la mañana.

La familia empezaría a llegar después de almorzar y hasta entonces disponía de un rato de tranquilidad para mí misma. Bastian estaba con su hermano, que también vendría a cenar con Marie y los jóvenes Frey, y no lo vería hasta la tarde. Los niños se encontraban con Leo, acompañándolo a visitar posibles pisos —por fin había tomado la decisión de vender la mansión de El Sauzal y buscar algo más práctico— y se acercarían luego con él. Había dudado en invitarlo, todavía estábamos en fase de adaptación a su nueva forma de ver la vida, pero al final me había dado pena. La familia de mi exmarido era fría y protocolaria; siempre detesté el tener que pasar las fiestas con ellos. Y sabía que a Leo tampoco le hacía mucha gracia. Lo consulté con David, Gala y Mimi, y todos coincidieron en que les gustaría que papá asistiese a la cena. Sin estar segura del todo, lo invité. Sé que se sorprendió, pero había aprendido a ser cauto. Así que declinó la invitación, pero me dijo que vendría más tarde a pasar un rato con los niños. Me pareció una decisión acertada y así se lo hice saber.

Miré el reloj. Por la hora que era, Marcos estaría a punto de ir hacia el aeropuerto. Así que opté por servirme un vino y sentarme en la terraza, disfrutando infinitamente de todo: de lo que veía a mi alrededor, fruto del tesón y de mis ganas de luchar por lo que me hacía feliz; de la tranquilidad que había vuelto a mi pequeña familia tras la marejada de mi separación y la nueva relación con Bastian, y de ese amor que me había llegado de adulta, cuando pensaba que estaba destinada a parchear lo que se había roto y no a construir algo nuevo y brillante.

Decidí echarme un sueñecito al sol con una sonrisa en los labios y el interior lleno de ilusiones nuevas. Mi mente, siempre burbujeando ideas y proyectos también necesitaba un descanso y, por unas horas, podía evadirse.

Hoy disfrutaría de los míos, nada más, y mañana sería otro día.

Elisa

El viaje de Finlandia a Tenerife nos había salido por un ojo de la cara y más habiéndolo comprado tan en el último momento, pero algo en la petición de mi madre me hizo cerrar los ojos a dos viajes en un mismo año. Cuando me lo pidió, sonó tan... frágil, o un sinónimo que se le pudiese aplicar a Maruca Méndez sin quedar alarmista.

Marcos me había convencido de que no debía preocuparme, que mamá utilizaba las armas que mejor funcionaban con cada hijo sin vergüenza alguna y que, conmigo, lo emocional siempre ganaba. Probablemente tuviese parte de razón, pero no sabía por qué su petición me había ablandado por dentro y le había dicho a Mario que iríamos a pasar las Navidades con ella, costase lo que costase. Iba a ser una sorpresa, porque le había asegurado que no vendríamos, así que me sentía como si realmente fuese Papá Noel, que llegaba desde Laponia cargado de cosas bonitas.

Además, me moría de ganas de ver a mis hermanos. Marcos y Nora tenían novedades, ambos habían cambiado sus vidas en los últimos meses, cada uno a su manera, pero esos giros de rumbo les habían traído el amor, algo que a ambos se les había resistido. Sabía mucho más de

Marcos, no en vano lo había visitado en Londres para darle una colleja y hacer que espabilase, pero con Nora no había hablado bien de todo lo que le había ocurrido. Y lo necesitaba, o más bien el verbo perfecto tendría más que ver con desear. Nora era la más reservada de todos nosotros, pero conmigo existía una sintonía especial.

Además, me moría de ganas de conocer al malumazo, todo sea dicho.

Marcos nos recogió en el aeropuerto y Mía se le echó a los brazos en cuanto lo vio. Era una enamorada de su tío favorito y hacía con él lo que quería. Observé la cara de embobado de mi hermano y me dije que no tardaría mucho en ponerse a fabricar pequeños cerebritos adictos al surf.

La isla me saludó con amabilidad, como siempre, pero no me lanzaba cantos de sirena. Supongo que sabría que estaba muy enamorada de mi nuevo país de residencia. Mía parloteaba en su idioma particular y llenaba el interior del coche de alegría, mientras Mario y Marcos departían con elocuencia. Miré por la ventana y las manos se me fueron instintivamente al vientre.

Estaba embarazada de nuevo, sin esperarlo ni buscarlo, y no podía evitar sentirme asustada. Ahora tenía cuarenta y dos años, y mi larga tradición con embarazos complicados me rondaba como un mal augurio. De hecho, había sido una de las razones por las que, en un principio, me había opuesto a viajar. Pero, por otro lado, la ilusión de que Mía tuviese un hermano o una hermana me hacía cerrar los ojos a cualquier pensamiento ominoso.

Y que ya había padecido bastante sobre miedos y limitaciones. Hacía tiempo que había aprendido a vivir a pecho descubierto y estaba decidida a que con esto sería igual.

Eso sí, tendría que contarlo: mis hermanos con sus ojos de halcón se darían cuenta enseguida de que no estaría bebiendo alcohol. Eran así de metomentodo, pero los adoraba igual.

La llegada a mi casa fue la esperada: lágrimas, aspavientos y besos sonoros a tutiplén. Una fragante ropavieja para almorzar, de esas que te dejan los ojos en blanco del gusto y, después, rumbo a Los Secretos. Victoria nos esperaba allí como la espléndida anfitriona que era, con todos los detalles bajo control, y en breve adjudicó a Mía a Gala y Mimi, que se desvivían por su primita cuando la tenían cerca. Eso nos dejaba a Mario y a mí algo más de libertad para disfrutar, por fin, un poco de vida de adultos.

Según avanzaba el día, se fueron incorporando todos los adláteres, como decía mi abuela Carmen Delia en un alarde de finura, y me vi rodeada con rapidez por Amaia, Mariana y Marie, la cuñada de Bastian Frey, y de bandejas de entrantes que pasaban por delante de nuestras narices con olores que me hacían salivar. Pero yo estaba esperando a alguien, a esa hermana que había permanecido mucho tiempo perdida y que había sanado lejos de nosotros para volver ahora a casa.

Y cuando, al fin, llegó a la reunión, ya de noche, solo tuve que buscar su mirada turquesa para que mi corazón se quedase en paz.

Nora Olivares, por fin, se había reconciliado con lo que fuese que la había incordiado toda la vida. Y ese era el mejor regalo de Navidad que me podían dar.

Nora

Era mi primera Navidad en La Bianca y no podía irme así, como si no fuera conmigo. Mi sentido de la responsabilidad y de proveer a los huéspedes de una experiencia acorde a la promesa que hacíamos me llevó a esperar a que todo estuviese dispuesto. Aguardé hasta que todos los sitios alrededor de la mesa se ocuparon y pronuncié unas palabras de felicitación y buenos deseos para aquellos que ahora ocupaban los lugares de Gianna, Marilís o Raquel. Ya no quedaba nadie de la primera hornada de bianqueros, pero pude identificar nuevos retos en las miradas de las diez personas que saboreaban los deliciosos platos navideños.

Tenía a mi favor que la cena en La Bianca era temprana, y por eso pude ausentarme en cuanto terminé el brindis. Dejé el equipo al cargo y me fui sin remordimientos: ya me quedaría yo el 31 como responsable de la fiesta. Y es que la Nochebuena ese año era importante: nos reuníamos todos de nuevo alrededor de las matriarcas y, por primera vez, acompañados de aquellos que ahora se sumaban a la familia de una forma o de otra.

Miré a Sergio a mi lado, guapo y pendenciero como siempre con su estilismo de americana y deportivas, y al fijar la vista en el asiento de atrás, la clara melena de Emilia brilló con las luces de los faros que nos cruzábamos en la autopista. Como Juan Ayala seguía de picos pardos por Indonesia, había sido natural que invitase a Emilia a la celebración familiar. A fin de cuentas, ahora era mi cuñada.

El familiar ruido de los míos se escuchó en la despejada noche, aunque se veía acrecentado por algunas voces de más. Recordé que también estarían los jóvenes Frey, con lo que tendríamos alboroto asegurado, y sonreí. A ver qué tal llevaban los Fuentes aquella inmersión en frío con el mundo Olivares.

Abrí la puerta y nos dirigimos hacia el jardín trasero, donde andaban tomando los aperitivos a pesar del frescor nocturno. Victoria había encendido las setas calefactoras y un sinfín de pequeñas luces que vestían el lugar convirtiéndolo en un bosque encantado.

Pero yo no percibí nada de eso. Solo los sentí a ellos.

La oscura mirada amorosa de Elisa a la que respondí con una sonrisa que me nacía del corazón.

El guiño de ojo de Marcos, que captaba mejor que nadie lo que vibraba en mi alma.

La silueta alta y elegante de Victoria, con el pequeño brindis que me hizo desde lejos, celebrando mi vuelta a casa y a la vida.

Las figuras empequeñecidas pero poderosas de mi madre y mi abuela, las verdaderas almas de la familia, que no nos dejaban caer a ninguno con sus redes tejidas de amor y fuerza.

Como si nos hubiésemos comunicado telepáticamente, todos nos movimos al unísono, casi al mismo compás, hasta encontrarnos en el medio del jardín, como si un imán nos atrajese hacia un único lugar.

Sentí su abrazo por todos lados y los apreté a ellos a mi vez con ganas, emocionada, llena de eso que era nuevo para mí y que estaba aprendiendo a saborear.

«Ya no eres una observadora, alguien que no se creía parte del círculo. Ahora entiendes que siempre estuviste dentro y que solo necesitabas creértelo. Eso, y que ya no te hace falta huir hacia delante. El mejor lugar es el que existe en el presente».

—Estás preciosa, Nora.

—Qué ganas tenía de verte en vivo y en directo.

—Desde que volviste, luces otro colorcito, hija. Eso es que te tienen bien servida.

—No te metas con la niña, que le vas a sacar los rubores delante del muchacho.

—Nora tiene temple para eso y para más, abuela.

Los comentarios y chanzas bulleron entre las risas y las lágrimas contenidas, porque otra cosa no, pero los Olivares éramos muy sentidos, pero también un poco burlones. Le di un fingido cogotazo a Marcos, que estaba susurrándome algo de que si ahora me iba a adaptar al rollo Maluma, tras señalar la falda corta que llevaba, y luego me giré hacia Sergio.

Me observaba con una sonrisa en la que vi destellos de orgullo y felicidad, y mi corazón saltó de dicha al ponerme a su lado y presentarlo oficialmente a mi familia:

—Sergio, estas son mi madre y mi abuela. A Marcos ya lo conoces, y las que están haciéndote un escáner son mis hermanas Elisa y Victoria.

Las Méndez pusieron cara de pajarracas resabiadas y se cogieron cada una de un brazo de Sergio. Solo pude ver su cara de diversión antes de que se lo llevasen a no me imaginaba qué, aunque esperaba que fuese a servirse una copa. Me tuve que reír meneando la cabeza, y luego presenté a Emilia a mis hermanos. La rubia se integró con facilidad con Elisa y Victoria, y yo me quedé rezagada por un momento.

Observé la escena desde fuera, como si fuera un cuadro costumbrista donde todo el mundo poseía un rol, ya fuese grande o pequeño, y en el que encontrabas mil pequeños detalles que eran los que lo convertían en algo formidable. Aquel mosaico lo integraban las personas con las que, ahora sí, deseaba componer la canción brillante de mi futuro. Me había costado mucho llegar hasta allí, pero qué bien sabía ahora que lo había hecho y tenía claro lo que quería.

Parpadeé para ahuyentar las lágrimas y solo entonces noté una mano cálida en la parte baja de mi espalda.

—¿Vamos? —me preguntó Marcos con una sonrisa. Y asentí, cogiéndolo del brazo.

—Con ustedes, hasta el fin del mundo.

Marcos se llevó mi mano a los labios y la apretó con cariño.

Y nos adentramos en la celebración.

Agradecimientos

Con Nora se cierra la serie Atlántica, las historias y el destino de los cuatro hermanos Olivares que, poco a poco, han ido encontrando la felicidad y su lugar en el mundo. Reconozco que cuando me senté a escribir esta última entrega sentí una responsabilidad más grande que con Elisa, Victoria o Marcos. Se trataba de imaginar y crear un final redondo no solo para Nora, sino para todos los personajes que han ido acompañando a los lectores desde el inicio.

Hubo tres hechos que me inspiraron para saber por dónde debía fluir la historia: un fin de semana en la finca de la familia de mi marido en Vilaflor, el lugar donde decidí ambientar La Bianca; un concierto de Maluma en el Granca Live Fest, que me impulsó a claudicar y asumir que necesitaba un perfil como el del malumazo entre mis protagonistas; y una conversación entre dos mujeres que escuché de extranjis —esto es muy de escritora, sí— sobre la ansiedad de no encontrar su sitio en el mundo, cuando todo el mundo parecía haberlo hecho hacía años. Investigando, me di cuenta de que esa preocupación era más común de lo que pensaba y creí que le iba ni que pintado a Nora, la más sensible de la familia Olivares.

Por esto último, mi primer agradecimiento es para todas aquellas mujeres —amigas, hermanas, conocidas, extrañas— que, en algún momento, han compartido conmigo sus inquietudes y anhelos, ya haya sido en charlas kilométricas o en encuentros casuales de quince minutos. Poder dar visibilidad a través de mis novelas a eso que nos bulle en el pecho a las mujeres que ya tenemos una experiencia en la vida es un verdadero honor y privilegio para mí.

Hay muchísima gente que me apoya y que, sin ella, yo no podría haber dedicado tanto tiempo y esfuerzo a mis historias. Mi núcleo duro —mi marido y mis hijos—, mis padres, mi hermana, esas amigas y amigos que siempre están para escuchar y abrirme a opciones que ni siquiera había tenido en cuenta, mis amigas y socias de La Tribu de la romántica, las maravillosas lectoras cero que aguardan con paciencia para luego devorar mis historias y darme por los tobillos si hace falta...

Me siento muy afortunada por tenerlos a todos en mi vida y verme tan arropada.

Al igual que agradezco todo el cariño que recibo de las bookstagramers y las compañeras escritoras: es fantástico estar rodeada de personas que adoran la romántica y que dedican tiempo a mis historias de forma altruista y con todo el amor del mundo.

También quiero mencionar de forma muy especial al equipo de Grijalbo. Sobre todo, a Marta, mi editora: jamás pensé que la experiencia editorial podía resultar tan bonita y fácil. Este camino ha sido maravilloso por el cariño, el respeto y las ganas genuinas de hacer brillar a los cuatro hermanos tanto por dentro como por fuera.

A los libreros y libreras que están apostando por la familia Olivares, tanto aquellos que ya llevo en el corazón por lo que me dan, como todos a los que no conozco y que dejan hueco a Elisa, Victoria, Marcos y Nora en sus mesas de novedades y les dedican palabras bonitas.

Finalmente, a las lectoras y lectores, los verdaderos artífices de que la serie Atlántica haya encontrado un lugar en los corazones de muchos. Gracias por recomendarme, enviarme mensajes preciosos —de esos que siempre me salvan el día y me hacen recordar por qué todo esto vale la pena— y apostar por historias que se salen de lo habitual de la romántica. ¡Mil veces gracias y nos vemos pronto!